ハバナ零年

Romantique mondial

小説(ロマン)とは、ロマン的な書物のことである。

フリードリヒ・シュレーゲル

世界浪曼派

Мировой романтизм

Habana año cero

Karla SUÁREZ

アレクサンデル・レオンに

Мировой романтизм
世界浪曼派

ハバナ零年

Habana año cero

Karla SUÁREZ
カルラ・スアレス

久野量一 訳
Ryoichi KUNO

editorialrepublica
共和国

目次

説教師は、演説の内容に数学的な証明を与えなければ信用されないだろう。

アリストテレス

君ではないよ
よくあるおかしな偶然さ
錯乱の扉、泥まみれの現実
麻薬業者、インフレ、奇数の解
輝きを失った神々、不可能な幻想
ベルリン、フィデル、ローマ教皇、ゴルバチョフ、
アラー君ではないよ、愛しの君よ……他人のせいさ。

サンティアゴ・フェリウ

マルガリータ、君にお話をしよう。

ルベン・ダリーオ

I

すべては一九九三年、キューバのゼロ年のことだった。ハバナは自転車で満ち溢れ、食糧貯蔵室は空っぽで、いつ終わるともしれない停電があった。何もなかった。移動手段ゼロ。肉ゼロ。希望ゼロ。わたしは三十歳、数え切れない問題を抱えていて、だから巻き込まれていった。最初は露（つゆ）知らなかったのだけれど、でも一部の人にとって、ことはそれよりずっと前の一九八九年四月、『グランマ』紙に「電話はキューバで発明された」という記事が載り、イタリア人のアントニオ・メウッチの名前が出たときにはじまっていた。ほとんどの人はその記事を徐々に忘れていったけれど、一部の人がスクラップしてあった。わたしは読まなかったから、一九九三年の時点でもまだそのことについて何も知らなかったけど、いつのまにか当事者になっていた。避けようがなかった。わたしは数学で学士をとったし、職業柄、論理的な方法で物を考える。一定の要因が重なったときにだけ起きる現象があって、その年、わたしたちは究極的な貧困状態に襲われ、否応なしにある一点に収斂していったのがわかる。わたしたちは同じ一つの方程式の変数だった。何年も後になって、そう、わたしたちがいなくなるまで解けない方程式の変数だった。

わたしのことで言うと、すべては友人、とりあえずユークリッドという名前にしておくけれど、彼の家ではじまった。そう。関係者の本名は、プライヴァシーを傷つけたくないので伏せておきたい。そういうことでいいかしら？　ユークリッドがこの呪われた方程式の最初の変数ということ。

記憶ではその日の午後、わたしとユークリッドで彼の家に行くと、彼の老いた母親が、水の汲みあげモーターがまたもや壊れたために、タンクにバケツで水を運ぶことになった、というニュースで迎えてくれた。ユークリッドがやってられないという素振りをしたので、わたしは手伝うことにした。二人で作業しているあいだ、わたしは何日か前の夕食会の席で耳にした会話を思い出して、メウッチという名前に聞き覚えがあるかとユークリッドに尋ねた。ユークリッドは持っていたバケツを床に置き、わたしを見つめて尋ねた。アントニオ・メウッチのことか？　ええ、確かに彼はその名前を聞いたことがあった。彼はわたしのバケツをひったくるようにして奪い、水をタンクに勢いよく入れると、もう疲れているから後でやると母親にきっぱり言った。母親は言い返したが、ユークリッドは相手にしなかった。わたしの腕を掴んで部屋まで連れていき、会話を聞かれたくないときにするようにラジオのスイッチを入れ、クラシック音楽を流すCMBF放送に周波数を合わせた。そして、話してくれないか、とわたしに言った。わたしは知っていることなんてほとんどないと明かし、すべては作家がメウッチについての本を書いているところからはじまったのだ、と付け加えた。作家だって？　誰のことだ？　と、彼はとても深刻な様子で尋ね、それがわたしの気に障った。その聞き方って何？　ユークリッドは立ち上がり、棚から何かを探しはじめた。ファイルをつかみ、ベッドにいるわたしの隣にもう一度座った。おれは何年も前からこの話に関心がある、と言った。

そしてユークリッドは説明をはじめた。わたしは、アントニオ・メウッチが十九世紀のフィレンツェ生まれのイタリア人で、当時アメリカ大陸で最も大きく、また最も美しいタコン劇場の責任技師として働くために、一八三五年にハバナに向けて出発したことを知った。メウッチは科学者にして熱心な発明家でもあった。なかでも電気現象、当時の言い方ではガルヴァーニ電気の研究と、その現象の他の分野への、とくに医学分野での応用に取り組みはじめた。その途中でいくつかの発明品を考案し、ちょうど電気療法の実験を行なっているとき、自らが考案した装置を通じて他人の声を聞くことに成功したのだった。そこに電話のはじまりがある。そうでしょう? 電流を通じて声を送るところに。

こうしてメウッチは「しゃべる電信機」と名付けた発明品を手にニューヨークに渡り、改良を続けた。その後、毎年更新する必要のある一種の特許を申請した。しかしメウッチには金がなかった。ものすごく貧乏だった。こうして時は流れ、一八七六年のある日、アレクサンダー・グラハム・ベルがあらわれて、電話の特許を申請する。そう、彼には金があった。最終的にはベルが偉大な発明家として歴史書に名前が載り、メウッチは貧しいまま、彼を称えることを忘れない生まれ故郷のイタリアをのぞいては、誰にも記憶されずに死んだ。

だが連中は嘘をついている、歴史書は嘘をついている、とユークリッドは言い放ち、ファイルを開いて内容を見せた。メウッチのことと、電話がハバナで発明された可能性について論じる、人類学者フェルナンド・オルティスが一九四一年に刊行した論文のコピーがあった。さらに、書き込みのある数葉の紙と、雑誌の『ボエミア』と『フベントゥ・レベルデ』の古い記事、そして、一番新しいものとして、「電話はキューバで発明された」という見出しの記事が載った一九八九年の『グランマ』紙があった。

わたしはうっとりした。それらの文書が物語る出来事から相当時間が経っているのに、いまだに家では電話のもたらす便宜を享受していなかったけれども、それにもかかわらず、その発明品がわたしの国で生まれた可能性がわずかにでも存在することを知って誇らしくなった。信じられない。

そうでしょう？　電話が、それがいまほとんど通じないハバナで生まれたなんて。まるで電灯やパラボラアンテナやインターネットがこの町で発明されたみたい。科学といい、めぐり合わせといい、皮肉なものね。ひどいものよ、メウッチだって、ベルの発明よりも早かったことを誰も証明できないために、死んで一世紀が過ぎてもまだ忘れられたまま。

おそるべき歴史の不公正ね、あるいは何かそれに類する言葉をユークリッドが説明し終えたとき、わたしは口走った。話の続きがあるのを知ったのはそのときだった。ユークリッドは立ち上がって歩き回り、わたしを見つめて言い切った。不公正、そのとおり、しかし取り戻せる。意味はわからなかったけれど、彼は再び座ってわたしの手を握り、声を落としてささやいた。証明できないことは存在しない。しかし証拠が、つまりメウッチのほうが早かった証拠が存在するんだ。なぜおれが知っているかというと、見たからだ。自分がどんな顔をしたのかわからない。声が出なかったことだけは覚えている。彼はわたしを見つめたまま手を放した。彼は何か別の反応を、わからないけれど、びっくりするとか叫び声とかを待っていたのかもしれない。でもとにかく感じたのは好奇心だった。だから最後に聞いた。証拠って？

友人は大きくため息をついて立ち上がり歩きはじめた。かなり前、と彼は言った。素晴らしい女性と知り合ったのだが、由緒ある一族の出だった。おかげで彼女は無学な人にはガラクタでしかないが、教養のある人には芸術的価値や歴史的意義がわかる品々を受け継いでいた。彼女はその多くが本当に値打ちものの逸品のみならず、歴史家や収集家なら垂涎の的であるような年代物の書類、代々の出生証明書や権利証書を保管していて、ユークリッドはある日、その紙束のなかにアントニオ・メウッチ直筆の文書を発見したというのだった。

わたしはそれが冗談だと思ったけれど、あなたにユークリッドの顔を見せたかった、彼ったら喜びに浸っていたわ。その女性の先祖の誰かはこのハバナでメウッチとたまたま同じ時期を過ごし、彼女はイタリア人の実験の様子を示したスケッチが書かれた文書を受け継いでいた。わたしには引き続き何もかも少しばかり奇妙で、偶然が重なり過ぎているようにも思えたけれど、ユークリッドは彼女の手にその文書があって、それは紛うことなく本物だと誓った。きみには本物の科学的な文書って想像がつくかい？　と彼は言った、目をパッチリと開いて。わたしは想像してみた。科学者にとってそうしたものを明るみに出すことは、間違いなく名声につながる。だからもちろんユークリッドはその女性に文書を譲ってもらおうとどんなこともやってみたのだが、彼女は受けつけなかった。彼女の言葉によれば、書類の中身に関心があるのではなく気持ちの問題だった。

それは確かにユークリッドにも理解はできた。彼女は自分の一族が直に触れ、ある意味でまだその痕跡をとどめている品々や書類を手元に置いておきたかったのだ。その思いが募るあまり彼女はメウッチのも含め、文書の何枚かを白い紙に糊付けしてあった。皺になったり破れたり隅が欠けたり、あるいはただ古びて駄目にならないように。ユークリッドにとって耐えがたかったのは、あれほどその形見に執着していたにもかかわらず、その女性が銀の食器や金のキリスト磔刑像といったいくつかの品々を処分せざるを得なくなったことだ。その頃、政府は値打ち物の回収に乗り出し、その引き換えとして市民に「金銀質店」でカラーテレビやブランドものの洋服を購入する権利を与えた。生き延びるためには代々の遺産を利用するほかないその女性の苦しみはユークリッドにも理解ができた。しかし理解できなかったのは、彼女が祖父愛用の銀の灰皿をステレオのラジカセと交換してしまえる一方で、あの紙片が科学の世界に帰属する文書であることに気づかないことだった。彼は絶望の発作に襲われ、それゆえ、金を払って紙片を引き取るとさえ申し出た。しかし駄目だった。彼女は頑として聞かなかった。祖父の灰皿はどうなってもいいが、メウッチの文書にはうんと言わない。ユークリッドへの最後の決定打となったのは、彼女はその紙片を後生大事に抱えたあげく、ユークリッドが関心を持っていることを知りながらも他人に譲ってしまったことだ。しかし彼は諦めなかった。それはかなり前のことだったのだが、跡は追い続けていた。だから一九八九年、『グランマ』紙にキューバにおける電話の発明に関する記事を見つけたとき、彼は不安になりだした。それは寝た子を起こすというか警戒信号を灯すことになった。わたしがほかにもメウッチを話題にしている人がいると伝えたいま、彼は警戒信号が大きくなりつつある、と感じていた。例の文書を持っている人物がその重要性に気づいてしまえば、ユークリッドがそれを取り戻すのは難しくなるだろう。だが最大の問題は、彼がその人物が誰なのかを知らないことだった。

彼が部屋を引っ掻き回しているのを見ていると、わたしにも彼の興奮が感染してきて、何かをしなくちゃと思った。わたしたちは何かをしなくてはならない。ひさしくやっていなかったが、もう一度二人で一緒に働いてわたしたちを価値ある存在にするときがやって来たのだ。

ユークリッドもわたしと同様、専攻は数学だった。わたしたちの友情を支えていたのは科学に対する情熱と、長い年月をかけて多くの出来事を共有することで高まった互いへの愛情だった。知り合ったのはわたしが大学生だった八〇年代のことだ。最初、彼はクラスの先生で、そのあと論文を指導してもらった。あの頃の彼はゆっくりと低い声でしゃべり、過ぎるほどの優しさが抗いがたい魅力を放ち、女子学生を虜(とりこ)にしていた。わたしもその影響を避けられなかった。避けようがない。歳上の男が好きだからだ。大雨が降った日に教室でロマンスに火がついた。二人きりで、遅い時間だった。わたしの論文はなかなか難しく、外は土砂降りの雨だった。わたしたちは問題の解き方を机の上に見つけた。そしてそれがその年の残りのあいだ続いたことのはじまりだった。彼には妻と三人の子どもがいたが、わたしたちはそれを話題に出さなかった。どうして出す必要があるの？　わたしたちは恋人同士で、わたしの論文は進展をみた。関係は順調だったが、誤差論の命じるところにしたがって、彼は「偶発的エラー」とでも呼びうるものの一つを犯した。ある午後、彼は五十歳の誕生日を祝ってホテル・ハバナ・リブレのバー、ラス・カニータスで乾杯したいと言い出した。なんという驚き。わたしは感激して承諾し、またとない夜を過ごした。災難は後にやって来た。続く数週間、わたしは彼の姿を見ることができず、ようやく会えたとき彼の家族は崩壊寸前だった。誰かがわたしたちを見かけ、彼の妻に密告していた。散々だわ。会うのは勉強の用事があるときだけにした。わたしの論文の口頭試問が七月にあって、九月に大学に戻るまで彼のことはそれ以上知らなかった。すでにその頃までにわたしたちの気持ちは冷えきっていたけれど、論文がまたとない成績をおさめたことで、わたしは数学の授業を担当する職を得た。わたしは彼の同僚になり、今度は友人としての付き合いがはじまった。

　ユークリッドと仕事をすることは大変な幸運だった。彼は講座の責任者で、科学、情熱、方法の人だった。わたしは駆け出しだった。とても濃密な時期だった。社会奉仕の二年が終わったとき、残念ながら空きポストはなくなっていた。大学にお別れをするときだった。そのときからわたしたちの凋落がはじまったのだ。

わたしはハバナ工科大学で教師をはじめたが、ハバナ大学にユークリッドを訪ねる習慣は続けていた。ある日、彼の様子がおかしかった。散歩に出たいと漏らした。一緒にマレコン通りまで行き、岸壁に腰掛けると、妻は離婚を望んでいるが自分はどうしたらよいかわからない、歳も感じるし子どもたちの反応が怖い、絶望的なんだ、と彼はわたしに打ち明けた。翌月になると彼は離婚を受け入れて実家に戻るしかなかった。他に方法はないでしょう？　ここではいつも住む場所を探すのが厄介で、そう簡単には引っ越せない。ユークリッドにはほかに方法がなかった。離婚の原因について多くは語らず、わたしも聞きたくなかった。かつてのわたしたちの恋愛を原因とするあの危機が、なんらかの形で妻の気持ちに影響しているのではないかと恐れていたので、理由がはっきりしていないならいちいち詮索しない方がいい。とわたしは思う。上の二人の子どもは父を嫌って母についた。衝動的なものだから時が解決するだろうとユークリッドは見ていたが、実際は何カ月か過ぎると末っ子だけが父を気にかけ、上の二人は電話もかけなくなった。

そして一九八九年になった。『グランマ』紙がメウッチの記事を掲載したけれど、わたしは読まなかった、それはあなたに言ったわね、それにユークリッドも当時その話をわたしにしなかった。わたしたちには電話の発明よりももっと具体的な問題がたくさんあった。ベルリンの壁が倒されたときのことを覚えているでしょう？　だってここまでその土埃が届いて、わたしたちも打ちのめされたのだから。そのときを境に、それまで社会主義ブロックの支援に支えられていたキューバ経済は急降下、すべてをなぎ倒していった。個人的な危機を抱えていたユークリッドにとどめを刺したのは外からの危機で、国がそれをやってくれたというわけ。わたしたちはしばらく顔を合わせる機会がなくて、久しぶりにわたしがハバナ大学の数学科を訪れると、彼は別人のようですっかり痩せ細っていた。交通が大問題で、彼は母の住む実家から大学まで徒歩で往復する、つまりマレコン通りのトンネルを通るしかなかった。その日、わたしは彼に付き添うことにした。歩き出して少したつと彼はわたしを抱きしめて泣き出した。道の真ん中で。わたしはどうしていいかわからなかったけれど、結局彼の手を引っ張って公園まで行った。彼はそこで、三カ月ほど前に上の二人の子どもが国を出て行ったと打ち明けた。理由はもちろん彼ではなく、崩壊しかかっている国、伝えられる深刻な経済危機、蔓延する希望の欠如だった。末っ子がキューバに残っていたとはいえ、上の二人の旅立ちは爆弾が爆発したようなもので、ユークリッドはその帰結を受け入れることを拒んでいた。その爆弾はあまりにも破壊力を発揮して、学期が終わると彼は鬱で大学に休職を願い出た。しばらく病院に通い投薬を受けた。こうして恩師の行方は徐々にわからなくなっていった。

一九九三年にユークリッドがメウッチのことをわたしに話したとき、ひどい鬱症状は過ぎていた。でも誓っていうけど、あんなに彼の目が輝いているのを見たのは本当に久しぶりだった。たぶんそのせいでわたしも彼の興奮に引きずられた。

わたしのことだけれど、やっぱり本当の名前をあなたに言うつもりはないから、フランス人の数学者ガストン・ジュリアにちなんでジュリアということにしておきましょう。わたしの転落はもっと単純。ハバナ工科大学で仕事をはじめて何週間かが過ぎた時点で、何かがうまくいっていないことがわかった。居心地が悪かった。わたしの夢は研究に没頭することだった。授業が大嫌いだったから、教師になっている自分を受け入れるのに抵抗があった。わかってくれるかしら? 本当はわたしは偉大な科学者になって国際会議に招かれて、権威ある雑誌に自分の発見を載せなければならないのに、できることといえばただひたすら疲れるまで同じ公式を繰り返すことだった。最初は何か大きなことをするために全精力を傾けたけれど、少しずつその精力が自分では言葉にできないような不快感に変わっていった。言い当ててくれたのがユークリッドだった。きみは挫折感を味わっているんじゃないかな、とある日、彼は言った。そのとおりだった。

いったい何度ハバナ工科大学をやめようと考えたことか。生徒にも食べ物の不足にも労働条件の悪さにも通勤にもうんざりだった。考えてもみて、町を直線で結ぶとすると、わたしの住んでいるアラマール地区は端にあって、大学は正反対。他の国ならそれはただ単に距離が離れているだけだけれど、当時のハバナではそれはほとんど探検と同じだった。

一九九一年のある朝、わたしは決めた。一クラス終えたところでお手洗いに行って、出ようとしてドアを開けかけると、わたしの名前を口にしながら入ってくる二人の女子学生の声が聞こえた。盗み聞きしようとしてじっとした。彼女たちはわたしがいるとは思ってもいなかった。わたしの性格が悪いのは確かだと一人が言うと、もう一人はみんなが言っているとおりそれは間違いないが、原因はセックスをしていないからだと言い放ち、思わず転びそうになった。つまり生徒たちによれば、わたしは性格が悪いだけでなく性的に満たされていないというのだ。当時わたしは物理教師と付き合っていたのに、馬鹿な生徒がわたしを笑い者にしている。そんな大げさな、とあなたは考えるかもしれないけれど、わたしはもう耐えられない、まるで世界全体がわたしを嘲っているような気分だった。それが最後の一滴だった。冗談じゃない。あんな子たちにわたしの努力は見合わない。その日、大学をやめることに決めて、その学期で最後にした。どこに仕事を見つけるつもりだったかって？　こっちこそ教えて欲しいくらいよ。危機的な国で数学者なんかに何ができるというの？　何もない。少なくとも職場と自宅の距離を縮めてくれるものならどんなものでもやるしかなかった。同僚が中心街ベダード地区の高等専門学校に仕事を見つけてくれた。大学で教員をやった後に高専に移るのは辛かったけれど、時代が時代で贅沢は言えなかった。一時的なものと新しい仕事を引き受けた。状況が変われば、とわたしは言い聞かせた、自分を見つめ直すことができるだろう。

実際、状況は変わった。でも悪い方に。だから一九九三年、わたしはまだ高専であくせく何にも興味のない男の子たちに基礎的な公式を教えていた。

そんな状況だったから、ユークリッドがわたしにメウッチのことと、彼が見つけようとしている誰も知らない文書のことを教えてくれたとき、わたしには突然世界が開けてきたように感じた。恩師が話をしながら部屋をうろうろしているあいだ、わたしは彼に見とれていた。本物の科学的な文書。それが探すべき何かなのだ。アルキメデスなら、われわれの小さな世界を動かすことのできるテコだと言うだろう。わたしは何と言ったらいいのかわからず、立ち上がって大声でしゃべりはじめたのを覚えている。そういうものを誰かの手に握らせていては駄目、その文書は人類の科学的な遺産に帰属しているのよ。でもユークリッド、それが本物だって自信を持って言えるのね？　彼は言った、そうだ、署名入りで、その女性の一族の誰かがタコン劇場でメウッチ本人と落ち合った証拠を彼女は持っている。本物だよジュリア、誓ってもいい。それまでに本物の科学的な文書を見たことがあったので、もう目の前にあるような気がした。想像するんだジュリア、それが意味するものを、とユークリッドは言い、わたしは想像しはじめた。その文書は形があって触れることができて明確な意味を持っている紙片だった。それがあれば歴史に埋もれた真実を証明することができて偉大な発明家を正当に評価できた。しかしそれ以上に、埋もれた真実を明かした人間として歴史に名を残すことができた。権威ある科学雑誌に論文を書いたり、海外のテレビのインタビューを受けたり、国際会議に参加したり、業界で名声を得ることができた。どうということのないその紙っぺらはわたしたちを無名なところから引き出して、あのゼロの年の日々に意味を与えることができる。

何かやらなくちゃユークリッド、わたしは最後に言った。すると彼はそうだ、何かやらなきゃと言って微笑んだ。物不足の時代だから、なおのこと愚かな人間の手にあの紙片があるとどうなるかわかったものでない。ジュリア、ここじゃあぼやぼやしていると母親まで売ってしまうからな。彼の言うとおりだったけれど、わたしはどこから手をつけたらよいか見当もつかなかった。彼は言った、漠然とだがいくつか考えがある、まだよく考えないといけないが、さしあたり一番重要なのはこの話を誰にもしてはいけないということだ。知っている人が少なければ少ないだけ、文書にはより良い運命が降りかかる。ユークリッドは唇に人差し指を置き、わたしも同じことをした。二人で微笑んだ。再び秘密を共有するときが来た。何をしたらよいかはいずれわかるだろう、でもその日の午後はっきりしたのは何かをしなければならないということで、それが科学者としてのわたしたちの任務だった。

2

一九九三年のことなら、この国のいわゆる「特別期間」のなかでも一番困難な年だったから、誰でも覚えていると思う。経済危機は極限に達した。グラフの曲線の一番下の危機的な地点に届いたようなものだった。放物線を思い描いてくれるかしら？　下のゼロ、窪み、谷底。そこまでわたしたちは着地した。選択肢ゼロ。これ以上切り詰められない必要最小限で、どこまで生きられるのかさえ話題になった。ゼロの年。ハバナで生きることは、何にも向かっていかない数字の連続にいるようなものだった。時が経過してもどこにも向かわない。どれも同じ日だった。同じことを繰り返す小さな部分に枝分かれしていく日に目を覚ましているようなものだった。何時間も電気がない。食べ物もわずか。来る日も来る日も豆ご飯。そして大豆。大豆の煮込み（ピカディーリョ）。豆乳。ヨーロッパだったら贅沢な食餌療法かもしれないけれど、ここではそれが毎日続いた。パンは一人あたり一日一個。悪夢。米ドルと国内通貨のペソのあいだに引き裂かれていく国。夜、街はひと気がなく、自動車の代わりに自転車が走り、商店は閉ざされ、ごみが山と積まれた。「世紀の嵐」が襲来した年でもあって、海水が街を侵し、水中メガネをはめ、ホテルの倉庫から海水に乗って流れ出た商品を釣っている人もいた。気違い沙汰の極致。そのあとは平静。崩壊が進んだにもかかわらず、静けさに包まれている国。結局、どこにも行けないのだという感覚と、いつものやり方で日々を生きようと起き続ける人々の背中を叩く、まるで罰かのように見放してくれない太陽。

そのなかにあって、メウッチの話は真っ暗闇に輝く小さな光のようにわたしの元に届いた。だからその日の午後、ユークリッドの家を出ると、わたしは出来事を反芻しながら歩きはじめた。かつては裕福だった家の女性が特別なものを後生大事にとっておいた挙句に譲ってしまうのが不思議でならなかった。生活が苦しくなったために文書を売り払ったことは明らかだった。しかもユークリッドに大した額が出せなかったのは間違いないからかなりの額で売っている。わたしたちに幸運があって新しい持ち主に出会えたとしても、お金は少しもなかったから、どうするべきか見当もつかなかった。でもいずれわかるだろう。その時点で大切だったのは、自分がひと味違う気分で歩いていたことだ。すれ違う人を見ては、その中に文書を持っている人がいるのだろうかと思った。きっと誰かがポケットに入れて持ち運んでいる。わたしにも気づかれていると想像したりするのかしら？　とても変だった、それは確かよ。ホログラムを見たことがあるかしら？　レーザー光線で記録される3D映像のこと。ハバナ工科大学で物理の先生と付き合っていたとき、よく二人で彼のラボに隠れたのだけれど、あるとき彼がホログラムを見せてくれた。光で照らされた写真があって、目の前に像が三次元で立っている。まるでそこに実際に体があるかのようだった。あまりに美しくて、手で触れたい誘惑に抗えなくて、でも本当にあるわけではないから、手は投影された映像をすり抜けて捕まえられない。それとまったく同じで、あの年のハバナでわたしは何度も自分がホログラムに、映像になったように感じて、誰かがわたしに手を近づけたら、わたしが存在しないことに気づくのではないかと想像して怖くなることがしばしばあった。でもメウッチのことを知った日、急に周囲の人間が、通りでわたしのそばを歩いている人の方がホログラムになった。

　わかってくれるかしら？　わたしは科学の世界やよその国の人が興味をもつ話を知っていて、それがわたしをしっかりとした、ある意味で重要な存在にしていた。そう。一週間前、わたしの人生に大した出来事は起きていなかった。でも、ユークリッドに話した例の夕食会の会話ではじめてメウッチの名前を聞いたその日、事態は変わろうとしていた。どうやってあの夕食会に出ることになったのかって？　手短に話すことにするわ。

　夕食会よりも少し前、わたしはこの物語の二つ目の変数、エンジェルと呼ぶことにするけれど、その人と知り合った。そう、その名前は完璧。彼に関しては、いつも何もかもが偶然の産物みたいだった。ある日、仕事が終わり、一二三番通りを歩いていたら、突然ものすごい力に引っ張られて転んだ。わたしは呆然としてしまって、横を通りざまわたしの手からバッグを引っ張っていった忌々しい自転車の男が遠ざかっていくのがなんとか目に入るだけだった。すると背中で声が聞こえ、そこにいた救いの天使（エンジェル）が、わたしが立ち上がるのに手を貸し、持ち物を拾い集め、傷を綺麗にしたらどうかと優しく尋ねてきた。彼はすぐ近くに住んでいた。

　憎たらしい自転車男が襲ってくれてどれだけありがたかったことか。彼には感謝してもしきれないわ。エンジェルのことは何度か見かけたことはあったけれど知り合いではなかった。美男子だった。痩せているけれど、筋肉の線がくっきりしていた。金髪だけれど、小麦色に日焼けしていた。そのうえ髪が長く、それがわたしにはたまらない。髪の長い男が大好きなの。そのあたりで何度か見かけたとき、考えごとでいっぱいの頭が重いのか、いつも疲れたような歩き方をしていた。小さい頃、母は、アンソニー・パーキンスは卵を踏み潰しながら歩くと言っていた。その意味がずっとわからなかったけれど、パーキンスはわたしのなかで潰れた卵だった。そして実際エンジェルを分析してみると、彼も卵を踏み潰しながら歩いているのがわかった。ゆっくり歩く。慎重に。その日、わたしは彼のアパートまで一緒に行った。誰もいなくて、わたしは落ち着いて水で手と膝を流した。帰りがけ、これっきりにならないように、わたしの職場に来てくれたらコーヒーをご馳走するわと言った。彼も、きみも家に来てくれていいと応じた。そしてお別れ。

続く何日かのあいだ、わたしは彼が職場に来るのをいまかいまかと待ち構えていた。ユークリッドはわたしがじりじりしているのを面白がっていたが、彼は女が一人で見知らぬ人の家に入ってはいけない、主導権は男が握るべしという主張だった。そんなことを話していると、ある日、わたしたち三人は通りでばったり出会った。ユークリッドとわたしはおしゃべりをしていて、顔をあげるとエンジェルがこちらに向かって歩いてくるのが目に入ったが、ユークリッドに教える余裕はなかった。エンジェルはわたしを見つけると微笑んだ。わたしも同じことをした。向かい合ってお互いに立ち止まったところで驚きがやって来た。エンジェルは言った。偶然だなあ！　わたしの頬にキスをしてから手をユークリッドに差し出して言ったのだ。ユークリッド、お元気ですか？　ユークリッドは挨拶に応じた。わたしは当惑して二人を見た。あなたたち知り合いなの？　ユークリッドは、エンジェルが自分の息子の友人だと言い、エンジェルは頷いた。別れ際、エンジェルはわたしの職場に立ち寄ると約束した。

数日後、高専の門のところでエンジェルはわたしを待っていて、こうしてゆっくり、とても緩やかなペースで親しくなっていった。ユークリッドによれば、彼がまだ家族と暮らしていた頃、エンジェルがよく自宅に遊びに来たという。ユークリッドは切り出した。エンジェルはいい奴だ、それに……。記憶では、そこで彼は言い澱み、ふくみ笑いをしてわたしを見てから、確か一人暮らしだから彼の家に行くのは悪くないと言い足した。ユークリッドの奴ったら、わたしが住まいのことで悩んでいるのをお見通しだった。確かにわたしはエンジェルが最初から気に入っていたとはいえ、一人暮らしが彼のもう一つの美点だというのを否定するつもりはない。そう、エンジェルはベダードに一人暮らしだった。わたしの大好きな二三番通りに面したバルコニーのある素晴らしいアパートで、巨大なリビングには本と絵画とテレビ、それにビデオデッキまであった。この国で、しかもあの時代にビデオを持っていたら、その人は上流階級だった。全員平等であることが最終的に行き着くのは、ちょっとした差異が目立つようになることよ。信じて。

　エンジェルとの関係は、さっき言ったようにゆっくり進んだ。彼は複雑な人だったけれど、それはあとで話すとして、さしあたり重要なのはどのようにわたしが全部の変数にたどり着いたかということで、実は彼の家がその一人に知り合った場所だった。エンジェルとわたしはまだ数回顔を合わせたことがあっただけで、わたしは彼に惹かれていたとはいえ、目線で微笑みを交わす以上の関係ではなかった。ある夜、二人で出かけようということになった。わたしは彼のアパートのリビングで一杯飲みながら、彼が着替えだか何かが済むのを待っていた。そのときドアの呼び出しベルが鳴ったのでわたしが開けると、そうね、レオナルド・ダ・ビンチからとってレオナルドとしておきましょう、眼鏡をかけた混血(ムラート)の男がいた。

　レオナルドをはじめて見たとき、正直言うと、嘲笑というほどではないにせよ思わず笑ってしまったわ。見たところ知らない顔だった。男はこれ以上礼儀正しくなれないくらいの態度で、この国では誰もがそうするかのように予告なしに現れたことを詫びていたのだけれど、テープルに酒瓶があるのを見つけると、これは驚いた、ハバナ・クラブじゃないか、なんて金持ちなんだ、と叫んだ。わたしが一杯グラスに注いでやると、肘掛け椅子に落ち着き、酒を舌の上で転がしては、おおこれぞ神々の蜜である、などと素っ頓狂なことをつぶやいていた。かわいそうに、ラムのボトルを拝んだのが久しぶりだったのね。あの時期は米ドルで売っていて、ドルはまだ禁じられていたの。そのとき彼が作家で、すでに何冊か本を出したことがあって書きかけのものもたくさんあると知った。

エンジェルは、レオナルドが二杯目か三杯目に入りかけたときにリビングに姿を見せ、わたしの記憶ではレオナルドが立ち上がり、わたしがとても親切に応対してくれたこと、またある用件で折り入って話がしたいと説明したのだけれど、エンジェルは素っ気なくいまは無理だと答えた。わたしはレオナルドを家にあげたのがまずかったのかと不安になったが、エンジェルはわたしの動揺に気づいたらしく、表情を和らげ、日を改めて話そうと言った。エンジェルとレオナルドは乾杯した。作家が帰るとエンジェルは、客は酒瓶を空っぽにするまで居座るから頭にくるのだと説明した。言い終えるとわたしの頬に指を一本滑らせた。わたしは彼のことを信じた。

作家のレオナルドに再会したのは、次の変数と知り合った夜だった。一人の変数がわたしをもう一人の変数に導いてくれるようね。気づいているかしら？　エンジェルがわたしを友人の工芸家が催したパーティに招んでくれた。エンジェルには知り合いがたくさんいて、わたしには誰も知り合いがいない。だからレオナルドが現れるのが目に入ったとき少し嬉しかった。エンジェルが工芸家と話をしていると、一本の手がすっとその彼の肩に置かれ、わたしはそれがレオナルドだと、少なくともわたしにとって知っている顔だとわかった。工芸家はレオナルドに微笑みかけ、瓶を高く持ち上げ、お酒好きのみなさん、どうぞくつろいでくださいと言っていなくなった。するとレオナルドはくるりと回って後ろにいた女性を通し、この物語の最後から二番目の変数、バルバラ・ガットルノを大げさな仕草で紹介した。彼女は口だけではなく顔全体、ついでに体全体に行き渡る笑顔でこんばんは（チャオ）と言った。するとその笑顔の勢いで、たぶんサイズより一回り小さいブラジャーをつけていたのではみ出ていた乳房がうまく収まった。イタリア人の友達だ、だがスペイン語は完璧だ、とレオナルドは言った。

　その夜はみんな飲んで吸って話して踊った。エンジェルとレオナルドが少しのあいだ姿を消したので、わたしはバルバラと話した。自信があってなにごとにも不安がないように見えるたぐいの女性の一人だった。キューバははじめてであること、職業は新聞記者であること、そしてキューバ文学について記事を書いていると言った。レオナルドの本を読みはじめたのだけれど、すごいわ、キューバってすごい、人も匂いも物の見方も話し方も、手に入れた原稿は読みたくてたまらないわ、あらゆることを体験したいの。滑稽なアクセントだったけれど、スペイン語は正しく、上手に話していたのは確かだった。

　わたしはそんなに飲まないから、記憶ではどこかでラムをやめて水にした。エンジェルとバルバラがイタリア映画について議論していたこと、わたしはレオナルドと少し話したことを覚えている。そして、かなり遅くなってからエンジェルがわたしの耳元で、あのイタリア女は話が終わらないから自分をここから連れ出してくれと頼んできたことも覚えている。帰りがけ、バルバラが次の日に四人で個人レストラン（パラダール）に出かけて夕食を食べましょうと提案した。招待するわ、と付け足した。

　こうしてわたしの人生が変化を開始する有名な夕食会にいたる。もちろんわたしはまだそのことを知らなかったのだけれど。その時期まだパラダールは違法で、だからわたしたちが向かったレストランもこっそり営業していた。その夜は賑やかで、食事は美味で、笑いは絶えず、ビールをたくさん飲んだ。どこかのあたりでレオナルドは自分の作品についてしゃべりはじめた。彼によれば、いままでにない野心的な構想で、メウッチという電話の発明家をめぐる小説ということだった。わたしはとっさに口を挟み、電話を発明したのはベル、グラハム・ベルだと言ったが、バルバラが遮って、本当に発明したのは自分と同郷人であるメウッチだと譲らなかった。作家のレオナルドがバルバラの言葉を継いで、きみは数学者だから知っているに違いないが、何かが真実であるのはそうでないことが証明されるまでの話であって、この場合、ベルが電話の発明者であるのは、メウッチが最初に電話を発明したことが証明されるまでの話である、しかもそれどころか、発明された場所はキューバなのだと付け足した。わたしにはいったいなんの話をしているのか見当がつかず、飲んだビールの本数を考えると彼らもわかっていないのだろうと思った。見たところ、作家が話しているあいだはエンジェルも口を開かなかったからわたしと同じだった。話が尽きると作家は空っぽの缶でテーブルを二回叩いて言った。バルバラ、おれが最後にビールを飲んでからどれくらい経つと思うのだね？　彼女は微笑みで返し、全員にもう一杯注文した。こうして話題はエンジェルがキューバの窮状についてバルバラに説明する方へ移っていったのだが、すでにメウッチの名前は出ていた。わたしがこの物語の変数の最後の一人になったのはこのような経緯で、わたしは彼らに巻き込まれていくのだが、そのことに気づかなかったのは、本当のところその時期のわたしに興味があったのはエンジェルだけだったからだ。どうやったら彼をモノにできるかしら。どうやったらあのどこにも行かない会話と目線の悪循環から抜け出せるかしら。

その日の夜、パラダールから出たとき、雨を予感させる風がはじまった。心地よかった。バルバラはまだ飲み続けることを提案したが、わたしには無理だった。次の日に仕事があった。エンジェルはわたしがタクシーを捕まえるまで付き添うと言った。レオナルドはイタリア女を見た。君さえよければもう一軒行っても……。わたしたちはそこで別れた。昼間だったらヒッチハイクするのが習慣だったが、夜なのでキューバ・ペソのタクシーが止まっている議事堂（カピトリオ）まで行きたかった。エンジェルはわたしに付き添うつもりだったので、彼が行き方を決めた。わたしたちはG通りを上る道を選んだ。エンジェルはたびたび立ち止まって両腕を広げ、そうするとシャツが膨れて風船のようになった。捕まえてくれないと飛んじゃうよと言ってわたしを笑わせた。風の吹くハバナは素晴らしく、不思議な魅力、天使のいるような雰囲気があった。もう一度彼は両腕を広げて立ち止まり大声で言った。もう我慢できない、行くよ。わたしは笑い出して、彼に手を伸ばして笑い続けようとしたが、彼はわたしをしっかりと捕まえて、目線をわたしの目に据えた。わたしを放すと、とてもゆっくり両手でわたしの顔に触れ、わたしは両頬に、熱と、彼の「もう我慢できない」という真剣なささやきを感じた。わたしも真面目な顔をした。風は吹き続け、エンジェルのシャツは大きく膨れ上がったけれど、彼は顔をわたしに寄せてキスをした。わたしもキスをした。わたしたちはキスをした。風は吹き止まず、わたしはやがて彼の長い髪に指を埋め、エンジェルは両手でわたしの顔を挟んでキスを続けながら舌を入れてきて、手は頬と首に回り、しまいにわたしのイヤリングが落ちた。そう、あの最中にイヤリングが落ちた気がして、それはそんな気はしたくなくても、そんな気がするたぐいのことで、わたしは言った。イヤリングが落ちた。すると彼はこれ以上にないほど慎重にかがんで探しはじめた。気にしないで、高価なものじゃないからと言ったが、彼は、いや、違う、イヤリングを失くしてはだめだと言った。わたしは信じられなかった。一カ月以上のあいだ、あのキスが欲しかった。首から抱きしめたかったが、できたのは大声で言うことだった。もう我慢できないのはわたしのほうよ。すると彼は立ち上がり、間抜けな顔をして微笑んだ。ぼくって間抜けだね？　そしてわたしが風で遠くに持っていかれないように、もう一度キスをした。その日の夜、アパートに着くと雨が降りはじめた。わたしたちはほとんど眠らなかったが、翌日はいつもは愚かな生徒がものすごく良い子で、その学期で最高の授業になったのを覚えている。

ユークリッドは、わたしがついに天使の体を知ったのだと打ち明けたとき、大喜びだった。実際エンジェルはとても複雑な人で、まだ恋人なのか愛人なのか、あるいは別の何なのかわからなかった。きっと長い物語の第一章をはじめたばかりなのだと思っていたが、重要なのはわたしが幸せであることだった。ユークリッドはわたしの目が輝いているのを茶化し、ふざけた口調で、かの青年がいい趣味をしているのは認めねばなるまい、と言った。そして高笑いを放ち、エンジェルとおれのあいだには公分母があると言い放った。洒落たことを言うものだとわたしは思い、忘れられなくなった。確かにそのとおり、わたしは二人の男の肉体の公分母になったばかりだったので、一緒になって笑うしかなかった。

この会話をしたのは、ある日、二人でユークリッドの家に向かっているときだった。その後、タンクに入れる水をバケツで運び、ユークリッドはメウッチの話をわたしにして、わたしは誰かがハバナで電話の真の発明者を証明する本物の文書を持っていることを知った。だからユークリッドの家を出たときに世界が違って見えたのは不思議ではない。すでにあなたに言ったとおり、一週間前のわたしの人生には大した出来事は起きてなかったのだから。でも出し抜けにすべてが変わった。まったくもってすべてが。わかるかしら？

3

あなたに聞いておきたいの。「きみ」って呼んだら気分を害するかしら？　というのは、とても個人的なことを話しているから、「あなた」って言うと距離が生まれてしまうの。だから「きみ」って呼びたいの。いい？　続けるわ。

その頃のユークリッドは鬱を乗り越えていた、ともうきみには言ったわね、もちろん体重までは元に戻らなかったけれど。悩みは退屈だったことぐらい。長いあいだ懸命に働いた後でやることもなく家でぶらぶらするのにどうしても慣れなくて、科学書を読み直して新しい領域の研究に取りかかろうとした。大学で仕事をしているときには時間がほとんど取れなかったそうよ。彼の持論は、科学的知識が精神に栄養を与え、栄養を与えられた精神によって脳はよりよく働き、体の衰えも減少させるというものだった。もちろん一九九三年には定理を修正する必要に迫られて、科学的知識は精神に栄養を与えるが、体に栄養を与えるのは食事であるという意見になっていた。きちんと栄養を与えられた精神と体が脳の良好な働きを促し、それ以外の事柄にも好ましい結果をもたらす、と。ユークリッドは体に栄養を与えようと、生徒を探して数学塾を開き、やりくりするのが精一杯だった自分の退職金と母親の年金の足しにしようとした。精神の栄養のほうは、わたしたち二人に同僚二人を加えて研究グループを作ることを思いつき、毎週土曜日に誰かの家に集まって科学的なテーマで議論した。わたしたちはフラクタル幾何学やカオス理論、マンデルブロ集合、わたしの偽名の由来でもあるガストン・ジュリアのジュリア集合だのを研究しはじめた。要するに数学に関すること。大きな成果を残すことは望まなかったけれど、少なくともあのひどい年に神経細胞が死んでしまうのは避けたかった。ユークリッドはいろんな思いつきでわたしを笑わせてくれた。いわく、おれは自分の生活から酒とクロスワードパズル、それに近所の爺さん連中と会話する公園のベンチを追放したんだ、あっていいのはMではじまる単語、例えばmatemática（数学）、mujeres（女）だけだ。

メウッチもMではじまっていた。わたしはメウッチの話を知って何日か過ぎてからもう一度ユークリッドの家に行った。前回、ユークリッドはファイルに保管してあるメモをわたしに貸すのを断ると、これが自分の家から出ることはないと言った。だから彼の家で読むしか方法がなかった。読みたくて仕方がなかった。

わたしが部屋で読み終わると、彼はCMBFにラジオの周波数を合わせた。この前、作家のことを言っていたが、その男のことについてほかに何を知っている？　と彼は質問を開始した。レオナルドは興味深い手掛かりかもしれない、というのが彼の意見だった。もしレオナルドがメウッチのことを調べているのなら、かなりの情報を集めているだろうし、もしかするといずれおれが行なっている調査にも役立つかもしれない、と言う。ユークリッド、でも、これはあなたの調査ではなくてわたしたちの調査よ、その文書を見つけるのは科学者としてのわたしたちの任務だからね、とわたしが強く主張すると、彼はわたしを見ながら、自分と同じ船に本気で乗る気があるのかと聞いてきた。もちろんそのつもりだった。彼が船長で、わたしたちが先生と生徒という昔の関係に戻ることにわたしは興奮していた。友人は満足げに微笑み、われわれは真の科学者らしく振舞い、どんな細部にも心に留めなければならない、ちょっと見にはありふれているものも含め、すべてが重要なのだと断言した。その作家は興味深い手掛かりだ、だがわれわれには情報が欠けている、と彼は繰り返し言った。

突然、彼の部屋はかつての数学講座に変貌した。わたしは立ち上がり、ゼロからはじめないとと口走り、歩き回りながら、エンジェルが語っていたごくわずかの事柄。でもその中で一番重要だったのは、背格好、服装、レオナルドについて知っていることをすべて思い出した。わたしが彼とどこで会えるかを知っていることだった。パーティで、エンジェルとバルバラがイタリア映画の進展について熱っぽく議論しているとき、レオナルドはわたしのところに来て話をした。彼はハバナ旧市街、カテドラルのすぐ近くにある会社の人事課で働いていると言っていた。彼によれば仕事は大した内容ではなく、むしろ官僚的退屈そのものだったが、おかげで執筆に専念できるという。いつか近くに来ることがあったら寄ってくれとそのときわたしに言っていた。挨拶に立ち寄っても少しも不自然じゃないわ、どう思う？　とわたしはユークリッドに聞いた。ユークリッドは、きみはいつも一番出来のいい生徒だったね、と言って微笑んだ。おれもレオナルドと知り合いになりたいが、当座そのためのもっともらしい言いわけがない。それでもきみがレオナルドと会えるというのは最高だ。

そう言うと彼も立ち上がり、歩きながら話し出した。レオナルドを訪れたらメウッチのことが会話の話題にのぼらないといけない、作家に書きかけの仕事の話をさせるのは容易ではないぞ、と彼は言って微笑んだ。その後少しずつ、急がず、わたしは彼と友好的な関係を築き、そうすれば、もっと先にユークリッドとわたしが友人同士である以上、ごく自然にユークリッドもしレオナルドと知り合えるだろう。もし奴が文書について何か知っていても、ジュリア、最初は何も言わないさ、じっくり攻めよう。

わたしはユークリッドに魅了された。彼は急に戦略を立てはじめ、その姿はまるで大学で頭を悩ませていたあの微分方程式の一つを解いている姿に見えた。わたしたちは慎重に進める必要があり、レオナルドが語ってくれることだけでよしとせず、隠し事がないかも調べなければならなかった。しかしジュリア、それはもっと先になっておれができる、当座はきみが彼を惹きつけて信頼を勝ち取るんだ、きみにはそんなに難しいこととは思えない、と言った。ユークリッドはこちらを笑いながら見つめ、わたしには避けられないその笑顔のせいで、何年か前、もう少し若いユークリッドがわたしのブラウスのボタンを外しながら同じように笑っていた数学講座へと引き戻された。そんなに難しくないわ、先生、とわたしは言って、二人で笑い出した。

さて。ユークリッドとわたしは取り決めを結んだ。レオナルドがわたしたちのターゲットのナンバーワン、からからになるまで果汁を絞りとるレモンになった。興味深いのは、ときに事態がどうしようもなくなると、とたんにすべてを変えてくれる小さな出来事が起きることである。それは間違いなく目的の欠如と関係している。人生における目的の欠如は精神の荒廃に繋がり、精神が荒廃していることに耐えられる肉体はない。ただ死ぬだけ、ぼろぼろになって消えていく。わたしは目的がないのがいつも怖かった。でもそのときには二つあった。一方にエンジェルが、もう一方にメウッチが。わかる?

具体的な目的があると、それ以外の問題は小さく、どうでもいいことになる。高専での授業にはどんどん関心がなくなっていったけれど、さほど気にならなかった。国の状況は相変わらず最悪だったけれど、そのこともどうでもよかった。具体的な目的があったので、食べ物がないとか停電とかはどうでもよかった。ブレーズ・パスカルは、人が最後に知ることはどこから着手するかである、と言っているが、ユークリッドとわたしにはっきりしていたのは、まさにどこから着手するかだった。ピタゴラスは、始まりがすべての半分であると断言した。もしそうならわたしたちはすでにかなりの距離を進んだことになる。始まりはレオナルドだった。

その週、高専の仕事が早く終わり、エンジェルとの予定がない日、レオナルドに会いに行った。レオナルドは会社の入り口にわたしが立っているのを見ると驚いた。教育省で手続きがあってこの辺りに来た、いくつか電話をかける必要があって、あなたが近くで働いているのを思い出したと言った。もちろんいいさ、おいで。彼はわたしをオフィスに入れ、そこで本当にわたしは電話を何本か、でも知らない番号を回し、もう五時近いから誰もつかまらなかったと嘆いてみせた。ひどい一日だったとわたしは漏らし、何もかもうまくいかないし疲れていて死にそうで、ひょっとしてこの辺りでコーヒーを飲めるところを知っている？　レオナルドは小さな店を知っていた。コーヒーは美味くないが、きみが急いでいなくて少し待ってくれるなら、一緒にコーヒーを飲もう。わたしの仕事は終わったわ、と彼に言い、彼のデスクのそばに座って仕事が終わるのを待った。エンジェルのことを聞かれたのはそのときだった。

エンジェルを通じてわたしたちは知り合ったのだから、そう質問されるのは当たり前だったが、正直なところわたしは驚いた。恋人のことを考慮に入れていなかったからで、答えるのに一瞬躊躇した。元気よ、ここ何日か会っていないけど。レオナルドは、パラダールで食べて以来会っていないが、電話をかけないといけない、エンジェルとはうまが合うと言った。バルバラの方は元気かしら？　わたしは話題を逸らそうとして言った。元気さ、こっちも何日か会っていないけどな、と答えた。五時を回り、二人で一緒に会社を出ると、レオナルドは駐車場に結わいていた自転車をほどいて小さな店まで歩いた。コーヒーをご馳走すると言ってくれたが、わたしが急いでいないのをみて、アルマス広場にでも行って涼みながら話そうと提案してきた。

レオナルドは口を開かせる必要のない男だった。むしろ言葉が控えの間で準備を整え、ちょっとしたすきを狙って発射されるのを待っていた。その日の午後、彼は多くのことを語った。離婚歴があって息子が一人いたが、会いたいときに会えるわけではなかった。息子はかなり遠いサンタ・フェに母親と暮らし、一方、彼の方はセーロの自分の両親の実家に戻ってそこの古いガレージに小さな部屋を建てていたからだ。自転車でサンタ・フェとセーロを移動するのは簡単ではなく、二週間に一度息子を預かり、そのほかに、ときたま会いに行くことになっていた。彼はここ数年のあいだに何冊か詩や短篇を出版していたが、「特別期間」とともに出版社の危機、紙不足、出版点数の激減があって、しばらく前から彼の名前が本の表紙に出ることはなかった。わたしは詩が大好きだったので、詩を書いていると知って興奮した。すると本を貸すと約束してくれて、いい本だ、というか、少なくとも本が出たときに批評家はそう言ったと請け合った。いまの仕事を選ぶ前にいくつかの仕事をこなしたことがあった。作家っていうのはね、人には見えないものを感知して、人が汚いものを見るところに美を見つけることのできる複雑な存在なんだ、だから作家は俗世間と混じり合うべきで、でも飲み込まれてはいけない。言っていることがわかるかい？　と彼は聞き、答えを待たずに、それゆえに人と頻繁に触れ合う必要があってあの会社で働いているが、自分の時間をすべて使い果たしてしまうような仕事に巻き込まれてはいけないと説明した。そこでわたしは、作家としての新しい構想を尋ねた。レオナルドは微笑んで、ポケットから煙草の箱を出してわたしに一本差し出したが、わたしは煙草は吸わない。するとベンチに座り直してポプラールに火をつけ、深々と吸い込むと、わたしを見つめて言った。おれの新しい構想は爆弾だ。わたしは微笑み、もっと知りたくなった。もちろんだ。

それは彼にとってはじめての小説で、とても込み入った、野心的な構想だった。括弧付きの歴史小説。ウンベルト・エーコは『薔薇の名前』にラテン語を導入することに挑み、成功した。レオナルドは科学を導入しようとしていた、ただし別の方法で。彼のイメージでは、すべてが事実に基づいているために、読者が虚構だと理解する隙がほとんどない作品だった。もちろん、と、彼は言った。あらゆる本は歴史の本も含めてすべて虚構だ、書いている人間の解釈に基づいているからね。わかるか、ジュリア？ わたしが頷くと、彼は続けた。例えば誰かが、おれときみが別々にこの日の午後の広場のことを物語るように依頼したとしたら、おれときみは別々の存在で異なる視線を持っているから、おれたちは異なる物語を語るはずだ。おれたちは現実ではなくて、おれたちの精神が作り出すことができる虚構を語っているにすぎない。面白いわ、とわたしは言ったけれど、レオナルドはわたしのことを聞くというよりはすっかり陶酔していて、見ているのもわたしではなく、もっと遠くにあるものを見ていた。難しいのは、と彼は続けた、だからおれの構想は野心的なんだが、現実をまるで虚構のように読ませるところにある。読者はソファーに座り、虚構という文学的な仕掛けに向き合おうと思って読みはじめる。ところがあるところまで進むと、まぎれもない現実が降りかかっている。その本はどんな細部も証明可能な歴史的事実に基づいて書かれていたからで、このとき読者が心地よく入り込んでいたその虚構の空間はぐらぐらと揺らぎはじめ、読者は急に大文字の歴史の中に入り込んでいたことを発見するというわけさ。素晴らしいと思わないか？ 彼はこう尋ね、今度はわたしを見ていた。わたしは少し考えてから、あなたが言うことにしたがえば、そうして語られた歴史もまた虚構にすぎないわ、語る人次第なんだから、とぼそっと言った。レオナルドはわたしの意見が気に入らなかったようだった。彼は口元を歪めてこう答えたからだ。いや、きみが語っていることがすべて証明可能としたらどうだ。

わたしは思わず笑い、あなたなら文学ではなくて数学のように証明が肝心な学問に専念してもよかったわ、と言った。でも数学だって、今日証明されたことが明日再検討されるかもしれないわ。証明はそのときに存在する知識レベルに依存しているからよ。例えば、と、わたしは興奮してこう付け加えた。ユークリッド幾何学では――ここで当然わたしは友人のことではなく、本物のユークリッドのことを言っていたわけだけれど――、フラクタル幾何学で提起される問題を決して解決できなかったわ、というのは自然に関する知識が両者ではそれぞれ異なる時代のものだからよ。レオナルドは目を見開いた。フラクタルと言った瞬間、わたしは頭にユークリッドのことがよぎり、その日の任務がレオナルドから情報を引き出すこと、レモンを搾り取ること、そういう目的を忘れて彼の演説に引きずり込まれていることに気づき、はっとして黙った。彼は微笑んで、数学は得意ではなく学校でいい成績も取れなかった、得意なのは言葉で、ときどきしゃべりすぎる癖があるのを許してくれと言った。わたしは許すも何もなくその反対で、あなたが話す内容はどれも素晴らしく、とても興味深いのだと返し、で、そのイタリア人、なんという名前だったかしら？　電話の人、その人があなたの小説の登場人物でしょう？　レオナルドはもう一本タバコに火をつけながら言った。アントニオ・メウッチだよ、学士さん、しっかり頭に叩き込んでベルのことは忘れるんだ。そして付け加えた。腹が空かないか？　近くにピザを売っている奴がいる。どうだい？

ピザ。ピザはメウッチの国のものじゃないか。こうしてレオナルドはその日の午後、自分の小説に関する演説を切り上げた。責任はわたしにある、それはわかっている。会話をわたしの関心の方に引っ張ってくる代わりに、彼と彼の言っている内容――それを間違いなく面白いと思った――にわたしは引きずり込まれてしまった。わたしはいつもこうで、なぜだかはわからないけれど、男の人と話をはじめるとすっかり自分を見失ってしまう。ともかく、わたしの目的は彼の友人になることで、最初の会話で話題が尽きてしまえば、次に会う可能性は閉ざされてしまう。

レオナルドはわたしを連れて狭い路地を横切ったあと窓のあるところに行き、顔を突っ込んでピザを二枚買った。たまたま金のある日だからきみはついていると言った。実を言うとノーベル賞をとったばかりでね、と付け加えた。スペインで出るアンソロジーに短篇が一つ載るから二十五ドル払ってくれて金ならある、でも期待しないでくれよ、息子を食わせないといけないし、すぐに遣うわけにはいかないからな、と言って笑った。二十五ドルは大した額ではなかったが、米ドルだったのでその通貨で売っている油やシャンプーといった必需品を買えた。レオナルドの給与は国内通貨のペソ払いだったから、だからね、金持ちのような気がするんだ。わたしはピザに噛みつき、油で服が汚れないように体を離した。わたしが口を開く前にレオナルドは言った。冗談ばかり言ってすまない、本当は人にご馳走するのは大好きなんだがなかなか難しくてね、ちょうどいい日に来てくれて嬉しいよ。わたしは微笑んだ。ありがとう、次はわたしがご馳走するから。

一つの借りは次の機会を保証する。その日、ピザのあと、わたしが車を拾うマレコン通りに向かって二人で歩き出した。途中でレオナルドは、わたしを少し見たいので立ち止まってくれと言った。わたしは止まり、不思議な思いで彼を見た。レオナルドは再び歩き出し、わたしが誰かを思い出させるのだと説明した。エンジェルの家でドアを開けてくれた日、バルセロナで昔知り合った女の子が目の前にいると思ったこと、その子とわたしの顔がよく似ているだけでなく、わたしの動き方にその子を思い出させる何かがあるのだと言う。バルセロナにいたことがあるの？　わたしは羨ましくなって聞いた。確かにレオナルドは何年か前にいたことがあり、美しい街だ、誰でも永遠に虜にしてしまう街だと言った。

レオナルドの話を聞いていると、目を閉じなくても彼が描写している場所に連れて行ってくれるような感覚があった。わたしはその日そのことを発見した。一言ひとことが街を形作る断片になり、少しずつわたしはバルセロナに移動していった。わたしはこれまで旅に出る幸運に恵まれたことはなく、一度もこの島を出たことはない。でも二人で歩きながら――レオナルドはハバナの汚い街路を中国製の自転車を押していた――、彼がわたしのために作りあげてくれた街はわたしの脳裏からまだ消えていない、本当よ。

その午後、別れる前、レオナルドは自宅で開いているという朗読会にわたしを誘ってくれた。停電があると何人かの友人で集まって、本を読み酒を飲みドミノをやり政府の悪口を言って過ごすのだった。楽しいよ、と彼は言った。参加する条件がひとつあって、ろうそくやお酒、パンやタバコ一箱を持ってくることだった。彼には部屋を提供することしかできなかったからだ。でも女性は来てくれるだけで、手ぶらでいいと付け加えた。レオナルドがわたしを、エンジェルのそばにいつもいる人間ではなく、一人の独立した存在として見てくれるのが嬉しかった。彼の目にわたしが誘える女として映っていることがわたしの目的には不可欠だったからだ。そうでないと、わたしたちだけの、たった二人だけの関係を築くことができない。

わたしは彼の誘いを喜んで受け入れ、彼にひとつ借りがあるということも彼に思い出させた。電話番号も教え合った。彼は職場と、念のため隣りの人の番号もくれた。わたしは学校のを教えた。朗読会に行くときに電話すると約束し、笑いながら言った。ちゃんとした借りがあると友情って続くわね。そうして別れた。

ユークリッドに電話して報告すると、二度目があるのを知って喜んだ。電話を切って、しばしダイヤルをもてあそんだ。勤め先の学校にいたが、急に自分が秘密諜報員、科学の００７になったような気がした。それが可笑しかった。

4

なんとなく習慣で、エンジェルとの約束はわたしが前もって彼に電話をして決めていた。ある日、エンジェルがいくつか用事を片付けてから高専にわたしを迎えにきて、彼の家で食事をすることになった。二人で家に着くと、アパートのドアの前に全身黒ずくめの少女が座り込んでいた。わたしたちを見ると立ち上がり、エンジェルにしなだれかかって泣きながら言った。エンジェル、一緒に住ませて、お願い。彼は抱きかかえて髪にキスをして、大丈夫だよ、とささやきながら、苦労してドアの鍵をポケットから探し出した。少女はかなり若く、Tシャツに長いスカート、編み上げ靴で、手首にたくさんのブレスレットをじゃらじゃらさせていた。わたしはどうしたらよいかわからず少し距離をとっていると、彼はドアを開け、首に抱きついたまま泣き止まずに同じ言葉を繰り返す少女と入っていった。少ししてエンジェルの声が聞こえた。ジュリア、入りなよ。

わたしが入ると、二人はまだ抱き合ったままだった。背中側でドアを閉じたけれど、ばたんという音に少女が顔を上げたので、そっと閉められなかったことはわかっている。彼女の両目からは黒い二本の線がくっきり垂れ、悲しげな表情をしていた。エンジェルは腕でわたしの方を差した。彼女はジュリアだ。そのあと少女の方を差して言った、こちらはダヤニ、妹だ。ダヤニは鼻を手で拭いながらよろしくと言ってエンジェルから離れ、バッグをソファーに投げて廊下の奥に消えた。わたしは同じ場所に立ったままだったが、エンジェルが近づき、よくあることだ、妹は十八歳で父親と喧嘩するたびに家に来るんだ、と説明した。わたしは黙ったままだった。彼はわたしの頬を手で撫で回した。ジュリア、聞いてる？　わたしはため息をついて目線を上げた。もちろん聞いていた。二人きりのほうがいいわよね。彼は悲しげな表情で頷きながらも、明日電話をくれと言った。遠慮せずに電話して、と繰り返した。

翌日は五月一日で、そのあといろいろなことがあったのでよく覚えている。彼に電話をかけたが、都合がつかず会えなかった。エンジェルは妹に付き添って父親の家に行くことになった。疲れてる、と彼は言った。日曜日はのんびり過ごしたいな。明日昼ごろ来て、泊まっていかないか？　きみがそばにいるのに慣れてきたんだ、と付け加えた。わたしは唇を噛んで、ええ行くわ、と答えた。

どこかでアインシュタインの言ったことを読んだことがある。いわく、最初、あらゆる考えは愛に属するが、その後、愛のすべては考えに属する。確かに。最初、わたしはエンジェルの虜になった。彼にはもろいところがあって、女が男のもろいところを見るとものすごく優しくしたくなるのはわかるわね。わたしたち女の母性本能かしら。どう？

どの程度なのかわからない、それに一度として本人に言ってみようと思ったことはないけれど、エンジェルは見捨てられ不安症候群のようなものを患っていた。小さいときに母親が国を出て行ったけれど、父親が許さなかったので子どもは連れていけなかった。でも少し経つと父親は再婚して新しい妻と暮らすようになり、生まれたのがダヤニだった。エンジェルは母方の祖母に預けられ、祖母は死ぬまでエンジェルを育て面倒を見た。アパートは祖母から相続したものだった。

わたしはエンジェルの過去に最初から夢中になった。彼には結婚歴があって、本人によれば大恋愛だったらしい。二人の仲はうまくいっていたので、エンジェルの父は、当時観光業で高い地位にあったのを利用して二人にキューバ－ブラジル会社の職を用意した。問題は、二人がそこで雇われたあと、マルガリータ——彼の妻はそういう名前だったのだが——が会社のブラジル人たちとしっかりとした関係を築いたところにあった。結果、マルガリータは結婚からわずか二カ月でエンジェルを捨て、無期限の契約でサンパウロへ行ったのだった。わたしのエンジェルはぼろぼろになってしまった。少しして彼は短期間の研修でサンパウロへ送られた。エンジェルにとってその旅はマルガリータと再会し、彼女を取り戻す機会を意味していた。しかし彼女は彼を愛していなかった、それだけでなく、すでに恋人もいた。エンジェルはすっかり傷ついて戻り、同じ会社では働き続けられなくなった。こうしてエンジェルは、それが意味する経済上の利益からして、キューバ－ブラジル合弁会社(ジョイント・ベンチャー)の職は誰でも喉から手が出るほど欲しいものであったにもかかわらず、辞職願を出して失業した。わたしの間違いでなければ、その話をしてくれたのは、わたしがレオナルドにはじめて会った日のことだった。そう、あの日の午後、作家が帰ったあと、エンジェルは少しぶっきらぼうだったことを詫び、そのついでに本当はレオナルドとはそれほど仲が良いわけではなく、彼と仲が良いのは自分の元妻であると語った。そしてわたしにマルガリータについて話したのだ。わたしは、マルガリータと別れてからのエンジェルが長続きのしない恋愛しかしていないことを知った。どうしても忘れられず、マルガリータは少しずつ家をうろつく幽霊になっていった。だからエンジェルは、とても気に入っていて口ずさんでいた「もし自分と同じ人を見つけたら」という歌のように、自分を「ただ一人、いつも一人」と称するのが好きだった。それもあって、わたしたちの出だしは難しかった。

わかる？「海がきれいだね、マルガリータ、風よ、柑橘類のほのかなエキスを運べ……」のマルガリータの幽霊のせいよ。ときどき冗談でわたしはその詩を彼に聞かせたけれど、そのときにはどれほどその詩が憎たらしくなるかを想像していなかった。

エンジェルには庇護が必要な子どもっぽいところと、ベッドに連れて行きたくなる男らしさが混じり合っていた。数学者としてのわたしの頭のなかには、小さな解こそが最後の解に導く解であるという考えがある。だからわたしには、物事はゆっくり進むだろうという予感が最初からあった。彼のベッドに到達するのに一カ月近くかかった。彼の孤独の殻を壊すのにどれくらいかかるのか見当もつかなかった。ときどき二人のどちらが数学者なのかを自問した。どちらが動きを計算しているのだろう？

取り決めたとおり、日曜日、わたしは正午ちょうどに彼の家に着いた。呼び鈴を押そうとしたが、停電だったので開けてくれるまでドアを叩くしかなかった。彼は起きたばかりだった。髪はぼさぼさで息はアルコール臭かった、ラム酒は隠せない飲み物だ。キッチンまで後をついていき、彼はコーヒーを用意しながら、妹が実家に帰るのに付き添ったが、父親は五月一日にも仕事があったので、かなり遅い時間になって帰宅したと言った。そこで話を中断した。ガス管をひねったが出ていないことに気づいたからだ。電気もガスもなかったが、エンジェルは灯油コンロや調理用の別の道具を調達できるような有能なキューバ人ではなかった。幸運なことに、父親から金とラム酒を一本もらっていたので、昼食のためにボックスランチを売っている近くの家に行った。

前の晩、エンジェルと父親は長時間しゃべり、酒を飲んだ。最後は、エンジェルがいつか週末にダヤニを父方の祖母が住んでいるシエンフエゴスに連れて行って、妹のストレスを和らげることになったらしい。

エンジェルにしてみれば、歳月の経過とともに自分が家族を和解させる立場になっていることは不思議だった。運命のいたずらだった。母親が去った後、きみに言ったとおり、エンジェルの父親が独り身でいた期間は長くなかった。父親は幸運に恵まれた人物で、ずっと観光で金を稼ぎ、足りないものはなかった。自身は仕事ができ、付き合う女たちが住居を用意してくれたからだ。最初の妻、エンジェルの母は父にベダードのアパートを、次いで二人目の妻はミラマールに家を用意した。ただし父の新しい恋愛に男の子の居場所はなかった。エンジェルはいくつかの週末は父の家で、休暇はビーチで過ごした。妹はエンジェルが十三歳のときに生まれた。思春期の真っ只中、ホルモンの分泌、直系争い。エンジェルはこの時期に通常起きるあらゆることを、三倍の苦しみで過ごした。妹のせいで、すでに引き受けていた脇役は端役へと格下げされた。それゆえに小さい頃の妹を憎んでいたが、これは時とともに消えていき、その代わり、自分を狂ったほど大切に思ってくれるその少女への大いなる愛が芽生えた。

ダヤニは甘やかされて育っていた。休暇でバラデロ・ビーチに行くとき、いつもいちばんいい部屋を与えられ、食べたくなければ食卓を立ってよかった。エンジェルは違った。長男で、父親の課すルールを守らなければならなかった。しかし誰にでも訪れるように、少女にも思春期、ホルモンの分泌、直系争いは訪れ、そのとき本当の問題がはじまった。例えばあるとき彼女は髪を半分は赤、もう半分は緑に染めて中学に行った。見つかるとすぐに校長室に送られ、そこから両親の呼び出し通知とともに自宅に帰らされた。校長との面談から戻った父さんが何をしたかって？　娘の腕を掴み、周りの気を惹きたいならやればいいと怒鳴りつけた。美容室に二人で行き、娘の頭を剃るように頼んだ。ダヤニは髪が伸びるまでずっと泣いていた。当時は夫婦だったエンジェルとマルガリータは慰め役になった。とくにマルガリータだ、とエンジェルは強調した。二人は仲が良かったからね。

問題は、エンジェルによれば、父との喧嘩が妹の得意なスポーツになったことだったが、父は気にもせず育ちの悪い小娘のわがままだと決めつけ、すると彼女の喧嘩相手は自身になった。妹がラリった状態で泊めて欲しいとアパートに現れたことも何度かあったので、友人たちとクスリをやっているのではないか、とエンジェルは想像した。そういう状態では父の家に帰らないほうがいいことをダヤニは知っていたし、妹が自身を傷つけたり、自身を相手に革命を起こしていることにエンジェルが耐えられないこともダヤニは知っていた。国を出たいからとにかくお金が欲しいの、と妹は言ってため息をついた。エンジェルは力になれないと感じた。どれほど役に立ちたくても彼は何も持ってなかったし、お金はもっとなかったから、与えられるのは愛情だけだった。彼が生活できたのは、許可証はなかったが自分の家の部屋をときたま人に貸して金を稼いでいたことと、父の援助のおかげだった。父はときどき金をくれるか、食糧貯蔵庫を一杯にしてくれた。その食材でわたしを、彼が自ら料理をして「東方の三博士の夕べ」に招いてくれた。

あの日の午後、それから先の多くと同じように、わたしたちはソファーで彼の「父の好意」であるラム酒を飲んでいた。わたしが腰掛けて、彼は頭をわたしの太ももにもたせかけていた。上から見るとエンジェルはとても美しかった。彼は手を持ち上げてわたしの髪を撫で、自分の話に退屈していないかと尋ねた。わたしは少しもそんなことはないと答えた。あなたの話に耳を傾けることは、あなたの世界に入り、そこに属することよ、わたしはその過去の一部ではないけれどね。彼は微笑み、わたしの近況を知りたがった。

今週はレオナルドに会ったわ、とわたしは言った。おしゃべり好きな作家本人から伝わるより前にわたしから言ってしまう方がよかった。エンジェルは撫でるのを中断して尋ねた。レオナルドに？　わたしは微笑みながら、電話をかける用事で彼の会社に立ち寄ったことを話した。エンジェルは体を回転させてもう一杯ラムを注ぎながら、あいつのことを気に入っているわけではないと言った。でも彼はあなたとはうまが合うと言っていたわ。彼はぐいっとひと口で飲んで、頭を再びわたしの太ももで休め、コップを両手で支えながら腹の上に立てた。エンジェルによると、わたしはレオナルドに用心するべきだった。レオナルドとはかなり前からの知り合いだけれども、納得がいかない何かがあるために友人ではないという。彼はわたしにどう説明してよいかわからなかった。ただの直感だ、礼儀正しく接してはいるが、あまり信頼は置けない。彼の考えでは、わたしもそうするべきだった。

わたしは急にエンジェルが、恋人の友人を監視するタイプなのだと思った。わたしが作家と会ったことに彼は嫉妬していた。それがわたしには気に入った。ねえ、レオナルドったら、とわたしは言った。わたしを彼の家の朗読会に招いてくれたのよ。エンジェルは気に入らないというような視線をわたしに向け、ほんの数秒置いて、レオナルドには相変わらず驚かされるな、ぼくも声をかけられたよ、きみに言うつもりだったけど主催者のレオナルドに先を越されたな、と言った。彼の嫉妬を確かめられて嬉しくなった。わたしたち二人とも招かれているのを知って、朗読会はただの集まりになり、レオナルドとの仲を深める機会にはならなくなったが、いずれそういう時機は来るに違いない。いずれにしても、もともとメウッチ文書の捜査でナンバーワンのターゲットであるレオナルドが、エンジェルを虜にするための危険な要素としても利用できるというのは悪くなかった。わたしはそこで体を傾けてキスをしてささやいた。ひょっとしてあなたがレオナルドを気に入らないのは、レオナルドが、マルガリータ、海がきれいだね、風よ、の友達だからかしら？　彼は微笑んで素早く舌を出し、わたしの唇をなぞったあと、悪い子だねと言った……。彼は付け加えて、マルガリータとレオナルドはエンジェルが彼女と知り合う前からの友人で、レオナルドはマルガリータと付き合うつもりだったが、マルガリータはエンジェルを選んだのだと言った。こう言ったときの彼はひどく誇らしげで、わたしは微笑んで上体を起こし、ラム酒を一口すすって飲み込まずに彼の口に戻した。これで液体は彼の口から喉にまで届き、わたしの唾液と味が混じり合って漏れてくる。いつになったらマルガリータの幽霊を家から追い払うつもりなのかをいっそのこと聞きたかったけれど、やめた。

何のためにそんなことを聞くかって？　マルガリータがよくあるもつれ話のひとつかもしれないと思ったからよ。ふさわしくない場所に敷かれている絨毯みたいに、通るたびに現れては隅がめくれてつまずき、絨毯の場所を変えようと思うのだけれど、いずれ忘れてまた同じところを通ったときにやっぱりつまずくというあれ。

きみはマルガリータがいま、このアパートを出て行きかけているところだと気づいている？　キスが終わった瞬間にエンジェルはその質問をした。わたしは体が固まった、まるで彼はわたしの考えを読んでいたかのようだった。そこでわたしは上体を起こし、好奇心に気づかれないように、まるでなにごともなかったようにひと口飲んだ。彼は付け加えて、わたしが彼女に感謝するべきである、というのは彼女がわたしたちを食べさせてくれているのだからと言った。わたしは眉をつり上げて彼を見た。マルガリータの服を売ってるんだ、と彼は言った。そして話を続けた。彼女が解けない問題、自分の手からすり抜けた何か、自分の意思で終わったわけではなく、一方的に中絶されられた一時代だとエンジェルは語った。

マルガリータがエンジェルを残してブラジルへ行ったとき、彼はまだ彼女を愛していて、それゆえ彼は完全に終わったとは思わず、彼女が危機にあって一人になりたいというただそれだけのこと、心の平静を取り戻すために少し一人になりたいのだと考えた。それまでの彼らはずっと、きつくと言っていいほど強く結ばれていた。マルガリータはきっと自立した人間としてやってみたくなり、そのためには外国に一人で行くのが一番良く、そこに行けば自分しかいないので、行動はすべて人として職業人としての能力にかかってくる。そう彼は想像していた。しかし彼がサンパウロに行ってみると、彼女は彼の元に戻るつもりは毛頭なく、むしろ二人が果てしなく離れていることが幸せで仕方ないのだと彼女は言った。頭がどう考えるか想像もつかないな、とエンジェルは言った。そう、というのは彼女に軽蔑されても、それでもなお彼は気付きたくなかった、別れを受け入れるつもりはなかったのだ。彼にとっては、すべて時間が解決してくれる問題で、マルガリータは依然大切な人であり、そんな乱暴な方法でいなくなることはありえなかった。だから彼は悲しみにくれてハバナに戻ったが、彼女が帰国することを伝える手紙を受け取る期待を完全には失っていなかった。

言うまでもないが、その手紙は決して届くことはなかった。マルガリータはエンジェルの元にも、そして大きな危機に突入しかけていたキューバにも戻るつもりはなかった。居残りを決めたきっかけに、ブラジル人の恋人がいるということがあったにせよ。すべてはあっという間だった。ある日、エンジェルとマルガリータは、彼がわたしに話をしてくれたのと同じ居間にいて、突然口論がはじまった。その頃口論は頻繁にあったが、その日の晩は言い争いが止まらず、あるテーマから別のテーマへ移り、ついに恋人同士であった二人の人生を見直すところにまで至った。口論は、マルガリータがエンジェルと別れること、さらに、間もなく旅に出るつもりであると伝えた瞬間、唐突に終わった。

エンジェルは話をやめてもう一杯ラムを注いだ。あの晩、彼女はまるで短期間留守にするかのように小さなスーツケースを持って家を出た。だから彼は棚の中にある服や靴、本、歯ブラシも含め、アパートはそのままにしておこうとした。すべては彼女が戻るのを待っていた。そうして何年間かを過ごし、ついに彼は、マルガリータが彼と別れる前から国を出る計画を練っていたことを理解した。

エンジェルは悲しげな微笑みを浮かべてため息をつき、少し前から彼女の持ち物を処分することに決めたと付け足した。物を売れば金になるので都合がよく、それに、徐々にマルガリータが退いていき、心穏やかにしてくれるようだった。しかし、これっきり幽霊から自由になるために、一時代に区切りをつけるのは彼でなければならなかった。ぼくには計画があるんだ、話そうか？　と彼は尋ね、わたしは頭を動かして同意した。興味がないわけない。彼は服や靴から始め、次いで本、その後、二人の思い出の物、最後は一番個人的な物の順番でブラジルに送るつもりだった。一言、さよならという手紙を添えて。彼が話しているあいだ、わたしは頭の中で、売れるものは売って、あとは捨てた方がいいのではと思っていたけれど、エンジェルには計画があって、それを尊重しなければならなかった。とりあえずわたしはにっこり笑っておいた。過去を忘れたいとか、結婚が失敗だったと言うがためにその手順が重要というのではくのさ。わたしは彼の言葉と、あの夢中になった視線も気に入った。エンジェルは体を起こしてわたしの隣に座り、ひと息でグラスを飲み干して、自分たちが何者だったのかを知るために歴史をとっておくことは重要なのだと言った。

歴史をとっておく、わたしはその言葉が気に入った。エンジェルは自分の歴史をとっておけるように、一時代を閉じようとしていた。その日わたしは、マルガリータが思い出の中のしかるべき場所に収まらない限り、自分たちの関係は正式に始まらないというのがわかった。そう彼は言った。わたしは、そう事が運ぶように行動しなければならなかった。でもまだ何かはわからなかった。まだそのときは。

5

翌週起きたことは、後になってようやくその意味が理解できた。取り決めたとおり、わたしはレオナルドに電話を掛けて朗読会の日時を確認し、仕事が早めに終わりそうだから少し前に着いていいかと尋ねた。まったく構わない、停電は八時だからそれを過ぎると客が着きはじめるが、それより前なら運が良ければ豆ご飯をご馳走できると言った。それじゃ借りを返せないと言うと、借りた分よりも利子を心配するべきであると彼は返し、笑った。いい人なのね、レオ。その日、エンジェルは妹の様子を見に行く予定だったのでレオナルドの家で落ち合うことにし、わたしはひとりで行くことになった。レオナルドはガレージを改造して住んでいて、その小さな空間に、ベッド、タイプライターのレミントンの載った仕事机、レコード盤やカセットテープでいっぱいの棚、いくつかの書棚、灯油コンロを置いていた。隅には小さなシャワー室まで据え付けられていた。わたしが着くとすぐに彼はご飯を温め出して、折りたたみ式のテーブルと、やはり折りたたみ式の椅子を二脚広げ、わたしたちは座って食べた。

レオナルドは両親の家で育ったが、大学に入った頃、ガレージが物置同然だったのを見て、片付けて自分の寝ぐらに改造した。この壁が何を見てきたか、きみには想像もつかないよ、と彼は言った。彼はその後結婚して妻とサンタ・フェに引っ越し、義父母の家の中庭に小さな家を建て、およそ二年暮らした。息子はそこで生まれたが、童話のように話は進まず、妻と彼はそれからの人生を幸せに暮らしたわけではなかった。離婚してレオナルドはセーロに戻ったのだ。ガレージは放置され惨憺たる状態だったが、すでに両親と同居する年齢は過ぎていた。もう一度改装するしかなかった。配管や電気設備を整え、シャワー室を付け足し、本棚を作り、マットレスを手に入れ、壁に漆喰を塗って出来上がり、もう一度寝ぐらを取り戻した。料理は母親がやってくれたので、彼はせいぜい自分用の朝ご飯の用意と食事を温めるぐらいでよかった。問題は冷蔵庫がないくらいで、どうせほとんど電気がないので必要もなかった。お屋敷じゃないがね、と付け足した。いずれにせよ、彼は手作りであの避難所を建てていた。

わたしはぐるっと部屋を見回した。自分でもそんな場所が欲しかったが、わたしにはわたしの事情があった。わたしはアラマール地区という街の中心から十五キロある郊外で育った。建物は長方形で、どれもまったく同じ形だった。わたしの家はエレベーターのない五階にあった。バルコニーからは、正面にある建物の裏側が目に入り、部屋からは裏にある建物のバルコニーが見える。近くにあるのに海が見えないのが何よりも悲しかった。海の存在を感じるけれども見えない。小さい頃、そこに住んでいるのは嫌ではなかった。でも成長するにつれてペンキが剥げてくる。塗り直されないからだけれど、そうなると違って見えてくる。アラマール地区は何も生産しない大きなハチの巣のようだ。人生は別の場所にある。

両親はわたしが小さい頃、愛し合っていないことと、それぞれに恋人がいることがわかって離婚した。二人のあいだにはまだ互いを大切に思う気持ちと二人の子どもがいたので、できるかぎりおおごとにならない方法で別れることにした。パパは家を出て恋人と暮らしはじめ、わたしの家にはママの恋人が居着き、その人がわたしの継父、二番目のパパになった。本当言うと、兄もわたしも父親が欠けていると思ったことはなく、というよりむしろ正反対だった。両親の離婚後、わたしたちの前には新しい世界が開けた。週末になるとパパは新しい妻と、その人が前の結婚でできた二人の娘を連れてわが家にやって来るようになった。女たちは料理をした。男たちはラム酒を飲んだ。そして子どもたちは、とても大きな家族と二人のパパを持てるなんて素晴らしいと思いながら遊んでいた。二人のパパが喧嘩をしているのはドミノが原因のときしかない、本当よ。あとは完璧な仲良し。気持ち悪いくらい。

だからわたしの幼少期は、二部屋のアパートで幸せに過ぎていった。小さい頃、兄とわたしは同じ部屋で寝ていた。もう大きいから同じ部屋は良くないとママが言うまでそのままで、兄はどういうことかわかっていなかったけれど、結局兄が居間のソファーで寝るようになった。そうして何年かが過ぎ、兄はついに結婚する気になった。で、兄夫婦はどこに居を定めたか? もちろんわが家しかない。こうして空間を改めて分配する必要が生まれた。一部屋は新しい夫婦のために、もう一部屋は古い夫婦のために。こうしてわたしがソファーで眠るようになった。このことがあったのはユークリッドが離婚したあとで、それはよく覚えている。というのは、まずわたしが老いた母のいる実家に戻るユークリッドを慰め、次いでユークリッドがソファーで眠るわたしを慰めてくれたからだ。ユークリッドには少なくとも部屋と、それに電話さえあった。わたしには電話もなく、二階に住む家族のところにある電話を使わせてもらっていて、しばしば壊れていた。幸運なことにその頃のわたしは例の「電話はキューバで発明された」という記事を読んだことがなかったが、読んでいたら腹を抱えて笑っただろう。どれほど笑いのネタとして利用したかは想像がつく。ともかく、そんなわたしの状況を考えれば、エンジェルが一人暮らしだと知ったときにわたしの頭に何がよぎったか、きみには簡単にわかるわね。

　レオナルドが一人暮らしをしていると知ったときには同じことは考えなかった。彼の避難所を見て、わたしは健全な意味で羨ましく思った。ただそれだけだった。彼はかなり几帳面な人で、机の上に積まれた大量の書類を除けば、ほかは整理整頓されていた。ベッドも綺麗に整えてあって、シャワー室の出口には小さな敷物、書棚には陶器の飾り、壁には映画『低開発の記憶』のポスターが貼られ、その周囲を子どもが描いた絵が埋めていた。あなたの子どもの絵？と訊くと、彼は皿を片付けるのに立ち上がりながら頷いた。その話はやめよう、いたずらっ子で腹が立つと言った。レオナルドの息子は、その年頃の子どもなら誰でもそうだけれども、お絵描きが好きで、家に来るたび最初に目に入ったものに絵を描いた。その晩、レオナルドは自作の最新の詩を読むつもりだったのだが、その詩が探しても探しても出てこず、子どもがお絵描きに使ったのだと決めつけていた。レモングラスティーをいれるお湯を土瓶で沸かしながら、息子におれの作品を台無しにされるとはね、と言って話を切り上げた。

　その晩は十二人集まったのだから、ガレージという空間は信じられないほど伸縮自在だ。一番乗りの連中が数少ない折りたたみ椅子を占めた。その後、イタリア人のバルバラがとびきりの笑顔と二本のラム酒、ハバナ・クラブを持って現れると拍手が起きた。わたしは彼女に会えて嬉しかった。バルバラはすぐわたしの隣に座ってわたしの近況を尋ね、会えてびっくり、ろうそくを囲んで集まるなんて面白いわ、まるでお葬式か中世にでもいるみたい、気に入ったわ、だってとてもロマンチックだもの。わたしは、ええ、わたしたちは違う時代に生きているの、としぶしぶ同意した。

　エンジェルが着いた頃には、すでにレオナルドと友人が朗読をはじめていた。ろうそくのほかにランタンがあって順番に朗読者を回っていた。わたしは思った、ここの作家はいずれボルヘスみたいになるわ、あいにく文学的才能のことではないけれど。誰かが朗読しているときにエンジェルが現れた。全員に挨拶をして、邪魔をしないようにゆっくりと部屋に入り、バルバラとわたしのちょうど前に座り込んだ。

朗読会は長かった。わたしは、大きな声で詩や物語が朗読されているうちに少し退屈を感じた。だからエンジェルが着いたとき、わたしは聴覚システムをオフにして、彼に注意を向けた。どう見ても彼も聴覚システムがうまく働いてなく、座って酒を飲み、物思いにふけっていた。朗読会が終わると、ある二人がベッドの下からテーブルを取り出して組み立て、別の男が外でドミノを始めるぞ、と告知した。そのすきにエンジェルに近づいた。で、ダヤニはどう？　と訊いた。エンジェルは、妹が相変わらず芳しくないこと、できれば自分も向こうの家に残りたかったが、わたしが待っているのがわかっていたので来たのだと答え、その後、ここにいる場合ではないからさっさと切り上げたいと言った。確かにそのとおりだった。というのは、バルバラがあっという間に瓶を手に挨拶に現れたからだ。ほかにもエンジェルに挨拶しに人が近づき、バルバラにはコップを差し出した。バルバラは笑いながら酒を注いだ。エンジェルは微笑みながら一杯受け取った。わたしはレモングラスティーのままでよかった。

少しするとレオナルドが来て、相手がいないからドミノをやらないかとわたしに聞いた。喜んで受け入れて、そのすきにレオナルドの腕をとって離れたところに行き、彼の詩がどれほど気に入ったかを伝えた。他の作品も読みたいと付け加えさえした。レオナルドは嬉しそうに礼を言ってドアの向こうに顔を出し、順番が来たら知らせるように言いつけ、ろうそくを持ってわたしを書棚の一つに連れて行った。さあこれだよ、とわたしの手に本を一冊載せ、それがデビュー作であること、全作品を貸すつもりだが、飽きないように少しずつ貸すこと、その代わりに読み終わったら、感想を話すと約束してくれと言った。わたしはとにかく彼に借りが欲しかった。だから完璧だった。

ドミノに呼ばれたとき、レオナルドはわたしが得意であるとは思ってもいなかった。両親と継父はずっとやっていたし、わたしは小さい頃に覚え、自慢じゃないけどすごく上手いの。このゲームに男たちが我慢ならないことがあるとしたら、それは女のほうが強いということ。だからわたしは当然楽しい。その晩、ダブル・ナインを出したら、みんなに「下手くそ」と言われたけれど、最初のゲームに勝ったとき、負けた男の一人が不機嫌そうにわたしを見た。無視した。彼は長すぎる短篇を読んでわたしを苦しめたのだから、ここからは仕返しの時間だ。わたしとレオナルドは勝って勝って勝ちまくった。レオナルドは夢見心地で、対戦相手の目線はどんどん険しくなり、わたしたちを負かそうと手を結んでいた。少し前からハバナ・クラブがなくなって連中は質の悪い安酒を飲み、テーブルからわたしたちを追い出すことに成功したプレイヤーへのご褒美として、上質のラムの最後の一杯をとっておいた。

どれくらいプレイしていたのかは覚えていないけれど、電気が戻り、何人かが帰ってからしばらくすると、眠くなってきた。時計を見ると、やっぱり一時頃だった。次の日に仕事があったのでそろそろやめると告げた。残っていた連中はやり返したいと不満顔だったが、レオナルドは勝ち誇ったように仁王立ちしてわたしの頬にしっかりキスをすると、わたしたちの敗北を祝うはずのハバナ・クラブをちびちびと味わった。周りを見るとわたしたちしかいなかった。

部屋の中ではベッドで眠っているのが一人いた。バルバラとエンジェルは床に座っておしゃべり中で、エンジェルはわたしを見ると微笑みを浮かべて言った。全員負かしたんだろう?

外を覗いたとき、わたしはゲームに集中していてエンジェルに気付かなかったのだと付け加えた。エンジェルは赤い目をしてグラスを手にしていた。もう遅いから行かないと、とわたしは言った。どこに住んでいるの？　とバルバラは聞いた。わたしは世界の終わりと答え、するとエンジェルは、ジュリアは家に泊まる、もう遅いから帰るのに一苦労だと言いながら立ち上がった。エンジェルは手を差し伸べてバルバラを立たせた。バルバラは、それなら大丈夫、自分もベダードに住んでいるし、タクシー代は持つから一緒に帰りましょうと言った。

帰り道はほとんど口を利かず、エンジェルは助手席で、わたしとバルバラは後部座席でうとうとしていた。アパートの角で降ろしてもらい、わたしはバルバラに別れのキスをして、エンジェルは通りから別れを告げた。二人で階段を上りかけると、エンジェルはすぐにわたしの両肩に片腕をかけて寄りかかると、死にそうだ、さっさと帰りたかったのにわたしがドミノをやめないから、クソ詩人が持ち寄ったクソ不味い酒を全部飲み干したと言った。確かに口は臭っていて、酒の臭いがかなりきつかった。家に入るとベッドに大の字になり、わたしはかなり苦労して服を脱がせた。エンジェルは一緒に寝てくれ、一人にしないでくれと言いながらわたしを抱きしめた。眠ってしまうまで彼を抱きしめておいてから、起き上がって服を脱いで目覚ましをかけ、酒臭い息が届かないように彼に背中を向けてもう一度横になった。翌朝、おはようと書いたメモを残して仕事に出かけた。彼はぐっすり眠っていた。

エンジェルは酔いつぶれていたのだった。この国では誰でも酒を飲む。悲しいときは悲しいから飲むが、嬉しいときは嬉しいから飲む。嬉しくも悲しくもないときは、何が起きているかわからないから飲む。いいラム酒があればいいラム酒を飲むが、いいラム酒がなければ自家製の安酒を飲む。問題は飲むこと。ずっと。気づいてた？　ずっとよ。

幸運にもエンジェルはそのことに自覚的で、翌日、高専まで来て、わたしに謝った。二人で少し散歩することにした。妹のことでエンジェルはいらいらしていた。親父とは口を利かないし、いつでも親父の味方だと言って母親のことは責めてる。ダヤニによれば、エンジェルだけは自分のことをそれなりにわかってくれる存在だが、一緒には暮らしてくれない。ダヤニは寂しがってる、と言った。だからとにかく国を出て、地図から消えたいわけさ。努力すればダヤニを何日かアパートに泊めてやれなくはないが、それもまた問題だ、一旦そうすると追い出すのが難しくなる。

アパートからどうやって追い出す？　無理だ、できない。妹を入れてはいけない。いずれにしろエンジェルは、ダヤニが国を出ることに執着しているのが気がかりだった。その考えを放棄させようとして、一部屋どこかに借りて少し実家を離れて暮らすのはどうか、部屋探しなら手伝ってやってもいいと妹に提案した。部屋を借りるにはもちろん金が必要になり、その頃はつまり米ドルで、当たり前といえば当たり前、どこから手に入れるのかエンジェルには想像もつかなかったのだが、ダヤニは当座その思いつきに惹かれた。しかし父親の方は、ちっとも構わない、娘は成人しているのだから、家の外で何をしようと結構だ、だが、どんな暮らしをしようとも援助は当てにしないでくれと言った。ダヤニはひとまずお金を工面すると兄に約束した。エンジェルもそのつもりで、また父と娘のあいだの緊張が鎮まるように、妹を連れて何日かシエンフエゴスに行くことにした。場所を変えて祖母に可愛がって貰えば妹も気分が良くなると踏んだのだ。何もかもややこしい、ぼくのジュリア、とエンジェルは話を結んだ。「ぼくの」という言葉がわたしの耳にとても心地よく響いた。

その午後、彼はさらに、レオナルドの家にいるときにアパートの部屋をバルバラに貸す手を思いついたと言った。彼女が部屋を探しているというのではないが、値段が良ければバルバラは承諾するはずだ。その金の一部はダヤニに、残りは自分のものにする。どう思う？　と彼は尋ねた。まだ「ぼくの」という言葉が頭に響き渡っていて、そこに来てさらに、わたしのエンジェルはわたしを物事の決定の当事者にしていた。そのことは素晴らし過ぎるくらいで、わたしは良い手だと答えた。確かにそれは素晴らしい手だった。彼はわたしの頬にキスをして、シエンフエゴスから戻ったらすぐにバルバラに電話すると言った。

　戻ってくるまでエンジェルには会わなかった。彼の肌が恋しかった。彼の体のない日々は長く、とてつもなく長く思えた。一日は正午に向かう下り坂で始まり、その時刻になると坂は向きを変え、今度は上り坂になる。ちょうど十二時に穴のようなものがあって、そこで時が漏れ、逃げてしまう。何か変なの。

　そこでわたしは、彼の不在を利用してターゲットのレオナルドに集中することに決め、彼の本を半分きちんと読んだあと電話をかけた。驚いたことに作家はわたしに会って直に感想を聞きたいと言い、観劇に誘ってきた。その年にはほとんどそういうことができなかった。エネルギー危機で日々の暮らしは薄暗く、映画館も劇場も週末にしか開かなかった。戦争中の国で生きるようなものだった。でも爆弾は落ちてこない。爆弾はすでに別の場所に落ちて、わたしたちには困窮と、選択肢の欠如と、悲しみが残されたのだ。レオナルドと劇を見に行くというのはまたとない機会で、言うまでもなくユークリッドにとってもそうだった。その土曜日の午後、職場の集まりのあと、ユークリッドの家に行ってシャワーを浴びて少し食べ物を口に入れた。出かける前、ユークリッドはわたしの額にキスをして幸運を祈り、送り出してくれた。

　劇場を出ると、レオナルドはマレコン通りまで行こうと誘ってきた。三つの南京錠を自転車から外し、わたしを後部の荷台に乗せ、この街とそれ以外の境界線となっている岸壁まで漕いで進んだ。マレコン通りの岸壁に、おしゃべりのできる口があったとしたら、何もかも見てきたのだから、時間がどれだけあっても語りつくせないだろう。岸壁はすべてを見てきた。恋のはじまりと終わり、恋の告白、未遂に終わった自殺、朗読、大騒動、呪い、成功した自殺、受胎、別れ、笑い、涙。そしてその夜、岸壁はレオナルドとわたしのおしゃべりを見た。最初は、それが口実だったから、わたしは彼の詩集について話した。次いで、それが本当の目的だったから、彼の書きかけの本について話した。レオナルドほど、おしゃべりが魅力的な人にわたしは出会ったことがなかった。本当に。話していて汗で眼鏡がずり下がってくることがしばしばあったけれど、彼は話をやめない。すると彼の目がレンズ越しにではなく、レンズの上の方から見えるようになる。それでも彼は話し続け、一区切りついたと見なすところまできて、ようやく人差し指で眼鏡を押し上げて元の位置に戻す。それがわたしには可笑しくて仕方なかった。

彼がメウッチについて話しはじめたのはその日の夜だった。と言っても、文芸ジャンルに革命を起こす小説の構想のことではなくて、歴史的な人物としてのメウッチのことだ。ユークリッドの疑っていたとおり、レオは時間をかけて文書を調べ回っていた。文学というのは、わたしはそれまで一度も考えたことがなかったけれども、科学に似ているときがある。レオナルドは小説を書こうとしていたが、執筆に取り掛かる前に調査を行ない、結果を足し合わせ、仮説を吟味し、ソースを確かめ、実験を試みる必要があった。小説は直観からはじまっていたけれども、とりわけ今度のような、語られる物語が歴史的な人物と直接関わっている場合には、直観はただの出発点に過ぎなかった。直観が出発点でしかないというのは、わたしには素晴らしく思えた。ポアンカレによれば、数学的な発見というのは決して自然発生的に生み出されるものではなく、むしろ予備的な知識が十分に練られ、基礎がしっかりと形作られていることが前提となる。ちょうどそれと同じようなことが、レオが書きたい小説で起きていた。小説を書く前にあらゆる知識の基礎を蓄積し、練る必要があったのだから。その日の夜、彼が話しているとき、わたしは果たして作家はどちらの方に、いわゆる執筆か調査か、どちらの方に大きな喜びを見いだすものなのだろうかと自問した。彼の眼差しには――直接であれ、レンズ越しに見えたのであれ――間違いなく並々ならぬ興奮が溢れていたからだ。

　わたしはメウッチのことはユークリッドが話してくれた以外には知らなかったけれど、レオナルドはずっと多くの情報を持っていた。その晩、かなりのあいだおしゃべりをして遅くなったので、レオナルドはわたしがタクシーを拾える議事堂（カピトリオ）まで自転車で送ると言った。そうすれば、と彼は言った。途中でタコン劇場、つまりいまの名前ではグラン劇場の横を通るから、ひょっとすると、まだうろついているメウッチの幽霊に出会えるかもしれない。レオナルドは劇場の歴史を最初から現在まで語ってくれた。その間ずっとレオナルドは自転車を漕ぎ、わたしは彼のシャツが汗で濡れていくのを見ていた。レオナルドはいい人だった。本当。彼を知れば知るほど、彼の友人になる任務は楽しくて仕方なかった。最初はそうは見えないけれども、いったん口を開かせると言葉で人を虜にするタイプだった。彼には蛇使いの才能があった。もちろん彼はそれを知っていた。

6

数日後、レオナルドと会ったのを報告がてらユークリッドを訪ねたが、着いたとき、あいにく彼は数学塾の授業中で手がふさがっていた。いたのは彼の息子で、ドアを開け、新しい家族を迎えたところだと知らせた。シャワールームまで案内されると、バスタブの前でユークリッドの老母が膝をつき、バスタブには仔犬が、実際には仔犬というよりは痩せ細り、灰色で、濡れて両目をぱっちり開けた、見るもみすぼらしい生き物がいた。チチーと呼ばれるその息子がごみ捨て場の近くで見つけた犬だったが、彼に言わせれば、捨て犬とはいえプードルで、乾かしてブラッシングをしてやれば、持ち前の毛並みがあらわれるとのこと。その年、おびただしい数の捨て犬が怯えた顔つきで街路に溢れたのだった。

水浴びをさせたあと、チチーは犬を陽光に当て、タオルで拭いはじめた。犬は感謝しているのか、体をぶるぶるさせて、体のあちこちを掻いてうずくまった。わたしはかわいそうに思ったが可笑しくもあり、哀れなお前はその他一匹（エトセトラ）になったんだね、と言うと、信じられないことに犬は頭を持ち上げ、家に着いてはじめて一声吠えた。チチーはわたしを見て微笑み、犬の方を振り返って頭を撫で、お前は「その他一匹（エトセトラ）」だからな、と言った。こうしてわたしが名付け親になり、この名前は確かに犬にぴったりなのだが、もはやその犬も死んでしまったので、名付け親が誰なのかを知る人はいないだろう。少なくともわたしはそう希望する。

流れからいって飼い主はチチーなのだけれど、チチーの母親が動物アレルギーで、父親と祖母のいる家に連れてくることにした。チチーには、父親が嫌がりつつも最後は犬を飼ってくれると予想がついていた。そして実際そうなった。チチーはユークリッドの一番下、国を出なかったたった一人の息子で、ときどき衝突してはいたが、最終的にはユークリッドも理解を示した。子どもっていうのは治したくない頭痛のタネなんだ。これがユークリッドの弁だった。チチーは作家になりたくて大学を辞めた。チチーに言わせれば、大学は何の役にも立たないのだそうだ。そして書くことに専念し、食糧品を売って生計を立てていた。それは当然違法行為で、ユークリッドには隠していたが、チチーの祖母が夕食に牛肉のステーキを二人前出したときにユークリッドは見抜いた。牛肉は贅沢品だから、ユークリッドは遭難者並みの食欲でがっついたが、後味は悪かった。想像してもみてよ、ユークリッドは大学を辞めて家庭教師をして母親を養っているのに、息子は違法のビジネスに精を出し、その分け前をありがたがらないといけないなんて。かわいそうな坊やはただお父さんを助けたかっただけよ。これが祖母の弁だった。ユークリッドに言わせれば、息子はもう一人前の大人のくせに責任感がないということになる。チチーは反論しなかった。ただ食べ物を家に運び続け、しまいにユークリッドは黙って受け入れるようになった。

チチーがエトセトラを連れてきた日、ユークリッドの仕事が終わったときには息子はすでに帰り、犬の方はクッションでぐっすり眠っていたが、それを見てもユークリッドはおかしいとは思わなかった。子どもというのは治りたくない頭痛のタネなんだ、と繰り返し言ったあと、われわれの話題について落ち着いて話せるようにわたしを部屋に通した。わたしには話したいことがたくさんあるのが、彼にはわかっていた。

部屋に入るとわたしはレオナルドがメウッチについて語ったことを何もかも話した。ユークリッドにはすでにお馴染みの情報もあったが、わたしたちの研究では細部を省略することは禁じられている。こうしてわたしは最初から話した。アントニオ・メウッチは一八〇八年フィレンツェで生まれ、フィレンツェ芸術学校でデザインと機械工学を学んだが、かなりの知的探究心があったと見え、化学、物理学、音響学のほか、電気に関する当時の一般的な知見も究めていた。ユークリッドはそれらの情報が間違っていないことを頷いて示した。こうした素養が功を奏し、メウッチはまだ若くしてペルゴラ劇場の舞台技師の職を得て、日常の業務に役に立つ装置の開発に専念した。レオナルドによれば、その劇場ではまだいまでも、メウッチの発明品の一つである音響管の一種——舞台と舞台交換の担当技師のいる上階とを結ぶ管——が使われているという。いまとなってはそういった装置は初歩的に感じられるけれども、十九世紀の初頭の話であることを考慮しないといけない。発明家の才能はしばしば、なんということはない物の、なんということはない使用法を発見するところに発揮されるのだから。そうでしょ?

メウッチはフィレンツェに長く暮らしたが、彼の探究心は科学の世界に限られていなかったので、国を離れる決意をした。自由主義的で共和主義的なメウッチの思想がいさかいのもととなり、ハバナでの仕事を受け入れることにしたようだ。しかるのち、同じペルゴラ劇場の衣装部門のエステルと結婚し、一八三五年、夫婦はイタリアのオペラ・カンパニーを伴ってこの地にやって来た。その頃、タコン劇場はまだ開館していなかったけれども、すでに夫婦はアメリカ大陸で最大となる劇場と契約を結んでいた。妻は衣装担当、夫は責任技師だった。

わたしはひと息入れた。ユークリッドは深くため息をつき、何度か頭を振り、聞き取れない声を出したあとでこう言った。いったいそいつはどこからこれだけの情報を集めたんだ？　友人ユークリッドは驚きと、たぶん少しばかりの不快感も覚えていた。自分と同じことに執着する別の人間の存在が辛いようだった。とはいえ、レオナルドは作家であって、メウッチへの関心は科学的な領域に限ったわけではなかった。メウッチの人となり、生涯、幼少期、恋愛、さらには出入りした場所にも関心があったのだから、調査が多くの領域に及ぶのは当たり前だった。例えばタコン劇場のことを語ってくれたとき、レオナルドはペダルを漕ぎ続け、わたしは彼の背中の汗を見つめていたのだけれど、わたしは少しずつ、レオナルドの演説が言い及んでいる場所、わが国最初の女性作家、あのメルリン伯爵夫人からも賞賛の言葉を引き出した、極上の美しさと洗練を備えた場所まで運ばれていったのだった。わたしは現在の劇場を知っているけれど、レオナルドの言葉は古くて黄ばんだ紙に書かれている文章と変わらなかった。わかる？　こうしてわたしは開館したばかりの十九世紀の劇場の豪奢をとっぷりと眺め、平土間席に下がる薄いガラスのランプから放たれる輝きに驚嘆を覚えることもできたの。レオナルドによると、ランプはパリから運ばせたもので、劇場のシンボルになったそうよ。でも残念なことに、何年かのちの修理のとき手荒く扱ったせいで割れてしまったの。一八三八年の開館時に催された仮面舞踏会――ちょうどカーニバルの時期だったわ――についても語ってくれたのだけれど、あまりに熱狂的な口調だったから、まるでレオナルドが自ら参加しているかのようだった。メウッチと妻が劇場の開館まで何をしていたのか、レオナルドの調べはついていなかった。でも、タコン劇場が開いてからは、夫婦が住まいや研究所も備わっていた劇場と同じ建物内のアパートに居を落ち着けたことは知っていた。メウッチはそこを起点にして、劇場の音響や設備を改良しようと創造の才を花開かせていったのだった。

レオナルドが話すにつれて、わたしはイタリアのオペラを見て、エンリコ・カルーソーを聞いて、サラ・ベルンハルトの演技を見て、ブリンディス・デ・サラのバイオリンに耳を傾けた。ヘルトゥルーディス・ゴメス・デ・アベジャネーダを讃える記念行事に参列し、彼女の頭に月桂冠を授けたのがわたしであるような気さえした。レオナルドは話し続けた。わたしは現在の国立バレエ団、劇場の生ける歴史の一部であるアリシア・アロンソすら見たことがないのが残念でならなかったけれど、レオナルドは見たことがあって、ジゼルを踊ったあとの彼女に賛辞の拍手を送るのがわたしにも聞こえてくるほどだった。こうして一九九三年の薄暗いハバナで、道の窪みを避けながら進む自転車の後部座席に乗って、わたしはその場所がハバナ・グラン劇場になるまでに被った変容と名称変更の歴史を学んでいった。それは時間旅行だった。とうとうわたしたちは建物の正面に着き、レオナルドは漕ぐのを止め、自転車を降りた。わたしは席の金属棒のせいでお尻が痛かったし、彼は腕で額の汗をぬぐっていた。ごらん、ジュリア、いつ見ても素晴らしいよ、と言った。確かに遠くから届く弱い光で建物はわずかに見えるだけだったけれど、タコン劇場は相変わらず素晴らしかった。

ユークリッドはわたしの話に頭を掻き、ため息をついてから、タコン劇場が重要なのは、メウッチが電話を発明した場所だからだと言った。ユークリッドは劇場の歴史にも、作家が印象づけようと用いたあの仰々しい口調にも関心がなかった。大切なのは、わたしたちが探すべき文書を、まさにあの場所でメウッチが書いたことだった。わたしにとっては劇場の歴史やレオナルドの饒舌は十分印象深いものだったが、彼にとっては取るに足りないもの、ただの小道具、コーヒーの泡、要するに誰でも知ることのできる情報でしかなかった。その代わりメウッチの人生の細部は別で、レオナルドが多くの情報に精通しているのを知って好奇心に火がついた。

レオナルドは相当調べてるわ、とわたしは言った。レオナルドによれば、調査に着手したのは随分前で、国立図書館で当時の新聞（『ハバナ新聞』『マリーナ新聞』『エル・ノティシオッソ』『ルセーロ』）のバックナンバーを相当な時間をかけて調べ、ようやくメウッチに関わる情報にぶつかりはじめたという。昔の新聞のおかげでタコン劇場にいた時代のメウッチについておおよそのイメージをつかむことができたが、新聞記事では十分とは言えなかった。それは調査の第一章、継続に価値があることを予告する小さな真珠の一粒だった。レオナルドの話では、それ以外の情報は別の資料、キューバや外国のさまざまな場所で出版された論文を通じて手に入れたという。ユークリッドは口を挟んだ。外国？　そうよ。そのとおり、レオナルドは外国から届いた論文を次から次へと読んだと語り、わたしはそれがどこからのものかを訊いたけれど、あちこちのものという答えだった。

あちこちのもの。その答えがかなり曖昧なものだという点で、わたしとユークリッドは意見が一致したが、率直に言ってレオナルドが何かを隠そうとしている印象はなかったし、彼はただ話題を逸らしたくなかったのではないかしら。そうわたしが言うと、ユークリッドはかぶりを振ってわたしを見て、きみの考え方は驚くほどお人好しだなと言った。

ユークリッドは、レオナルドが外国の情報を入手できることを危険極まりないものとみなした。いまでは事情が違うことをきみは知っているわよね。観光客は来ているし、旅に出る人はいるし、多くのキューバ人が海外に暮らし、休暇に戻ってくる。でもあの頃、一九九三年はまだ外にいる人の往来がようやくはじまったばかりだったのよ。外国という言葉はまさに、わたしたちの日常生活にとって外の何かだった。そのうえ、国の上から下までを幽霊みたいな何かが嗅ぎ回っていて、それが外からのものとの付き合いにそれなりの躊躇というか警戒心を人びとに呼び起こしていた。海の向こうの同胞であるソビエト連邦や社会主義のほとんどの国が姿を消し、わたしたちは事実上孤立無援、そしてアメリカ合衆国は九〇マイルのところにあるのだからなおのことだ。それゆえに外国という言葉はわたしたちにとって無関心では決してなかった。もっとも、それを口にする人の年齢次第で意味は違い、悪魔を意味する人もいれば、救済を意味する人もいた。わが友人ユークリッドにとって、外国とは救済よりも悪魔という概念に近かったことは間違いない。彼の二人の子どもは外国に向けて旅立ち、それ以降会っていなかった。外国は未知の土地、地球のどこかに位置する遠くの、行くことのできない場所だった。

わたしにはそういうことはすべて理解できたし、レオナルドがつかんでいる情報の入手経路が不透明で、場合によっては胡散臭いという点にもまったく異論はなかったのだけれども、ユークリッドがわたしをお人好しだと断定したことに、そのときは納得がいかなかった。ただ単に、レオナルドがわたしに何かを隠そうとしているようには見えなかったからだ。もし彼の目的が情報を隠すことにあれば、記事の出所を言わなければいいだけのことだ。そうじゃない？　にもかかわらず、レオナルドはさも当たり前のことのように出所に言及した。これはつまり、レオナルドにとってわたしとの会話は自然であるということだ。それゆえわたしはこれからも少しずつ詳細を知っていくだろうし、その記事の出所やわたしたちが探している文書についても知るだろう。もしレオナルドが文書について何か知っているのなら、そもそもわたしの目的はレモンを絞ることにあったのだから、わたしなりの方法で進めたかったし、そうする必要があった。きみに誓って言うけれど、わたしは結構我慢強いほうだ。でもわたしの知性が過小評価されるのは許さない。それはこれからも変わらない。絶対に。

覚えているが、すぐさまわたしは立ち上がり、腹を立てていることをわからせ、もしわたしをお人好しだと言うのなら、もっと有能な人を探せばいいと言った。ユークリッドはまずわたしを真面目な顔で見て、そのあとは、とてもゆっくり口の右端で始まって、口全体を覆うように広がっていく笑顔を浮かべた。そのあと、わたしの目をじっと見つめながら言った。ぼくはきみを尊敬している、知ってるだろう？　そして付け加えて、侮辱するつもりはなかったが、侮辱されたと思っているわたしの仕草がとんでもなく色っぽかったこと、自分が衰えつつあることはわかっているものの、だからと言ってわたしの知性と肉体に感嘆を覚えなくなっているわけではないと言った。わたしの肉体、と彼は言った。お人好し呼ばわりして怒らせたことについて何度も謝った。

わたしは彼の目線を外そうとして、うつむきながら微笑んだ。わたしたちには時が経過してはじめて自覚的になれることがある。肉体は変化し、つやを失い、染みは増え、年老いていくのだが、興味深いことに体の内部では、というか、少なくともわたしたちが頭と呼んでいる、徐々に毛が減ってくるこの器官の内部では、まるで何も起きていないかのように人は常に同じままである。鏡が存在しなければ「老いる」という言葉も存在しないのではないか。確かに肉体的な抵抗力が弱くなっていることには気付くだろうが、鏡が存在しなければその理由を説明するのは難しくなり、そこで精神科に行き、どうしてかわからないのだが、すぐ疲れるのだ、と言うだろう。精神科医も「老いる」という概念がわからないから、肉体的に二十歳のときと同じではない患者を診察すると、外見の違いはきっと情緒面の問題によるものと結論を出すだろう。患者の情緒面で何かがうまく働いていない、だから疲れるのだと。それ以外には考えられませんね。中年の患者はショックを受けるが、でもほっとして帰路につくだろう。要するに何でもないのであって、情緒的な問題なら解決は可能だと考える。解決しようとして、あるいはその手始めに、早速帰り道、女の子に声をかけるだろう。すごく可笑しい。じゃない？　肉体は年老いても、その内部では思考が囚われたままなのだ。危険なのは、思考がずっと閉じこめられたままだと、思考が罠そのものになって腐り出し、そうなると当然の反応だけれど、しばしば進み方は逆になる。年老いた思考が肉体を支配してしまうわけ。わたしの考えではそれはきっと死の始まりに違いないわ。もちろん必ずしもその死は肉体年齢とは結びついていないの。

ユークリッドはこれまでずっと魅力的な人だった。それに彼の知性も目つきも肉欲を維持しているのだから、彼がこれからもそうであることを妨げるものはない。その日のわたしの腹立ちは実際ほんの少ししか続かなかった。ユークリッドはわたしを見つめ、わたしは愛情のようなものを感じた。どうやって説明したらいいかしら？　わたしの胸の箱を波のような動きが駆け巡るのを感じたの。わかってくれる？　彼がわたしにとって「見るに耐える男」でなくなって随分時間が経っていたけれど、それは年齢の問題というよりも、慣れやわたしたちを結びつける友情があったからだ。でも彼にとってわたしは友人である以上に、相変わらず「見るに耐える女」だった。

わたしは目線を上げ、わたしを見ているユークリッドを見た。そして彼がわたしを愛していることが、さらに彼は言ってみれば一人ぼっちで、わたしが彼にとって重要な存在だということもわかった。彼の夢の多くはゴミ箱行きになったし、恋人はなく、仕事も辞め、老いた母親と同居していた。もう夢なんて見ないような無気力状態に向かってゆっくりと、どうしようもないまま滑り落ちているようなものだった。ユークリッドは抵抗していたけれども。愛すべきユークリッドはその滑落をできる限り遅くしようと懸命に壁にしがみついていた。だから科学書を手に、大きな夢、つまりメウッチの文書を発見する夢を抱いていた。その日、わかったのは、レオナルドと知り合えるかどうかはわたしにかかっていたので彼はわたしを必要としていること、わたしが彼とレオナルドを結ぶ重要な鍵だったので、レオナルドが知っていることを全部知りたければ、わたし抜きでそれは不可能ということだ。

わたしは深く息をついて、レオナルドが文書について何かを知っていたら、しかるべきときにわたしに言うはずだから、心配はいらないわ、わたしは進め方をわかっていると言った。ユークリッドは何も言わずに微笑み、何も言わなかったので、まさにそれゆえにわたしに口を近づけ、わたしは彼の口にキスをした。短いキスだったが、ようやくのキスだった。口を離したとき、彼はやはり何も言わなかったので、わたしは微笑んで言った。わたしだってあなたのこと尊敬しているのわかってる？

7

わたしは仕事が込み入っていたので、エンジェルがシエンフエゴスから戻ってからも、何日か会えない日が続いた。彼は電話でわたしに会いたいと言い、土曜日に素晴らしくて「神秘的な」場所に連れて行きたいから、金曜日の夜を一緒に過ごさないかと提案した。わたしは承諾した、もちろん。エンジェルは危機の只中に贅沢な夕食会を開くとか、床に寝そべって午後を過ごすとか、日常から逃避させてくれるような、異なる現実を作り出す才能に長けていた。

土曜日はかなり早く出発したけれど、何度聞いても行き先は教えてくれなかった。役に立たない交通機関や長い待ち時間に文句を言いながら、満員のバスで街の大半を巡ったあと、植物園（ボタニコ）にある「日本庭園」で降りた。すごいんだ、本当だよ。そのとおり、日常とは別世界の神秘的な場所だった。着いたのはほぼ正午で、エコロジー・レストランで昼食をとるのにぴったりだった。そのレストランのことはもう一つの驚きだった。というのは、エンジェルがそこはベジタリアン料理を出す店だと説明したとき、わたしは躊躇を覚えたからだ。わたしはずっとB級のベジタリアン、つまり牛は草食動物なので牛肉は食べるというベジタリアンだったが、あの頃、牛に会えるとしたら恐竜と同じ場所、本の中しかなかった。わたしの日常の食事は基本的にエンドウ豆とインゲン豆、米とキャベツ、それに大豆だったから、そのレストランのお勧め料理に胸が高まるということはまずなかったのだけれど、それでもわたしの天使（エンジェル）が一緒にいて、その素晴らしい色鮮やかな野菜料理がどれもただの野菜ではなく自然食で、いろいろな味があって、保存料も使わず体にもよく、バランスもとれているということをわたしに説明してくれた。

その後、庭園を散歩した。彼によればまるでおとぎ話の世界、誰かの頭の中にだけ存在するような場所なので、自分たちがその誰かの夢の一部、本のページの中で動く登場人物になった印象をおぼえるという。池沿いに続く小道を歩きながら植物を眺め、水の音を聞き、静けさに感じ入っていると、確かに別世界にいるような、まるで街もその危機も存在しない、あるいはそれらがどこか遠く、例えば、外国にあるかのような気がした。

散歩を終えて松の木のそばに腰を下ろすと、彼はシエンフエゴスの旅について語った。行ったのは正解だったよ、妹とじっくり話すのにうってつけの機会になったからね。でもわたしの予想とは裏腹に、わたしの天使（エンジェル）は、一件落着とはいかず、不安になっていた。ダヤニは相変わらず悲しがっていて、その悲しみがエンジェルはもちろんのこと、彼女の手の届くところにあるものすべてを巻き込んでいた。せめてもの救いは、ダヤニが一人暮しできるだけの金を得るために借家人を探す可能性を捨てていないことだった。でもエンジェルに解決策は見つかっていなかった。話がそこに至ったときわたしは、ダヤニが精神科にかかるべきだと思った。どう見てもそうだ。わたしはかなり現実主義的なほうなので、問題があるなら解決を試み、解決できないなら助けを求め、精神科医はそのためにいる。違う？　ダヤニは迷える子羊だから、たぶん専門家なら正しく導けるのではないかしら。エンジェルは笑った。妹を精神科に連れて行くには縄が必要だ、それに、たとえそうしたところで、話さなくていいように舌を噛みかねない。でもこのまま放っておけないじゃない、と言うと、エンジェルの口からマルガリータの名前が出てきた。なんと偶然にも彼女は心理学を勉強したのだった。

　正直に言って、日本庭園でマルガリータの幽霊の訪問を受けるとは思っていなかったので、仰向けになって頭のうしろで両手を組んで、「上品な王女さま、とても可愛いよ、マルガリータ、とても可愛いよ、君に似て」のマルガリータねと朗唱した。その口調がきっと皮肉に聞こえたのだろう、エンジェルはわたしを照れ臭そうに見て、マルガリータの話はわたしにしたくないとつぶやいた。そして顔をわたしに近づけ、見たことのない表情でごめんと言い、すっかり動揺していたけど、わたしとその場所に来たら気分が良くなった、わたしが平静をもたらし、わたしといるとなんでも話せるような気分になった、自分のプライヴェートな部分を知っているのはわたしだけだと言った。わたしはしばらくエンジェルを見つめてから、自分の方へ引き寄せて抱きしめた。心配いらないわ。わたしはささやいて、そのまま二人でしばらく何も言わずに、水のささめきと鳥のさえずりを聞いていた。

　しばらくしてまた会話を再開した。日本庭園は、きみに言ったとおり神秘的な場所で、恍惚と啓示を誘う。その午後、わたしは大いなる啓示を受けた。でも神聖というのではなくて、とても大切なことを知らされたということ。冗談を言ったりキスをしたりしてから、わたしは決してマルガリータの話を聞くのは嫌ではない、むしろエンジェルの心の中を覗かせてくれるのは嬉しいということを言った。エンジェルは、自分が間抜けだと思うけど、別れた妻のことを普通に話せるのはありがたいし、それが一時代を閉じる助けになると言った。彼はわたしの横に寝転がり、芝生に肘をついて頭を手に載せた。マルガリータのどこに惹かれたかを知ってる？　彼は尋ねた。もちろんわたしは知らなかった。すると彼は芝生から目を離さずに、笑っていいるとも困っているとも取れる表情で目を開き、マルガリータは自分の出自を正しく知っているんだよ、自分の個人的な歴史をもっていたけど、その歴史は思い出というようなものではなくて、手で触れられるものなんだ、と言った。手で触れられるもの、と彼は繰り返した。

マルガリータは、世代から世代へと伝えられる伝統のおかげで、母方の一族の歴史を知っていた。すべてはマルガリータという名の、十九世紀にキューバに着いた二人のスペイン人の間に生まれた娘とともにはじまったのだった。エンジェルによるとそのマルガリータの誕生が、二人にキューバに根をおろすことを決意させ、それゆえそのマルガリータという娘は何かの始まりを意味することになったのだった。家族に生まれた最初のキューバ人だったため、両親は後世の子孫のためにこの誕生を特別な出来事として残そうとした。こうして二人は伝統を創造した。伝統はときに自発的な、ときに義務的な反復によって形成されるのだが、いずれにしても反復が必要なのだ。というわけで、その最初のマルガリータは結婚するとき、一族の最初の形見となるものを母から受け取った。それは一枚の家族写真で、両親にとっては特別に貴重な宝物であり、思い出が詰まっていた。結婚したばかりのマルガリータはさらに、その伝統が途絶えないように、これから先に生まれる最初の娘にはマルガリータと名付ける必要があるとされた。信じられないかもしれないけれど、エンジェルによれば、そのしきたりはしっかりと一族に根付き、どのマルガリータも伝統が途絶えないように娘を生んだそうよ。こうして世代から世代へ、結婚式の日になると、どのマルガリータも、歳月とともに長くなる家系図や両親の人生で何かしらの意味を持った写真や記念品や思い出の詰まった品が加えられた形見を受け取った。エンジェルと結婚した時のマルガリータが、一族の歴史、キューバ生まれの最初の娘に始まる祖先の名前や写真、全家族が載った家系図を受け取った背景には、こういう理由があった。

その話はとても素敵だった。人は往々にして祖父母や曽祖父母の名前ぐらいしか知らないものだ。大抵の場合、それより前の痕跡は失われてしまう。ぼくたちの過去はさかのぼっても三世代ぐらいがいいところだろう、それより前は忘却や無、誰が前にいたのかについてはまったくの無知、きみの好きでない人と血が繋がり、家族の一員であるかもしれないのに、それを知らないというわけさ。エンジェルがひどく熱狂して語るものだから、そう、確かにその瞬間、なんとなくマルガリータに嫉妬したことは認めないといけない。個人的な歴史を背負っている女がそこらの女と同じことはありえない、とエンジェルは言った。だって自分がどこにいるのかを正確に知っていて、自分の過去、修正する隙のない完璧な過去の持ち主なんだよ。マルガリータのそこが、エンジェルにはたまらなかった。わかる？　エンジェルは、彼が言うところの「歴史のある女」にめっぽう弱かった。少なくともその頃はそうだったの。わたしにはときどき彼の頭がおかしいとすら思えた。一度彼の家に帰ったとき、床にビデオテープが散らかっていたので整理を手伝おうとすると、彼が飛びついてテープを守り、わたしは触ることもできなかった。そのことがあった後、エンジェルは自分の好きな未知の女についての話をしてくれた。彼は未知の女の過去を管理する者なのだと言った。

エンジェルはブラジルに行く前にマルガリータの母を訪ね、家族から手紙を言付かった。きみが気づいているとおり、エンジェルの話は何もかもマルガリータに関することばかりだったわ。エンジェルはそもそももう一回マルガリータとやり直すつもりだったから、彼女の大好きなベニー・モレの歌を全部テープに録音した。手紙とカセットテープを、それ以外の彼女の物と一緒にアンゴラ戦争の後に流行った例のFAPLAのミリタリーリュックに収めた。エンジェルはリュックに南京錠をかけ、ハバナの空港で預けた。サンパウロでホテルに着いて、リュックを開けようとしたとき、サンパウロの空港で受け取ったFAPLAのミリタリーリュックが自分のものでないことに気がついた。鍵をこじ開けると、女物の服と民芸品がいくつか、それにビデオテープが何本かひとまとめになって入っていた。悪いことに、これほど大切な物の持ち主が誰なのかを割り出すものは何も入っていなかった。エンジェルはマルガリータに精一杯弁解したが、マルガリータは荷物の取り違いの話は信じず、彼がわざわざベニー・モレを全部テープに録音して持って来ていたことはもっと信じなかった。それればかりか、家族の手紙を持ってこなかったことで彼をなじった。どうしようもないほど不機嫌になった。エンジェルはマルガリータに関しては決定的に運命に見放されていた。民芸品と女物の服は処分したが、ビデオテープは取っておいた。ビデオには少女が映っていた。歩き始めたばかりの頃の少年少女団のパーティーに出たときのもの。誕生日を祝っているときのもの。家族で夏休みを過ごしているときのもの。エンジェルによれば、荷物の取り違いの背景には何か隠された理由があり、ビデオに映っている少女、もちろんもう大人になっているはずだけれど、その女性に会えたら自分の人生で何かが変わる確信があったという。彼は長いあいだそう考えていた。内容はすっかり頭に入っていたので再生することはほとんどなかったけれど、寂しくなったときや、うまくいかないときに見た。彼がとりつかれていたのは映像そのものではなく、映像が一人の女性の歴史であること、その女性が人生の歴史を、思い出ではなく手に触れられるものとして運んで旅していることだった。手に触れられるもの。

これってどういうタイプの頭のおかしさかわかる？　その日の午後、わたしは嫉妬した。マルガリータにもビデオの女性にも。何かが彼女たちを異なった存在にしていたからだ。もちろんわたしはそう彼に言った。彼がわたしに近づこうと身を起したときの目の輝きをはっきり覚えている。そのとき彼はいつものように下唇を噛み、その後、わたしの歴史は皮膚に刻まれていると言った。彼はわたしの下腹部の方に目線を下げ、ささやいた。見せてくれないか、肌を、お願いだから……。

かなり前、わたしは盲腸の手術をした。いまではこの手術で跡が残ることはほとんどないけれど、わたしの手術は相当昔だったので跡が残り、エンジェルはそれが気に入っていた。ときどき横になっていると指を置き、ゆっくりなぞった。わたしは彼の指を、次いで舌を感じた。エンジェルは跡を舌でなぞるのが好きだった。彼はよく、それは大切なしるしであって、耳に穴を開けたりタトゥーを入れたり首飾りをしたり指輪をしたりすることとは違うと言った。それは別物なんだ。内への扉。とても個人的な何か。手術跡はわたしたちの知らないうちに、いつと決める権利のないうちに生じる。彼は舌を滑らせて何か小声でささやいている。わたしがあるとき大勢の人前で裸になっていたことを意識していたのか、と彼は訊いている。わたしは眠っている。医者がわたしの体を押さえ、たぶんゆっくり時間をかけて穴を開け、そしてわたしが絶対に見ることができない内部を見て、手を入れ、切断し、摘出し、縫合する。目が覚めたとき、わたしの体は外見上は同じだけれど、生涯ともにするこの跡がすでに残されている。エンジェルによると、それは深い夢、現実かのように見える夢から覚めたようなもので、夢だったのか現実だったのか判別しかねて不安になるが、手を下腹部に持っていけばこと足りて、そこには手術跡があって、夢ではなかったことを思い出せる。わたしの体には歴史があってそれは皮膚に刻まれている。日本庭園で跡を見せて欲しいと言われたとき、エンジェルにとってわたしはどこにでもいる女なのではなく、過去を背負った人間であるのだとわかった。手に触れられる過去。わかる？　マルガリータやビデオの女性のような。つまり特別な女性ということ。

実際、自分の具合が良くないときに手術跡に触れる癖がついたのはそのときだと思う。何かがうまくいかないとか、鏡を見るとひどい有り様で、太っていて白髪があって、顔に小皺がはっきりと目立ちはじめるようなときだ。どう答えて良いかわからないとき、わからないことがあるとき、神経細胞が鈍いとき、足元がしっかり定まらないとき。こういうことが起きると、わたしは手術の跡に触れて、何もかもが元どおりに、方程式に良い解があって、二足す二はもちろん四でないことが証明されるまで四であるのを感じることが必要なのだ。

こういったことはすべて、言ってみれば個人的な発見だけれども、その日の午後の偉大なる啓示はまだ訪れていなかった。エンジェルはブラウスの下に頭を入れて手術の跡にキスをしたあと、仰向けになって話し続けた。彼は、きみは幸運だと思った方がいい、何が起ころうともきみの体にはいつも跡があるだろうし、それゆえにきみが歴史を失う可能性はほとんどないのだからと言った。

彼のお気に入りの未知の女性の場合、事情はかなり異なっていた。エンジェルは、取り違いが原因で、またその女性の過去、彼のものではない過去の所有者になっていたが、それゆえに、いつかもう一度取り違いが原因で、またそのおかげでその荷物を本当の持ち主に返したいと願っていた。荷物を失くしてどれほど悲しんでいるか想像がつくかい？　と彼は尋ねてから、きっとマルガリータと同じくらいひどく悲しんでいるだろう、マルガリータも過去を失ったからね、と付け加えた。そう、エンジェルはわたしに、マルガリータはもう家族の形見を持っていないのだと言った。エンジェルはその経緯を、仲直りしようとしてブラジルに行き、マルガリータがブラジル人の恋人と幸せにしているのを見る羽目になったあのサンパウロへの旅で彼女に最後に会ったときに知ったのだった。長い話し合いをして、エンジェルは愛の力でマルガリータを説得しようとしたが、彼女にその気がないことを確信するに至った。その後、ようやく二人は落ち着いて別のこと、未来や過去を話せるようになり、そのときマルガリータは泣き出して、もう形見は持っていない、彼女のせいで一族の伝統が途絶えるのだと言った。エンジェルは泣いているのをいいことに彼女を抱きしめたが、体が触れ合うことがもたらす悦びとは別に、重い悲しみも感じた。エンジェルはわたしに、マルガリータの幽霊をぼくの人生から追い払う計画を覚えてるかい？　と聞いた。確かにエンジェルはいつか形見を取り戻し、「さようなら」とメモを付けてブラジルに送ろうという夢を抱いていた。そうすれば二人に必要な平穏を見つけられるからだ。

エンジェルは本当に天使だった。エンジェルは、きみは歴史を背負っているのだから決定的に幸運な女だ、でもその歴史はきみだけのものではない、個人的な歴史はある過ぎた時代の歴史でもある、と言った。例えばぼくたちよりも少し若い未知の女性のビデオにはあの時代のすべてが、白黒の幼少時代や物、人の動き、そして習慣が映っていたわけだ。マルガリータの場合には、それが何世代にも渡るのだからとてつもない量さ。形見を受け継いでいることがどれほど彼女の自慢だったのか、ぼくには想像もできないな、とエンジェルは言い切った。形見がどんなものなのかわたしにイメージできるように、形見の一つはハバナで最初の写真スタジオで撮影された、最初の家族写真なのだと教えてくれた。そこは何年かのち、ホセ・マルティ少年がわたしたちの知っている肖像写真を撮った場所だった。それにね、と彼は言った。一族の解釈によれば、電話を発明したと言われているイタリア人が書いた紙もあるんだ。
その台詞――電話を発明したと言われているイタリア人――を聞いたとき、腹に突き刺すような痛みを感じた。メウッチのこと？　と聞くと、彼は、そのとおり、その人のことだと言った。家族によれば、一族で最初のマルガリータの両親がメウッチと劇場で一緒に働き、彼の紙を手に入れたらしい。エンジェルはそのイタリア人が何かを発明したとは信じていなかったが、いずれにしても彼にとって重要なのは、その紙の内容があの時代に書かれていたこと、つまり紙やインク、内容が過去に属していることだった。

わたしは死ぬかと思った。本当よ。エンジェルはメウッチ文書のことを話していて、彼はそれを見たことがあって、でも何について話しているのかをわかっていなかった。だからわたしは急に何も聞こえなくなった。口が動いていたから話を続けていたのは知っているけれど、「電話を発明したと言われているイタリア人」という台詞のほかは、何も聞こえなかった。きみの知っているとおり、わたしは数学者で、数学者の神経細胞はいつもわき返っている。わたしの神経細胞は動き出し、情報をまとめはじめた。わたしはユークリッドの話、その文書を所有する素晴らしい女性の話を思い出し、その瞬間、ユークリッドとわたしが通りでエンジェルとばったり出会った日の映像と、エンジェルを前にしたユークリッドの驚き――その時になって初めてそれが驚きだとわかった――がよみがえった。さらにそのときユークリッドがエンジェルは息子の友人であると慌てて言ったことやユークリッドの態度の変化もよみがえった。どうしてエンジェルが一人暮らしであることを知っていたのか。ユークリッドとエンジェルとメウッチのあいだには、マルガリータという女性がいた。そう、わたしには何もかも見えた。ユークリッド、偉大なる友人で、女性から大人気のユークリッドは、エンジェルの妻と関係を持っていた。だからマルガリータこそが「公分母」だった。あのときユークリッドが、エンジェルとわたしのあいだには公分母があると言いながら微笑んだとき、わたしはてっきり公分母は自分のことだと思ったが、そうではなくマルガリータだった。ということはメウッチ文書の持ち主は尻軽女のマルガリータだった。信じられないでしょう? わたしなんてそれどころじゃないもの。この街に暮らす二百万人の中で、わたしはその文書を見たことがある二人と知り合いだったのよ。信じられない。ユークリッドがエンジェルの素性をよく知っているのは確かだったけれど、エンジェルはユークリッドの素性を正しく知っているかどうかはっきりしなかった。だからわたしは少なくともその時、エンジェルにはそのことを聞かない方がいいだろうと思った。

日本人は庭園の設計を心得ていて、間違いなくそこは瞑想にぴったりの場所だったが、わたしは座っていられなくなった。もう一度ゆっくり分析するために、要素を全部一枚の紙にまとめたかった。彼はちゃんと聞いているのかわたしをぽんと叩いたので、わたしはキスをして、もう少し歩きましょうと言った。足を伸ばすことが必要だった。

8

多幸感というのが、日本庭園でのあとのわたしの感覚を定義するのにふさわしい言葉だと思う。アルキメデスのように「我発見せり（ユリイカ）」と叫びたかった。でも友人ユークリッドがエンジェルの妻と関係を持っていたことを知ったところで、それはただのデータに過ぎなかったから調査には大して役に立たず、何も発見などしていなかったのだが。

数学者ポアンカレの言葉の中でわたしが好きなのは、証明は論理が行なうが、発見は直観が行なうというものだ。わたしにはただの直観があっただけで、論理を当てはめる必要があった。その日曜日はエンジェルと過ごさなかった。植物園（ボタニコ）でまたとない土曜日の午後を過ごしたあと、わたしは彼のアパートで眠り、翌朝アラマールに戻った。日曜日というのはまるで日曜日自身が自らに退屈しているかのように、長く緩慢な日になりがちだ。わたしの家ではこれに加えて全員が家にいる。その日曜日はそういう古典的な日だったに違いない。兄は部屋で魚網を整えていた。継父はバルコニーで金づちを叩いて何かを修繕していた。ママはキッチンで昼食の支度をしながら、ひっきりなしに居間に顔を覗かせてテレビを見ていた。義姉は隣に住む友人を伴ってテレビの前で米粒を選別していた。そのあいだその友人は足の爪にペディキュアを塗っていた。インゲン豆の入った圧力鍋はヒューヒュー音を鳴らし、アパートの裏の中庭ではママが育てると言って聞かないひよこが十羽、ぴよぴよ鳴いていた。継父は家が鶏小屋になると反対だったけれど、そうでなくても家はいつも鶏小屋同然で、わたしは集中したくなるとママの部屋に閉じこもった。その日は部屋に入るとお気に入りの歌手ロベルト・カルロスを流し、紙と鉛筆を用意して自分の手札を分析しはじめた。

ユークリッドがこれまでエンジェルの妻との関係を話したことがなかったのは一方では奇妙だったが、もう一方では筋が通っていた。状況は次のようなものだったと想像する――エンジェルは妻マルガリータを友人の家に連れていく。そこにはとても人のいい会話上手の父親ユークリッドも住んでいて、この父親は冗談を言いながらマルガリータをちらちら見る。ユークリッドのやり口ならお見通しだ。マルガリータはユークリッドの罠に捕まって、徐々に夫エンジェルやユークリッドの妻に気づかれないように、ユークリッドをちらちら見るようになる。こうしてある日、エンジェルとユークリッドの息子が他に気を取られているうちに、ユークリッドとマルガリータは会う約束をして、恋愛がはじまる。そのことにエンジェルは気づかないというわけ。

第一の公理――ユークリッドは、わたしが話題にしている男がエンジェルだとわかったとき、少しばかりの当惑と気恥ずかしさを覚える。そこでユークリッドはマルガリータとの関係を話さない道を選ぶ。そうすれば、エンジェルは妻を寝取られた間抜け男にならずに済むし、ユークリッド自らにも火の粉は降りかからない。そもそも、そのときのわたしはまだ文書の存在について何も知らなかった。すべて筋が通りすっきりしているように見える。

第二の公理――ユークリッドは文書のことをわたしに教え、また持ち主の女性が他人にそれを渡した、つまり売ってしまったのだと言っている。エンジェルの言い分は、マルガリータの手元にはもう文書はないということだから、ユークリッドの言い分と一致する。しかしマルガリータは戻らないつもりでキューバを去った。ということはマルガリータは金が欲しくて文書を売ったことは確かだが、当然エンジェルには何も言わずに売った。なぜユークリッドに売らなかったのか？　なぜなら、ユークリッドは大した額を提示できなかったからだ、これははっきりしている。この時点でわたしは文書の存在を知り、ユークリッドはわたしとエンジェルの関係を知っているが、それでもなおユークリッドは文書の持ち主がエンジェルの妻だと言わない道を選ぶ。

なぜか？　なぜなら、エンジェルはわたしたちの調査には少しも役に立たない。彼は妻に浮気され、ユークリッドはそれを知っているからだ。

第三の公理——ユークリッドとわたしは文書を入手したいのだが、その科学的な価値をまだ知らないエンジェルも文書を取り戻して持ち主に戻し、自分の歴史の一ページを閉じたいと思っている。これはわたしたちの文書捜索に障害になるかもしれないが、エンジェルがそんなに一生懸命探しているとはわたしには思えない。エンジェルの願いはロマンチックな空想と呼ぶべきもので、ユークリッドはそれを重要な要素とは見なしていない。むしろユークリッドは別のフィールド、例えばレオナルドを探ろうとしている。

第四の公理——エンジェルによると、レオナルドとマルガリータは昔からの付き合いである。レオナルドはメウッチをめぐる小説を書いており、彼の言葉によれば、証明可能な歴史的事実に基づいているので問題作ということだ。

きみはわたしと同じ考えでしょう？　レオナルドは、当たり前だけれど、友人のマルガリータ本人から文書の存在を知ることができる。ひょっとするとレオナルドがそれを買った人物かもしれない。ユークリッドはレオナルドと知り合いではない。しかしわたしはユークリッドに、レオナルドはエンジェルの元妻マルガリータの友人であり、それゆえユークリッドが抱いた最初の疑念はこの上なく的を得ていると、そうとは知らずに言った。

結論——あらゆる矢がレオナルドに狙いを定めている。わたしはしたがって、ユークリッドがマルガリータのことを話したがらないのなら、わたしも詮索しないことに決めた。もっと先になったらそうするかもしれないけれど、いまではなかった。実際のところそれは不要だったし、わたしの興味のないことについて、ユークリッドが説明する義務を感じて欲しくなかったからだ。マルガリータがエンジェルを裏切って浮気したとしても、それは彼らの問題であって、引っ掻き回すのがわたしである必要はない。諺の言うとおり、知らぬが仏というわけで、そのままにしておけばよい。文書の持ち主が誰だかわかっているのだから、わたしはそのあいだ、エンジェルが新しい情報をもたらしてくれるかどうかをそれとなく巧みに調査し、レオナルドというレモンを絞り続ければいいのだった。

その週のうちに、わたしは予告なしに作家の職場を訪れた。前と同じように、役所に用事があって近くまで来たのでついでに挨拶に立ち寄ったのだと言った。わたしの訪問に驚いた様子はなく、むしろ会えて嬉しい、絶好のタイミングに来てくれたと言った。もう一度ノーベル賞でも取ったのかしら？　と尋ねると、彼はそうではない、もう少したったら友人の作家の家に集まってちょっとした朗読会を開くことになっていて、キューバ文学についてまとめようと調べ物をしているバルバラも来るから興味があるなら一緒に行こうと言った。わたしは口には出さなかったけれども、またあの果てしない朗読を聴きたいわけではなく、彼と話したかっただけだった。だが彼は幸運にも集まる前に用事があると付け足した。それはつまり二人だけの時間が取れるということだ。

一緒に来るかい？　と彼は尋ね、わたしは、ええ、もちろんと言った。作家の朗読会はどうにか逃げるつもりだった。

レオナルドがわたしに、アンゴラの首都ルアンダ旅行のことを語ってくれたのはその日の午後だったのを覚えている。というのは、そう、太陽が照りつけるなかレオナルドがペダルを漕いで、わたしは後ろの荷台に座り、何キロも走って最初の目的地に着いたからだ。そこは彼の知り合いのアルゼンチン人女性のいるアパートだった。この女性はアルゼンチンの演劇誌に原稿を執筆中で、本の虫のレオナルドは彼女のためにハバナの演劇について書かれた記事を持っていったのだった。その記事はレオナルドの親しい友人女性が国立図書館から借り出した一九三三年の年鑑をコピーしたものだ。もちろんレオナルドは記事を彼女にただであげるつもりはなく、手頃な値段をつけてドルで売るつもりだった。作家も何らかの方法で生計を立てなくてはならなかったのだ。そうでしょう？　交渉が成立するとわたしたちはアパートを出て、バルバラと待ち合わせているハバナ大学の大階段まで行って腰かけた。レオナルドはそこで、先のアルゼンチン女性の夫は自分がアンゴラにいるときに知り合ったキューバ人の軍人なのだと打ち明けた。レオナルドは戦争特派員だったのだが、そのことは話したがらなかった。あれは人生で最悪の旅だったが、人は最悪の瞬間からも何らかの輝きを引き出すことはできると言って、その街のことを素敵なルアンダ（リンダ●ルアンダ）と気に入っている呼び方で話し出した。前にも言ったとおり、わたしはレオナルドの話を聞くのが好きで、もし彼が作家でなかったとしたらほかに仕事があったとは思えないわ。中国製の自転車を漕ぎながら彼が話をしていると、わたしは後ろで可笑しくなった。だってあれほどの教養があって、あちこち旅をして、数え切れないほどの経験があって、世界を丸ごと呑み込もうという勢いのある勉強家、要するに彼のような人が、移動手段に自転車しか持っていないことが、なんだかよくわからないけれど変というか、人の普通の想像力をはるか超えているような気がしたから。でもこの国はそうなのよ。ある日、彼にそのことを言ってみた。彼が何て答えたか当てられる？　彼いわく、自転車は足の筋肉をつけるのに役に立っているし、それ以外のことなら全部頭の中に入っている。そうね、レオナルドはとても前向きな人だったわ。

その日の午後、レオナルドは素敵なルアンダについてしばらく話をして、わたしはいつものように語りに夢中になって耳を傾けていた。いつのまにか話が尽きて旅の話になったので、それを利用して、それほど世界中を旅行しているのならイタリアにも行ったことがあるのではないかと尋ねた。もちろんこれはわたしが見出したメウッチに行き当たる最良の方法だったのだけれど、レオナルドは、いや、イタリアのことはいろいろ知っているが一度も行ったことがないと言って、イタリアといえば、ほら、あそこに誰がいるか見てごらん。彼は立ち上がり、と同時にわたしは目線を上げ、大階段を昇ってくる、いつものように笑っていて、いつものように胸が呼吸する場所もないほど窮屈なブラウスを着ているバルバラを見た。

わたしはバルバラを見ていると可笑しかった。まるで周囲の何もかもが驚きでできていて、夜明けごとにハバナがバルバラに微笑みかけているとでもいうように、どんなときでも陽気だった。でも言うまでもなく彼女は外国人だった。わたしたちが住んでいる街から一〇センチ上に住んでいた。わたしたちは同じ場所にいたけれども、彼女のハバナとわたしたちのハバナは同じではなかった。同じ動物園にいる別の種類だった。わかるかしら？　彼女は一風変わった種で、その前では人が立ち止まる。わたしたちはいつもいる種だから、もう誰も見向きもしない。その一風変わった動物が食べたバナナの殻を受け取る方。これは別にバルバラの責任ではないし、彼女はいい人で、すべきことをしていた。その日の午後レオナルドはバルバラに愛情あふれるキスをした後、論文を売って手に入ったドルが少しあるので、店で買い物をしてくれないかと言った。まだドルを持つのは違法で、キューバ人には入れない店があったのを思い出して。バルバラは、いいわ、もちろんよ、あなたとあなたの息子のため、素晴らしい人のためならできることを何でもやるわ、と言った。

その晩、わたしたちはレオナルドの友人の作家の家に集まった。あら、可笑しい、彼のことをレオナルドって呼ぶのはダ・ヴィンチにちなんでのことだったけれど、キューバにはレオナルド・パドゥーラという素晴らしい作家がいるのを考えておくべきだったわね、でも全然関係ないの。オーケー？　わたしはパドゥーラとは知り合いではないから。で、ホスト役の男はレオナルドが持ってきたレモングラスでカクテルを用意して、わたしたちはアパートのテラスに陣取った。朗読が始まったので、わたしはほとんどいつものとおり、自分の考えに没頭することにした。何度も朗読会に参加してわかったのだけれど、作家というのはとにかく他人の関心を必要としていて、まるで大きな子どものように、かたときも忘れずに耳を傾けて欲しいし、賛辞が送られることを求めているのね。誰だってある程度は他人の承認が必要なのは確かだけれど、作家の場合はこれが、ときによっては異常なほど増大する。作家や芸術家が独特な生き物だと見なされていることがわたしにはいつも気になっていた。四六時中、政治家や地位の高い人の相手をしたり、崇高で難解なことを話したりしている、ごく例外的な生活を送る存在として。別に悪口を言っているのではなくて、科学者が同じように評価されていないことに驚いているの。科学者を評価する人はものすごく少ないけれど、わたしたちが手に触れるどんな物の向こうにも、それがどれだけ平凡なものであっても、それを創造するために働いた無数の神経細胞がある。科学は集団で成し遂げるもので、誰かがある物を発見すると、その後、別の人が改良し、また別の人が改良するわけ。例えば、いまではみんな携帯電話の熱に浮かされているけれど、アントニオ・メウッチが誰のことか知っている人がいると思う？　もちろんノーよね。といって発明家一人一人の歴史が知られて欲しいというわけではなくて、せめて芸術家や作家と同じように人々に知られ、認められていいのではないかしら。そう思わない？

レオナルドとその友人は別、もちろん。彼らには、なんというか作家らしさは備わっていた。でも彼らにはそれ以外の物が欠けていた。それにあの頃は紙不足で誰も出版できなかったとはいえ、自分たちの書く物の素晴らしさに自信があったから、何よりも聞き手が欲しかった。出席者のなかにキューバ文学について文章を書こうと作家を調べ回っている風変わりな動物がいるとなればなおのことだった。

バルバラの人生であれほど自分の存在が重要だと感じたことがほかにあったかどうかは知らないけれど、あの晩、彼女は女王だった。朗読が終わるごとに彼女は感想を口にしたが、それは聞き漏らすことのないような注意深さで迎えられ、彼女が笑えばみんなも笑い、足を組めば視線が集まり、質問をすれば即座に答えが返り、喉が渇いたと言えば、ホストはイタリア人にキューバ産の物を知ってもらおうと階下に自家製のオレンジワインを買いに走った。そのタイミングで朗読会も終わりになり、わたしはそろそろ帰ろうかと思っていたが、その瞬間を待ってレオナルドが出席者にニュースを伝えようとしていたことに気づかなかった。ホストは戻ってくると全員にワインを注ぎ、謎めかすのはやめて話したいことを話してくれとレオナルドに言って座った。レオナルドはリュックから紙を一枚取り出し、立ち上がって咳払いをすると、「一八四四年十二月十六日付の『ハバナ新聞』だ」と言って記事を読みはじめた。それはタコン大劇場でメウッチ氏を称えて催された祝宴についての記事のコピーで、記者はメウッチを「知性豊かな発明家」と呼んで褒め称えていた。記事の終わりで記者は、ハバナ市民がつねづね良質で賞賛すべき演し物を、それにふさわしい評価で鑑賞すると結んでいた。レオナルドが読み終わると、どこからそれを入手したのかと誰かが尋ね、彼は誇らしげに、国立図書館で働いている同志への石鹸を一つと頬へのキスとの引き換えだと答えた。こうして面白い夜になってきた。

レオナルドの話では、同志はいつも助けてくれるわけではもちろんないが、別の「小さな本」も手に入れてくれた貴重な存在である。すでに自分は図書館で多くの新聞のバックナンバーを調査済みでコピーが必要なもののリストを持っているので、ふさわしいプレゼントを贈る用意をして、あとは同志がコピーをしてくれるのを待っているという。わたしはその瞬間に口を挟み、小説を書くのに新聞記事を下敷きにできるとは素晴らしいと言い、まるでどうということでもないふうに、そういう資料をほかにも持っているの？　と尋ねた。レオナルドは持っているのは記事だけだが、メウッチのハバナでの足跡が少しずつ明らかになるからとても興味深いと言い、この返答でわたしの質問を打ち切り、他の出席者もイタリア人メウッチに関心を持っていることが確かめられたので、レオナルドの最も饒舌な瞬間がはじまった。

わたしがアントニオ・メウッチの人生について知っていることは、ほとんどすべてレオナルドから教えられた。メウッチが信じられないような人であるのは間違いないが、その人物にわたしが魅了されたのもレオナルドの力によるものだ。ものすごく精力的で、一カ所に身を落ち着けていられず、好奇心の塊で、観察眼のある男にちがいない。もしいまのキューバにいたら、家で壊れたものがあれば全部修理してくれるわたしの継父のような素晴らしい男になっただろう。違うのはアントニオが創造性を求めていたところ、生まれついての発明家というところだ。タコン劇場で働いているとき、技術責任者としての彼は日常の業務以外にも発明の才を発揮して音響設備を改良し、近くを流れる地下水の流れを変えて床下に池を造った。こういった作業は彼の気分を良くすることはできただろうが、身の回りの物すべてに惹きつけられていたアントニオの落ち着きのない精神にとってはきっと充分ではなかったのだろう。そんなわけで彼は遺体をミイラ化する化学的な処理術も発展させた。大成功というわけにはいかなかったようだが、ヨーロッパに移送する遺体の保存にかかる問題を部分的に解決することはできた。何年かすると武器の酸化を防ぐために用いられた技術、金属製の物を金や銀で被膜するめっきの分野に進出した。メウッチはキューバ島の知事と口頭で四年契約を結んで軍の刀剣や武器のめっきを担当することになり、アメリカ大陸で最初のものの一つであるめっき工房を設立した。レオナルドがあの朗読会の晩に読んだ記事で言及のあったメウッチのための祝宴がタコン劇場によって催されたのはだいたいその頃のことである。

その後、一八四六年に特大のハリケーンがキューバを襲い、いたるところに死者や怪我人、廃墟を残した。多くの劇場が破壊され、タコン劇場もそのうちのひとつではあったが、他の劇場と比べれば被害は小さかった。最初の改修が終了するとメウッチは改修部門の長に任命され、それを利用して劇場に空調設備を整えた。この国の暑さからして彼の発明が高い評価を受けたことは間違いない。タコン劇場のドアが再び開いたとき、技術面と装飾面の変化によって劇場の評価は高まった。

この後、あまり好調とは言えない時期が訪れ、オーナーのパンチョ・マーティは劇場を再び閉じることにした。メウッチには大した仕事もなく、武器にめっきを施す契約は終わりを迎え、彼は神経細胞を新しい構想に充てる必要があった。電気療法の実験に着手したのはその頃のことだった。ちょうど動物磁気の理論に基づいて放電を用いた病気の治療が流行っていた。アントニオはこうした研究と無縁ではなく、劇場内にあった自分の工房で電気療法の実験を、最初は従業員に、次いで患者に施した。

そしてとうとうわたしたちは一八四九年、アントニオ・メウッチがいくつかの実験の最中に、人の声を電流で送れることを発見した歴史的な日に到達するのである。状況は以下のようなものだったらしい。メウッチは患者に電気療法を行なっている。銅ケーブル、バッテリー、電極がある。二人は別々の部屋にいる。患者は口に銅製の器具を当て、アントニオも同じような器具を手に持っている。放電の後、アントニオは患者の叫び声が聞こえるのだが、それは窓越しに聞こえたものではなく、ケーブルを伝って届いた声だった。「我発見せり（ユリイカ）！」。それが始まりだった。

素晴らしい話だ。科学とはそういうものなのだ。ある日、きみがあることをしていると、突然別のことを発見する。一瞬にして世界がきみに開かれ、きみは、目の前に存在はしているけれども透明だった何かが見えるようになる。それは火花のようなものだ。可視の存在になるためには見ることのできる人の前に出てこなくてはならない。きみに一秒あげる。カチャッ！もしわたしが見えなければ、誰かがわたしを名付けるまで何年も何年も過ぎるかもしれない。でもメウッチにはそれが見え、人の声が電気を通じて伝わることを知り、その最初の直観を出発点にして、理論やそのテーマに関するあらゆる知識を「しゃべる電信機」の創造に注ぎ込んだ。

その最初の実験の設計図こそが文書に書かれていたものであり、ユークリッドとエンジェルが目にし、もしかするとレオナルドも知っていて、元はマルガリータの先祖の所有物だったあの文書だ。もしかすると最初の実験が成功した後に行なわれた実験に立ち会い、銅製の器具を口に当て、その行為が新しい歴史の一ページを開くことを知りながら、自分の名前を叫んだのはマルガリータの先祖の一人だったのかもしれない。とはいえ、それが認められるには、長い、長すぎるほどの歳月が経過しなければならなかったのだが。

9

朗読会の後、メウッチについて新しく仕入れた知識や、レオナルドが導きとなるキーパーソンであると確信したことを伝えようとユークリッドに何度も電話をかけてみたけれど、どれだけダイヤルしても学校の電話から聞こえてくる発信音には少しも変化がなかった。笑わないで本当よ、電話はハバナで発明されたのに、あの年、電話はまず繋がらなかったの。

そこでユークリッドの家を直接訪れることにした。マルガリータのことを話に出さないと心に決めていたけれど、レオナルドがいくつかの記事のコピーを持っていることを知ったいま、わたしには新しい道が開けていた。確かにレオナルドは記事以外に文書は持っていないと言っていたが、以下の可能性が考えられた――。

第一――レオナルドは嘘をついている。つまり文書は持っているが、その重要性に鑑み、打ち明けることを望まなかった。

第二――レオナルドは真実を言っている。つまり文書は持っていないが、だからと言ってこのことは文書の存在を知っている可能性を排除するものではない。

何よりもはっきりしたのはレオナルドとマルガリータの関係が最も重要な要素であるという

ことだ。しかもレオナルドがメウッチのことをあれこれ調べていることと合わせれば、レオナルドが重要参考人であることは間違いない。マルガリータに言及せずにこれらの結論をどうやってユークリッドに説明できるというの？　単純に言って無理。わかるでしょう？　友人ユークリッドにとって定理や証明はお手の物で、彼がレオナルドに興味を持ったのは、レオナルドとマルガリータが知り合い同士であることがわかったからだ。初めマルガリータはわたしにとって欠けていた変数だった。ユークリッドの家に着いた時に確信があったとしたら、それは彼がわたしを信用しないということ。なぜなら科学に聖霊は存在しないから。そこで、一番いいのは全部話してしまうことだという結論に達した。マルガリータとの過去にこだわる必要はなかった。ただ彼女が文書の持ち主だったことをはっきりさせる、ただこれだけがわたしたちの目的にとって重要だったのだ。

ところが家に着くと、老いた母親とチチーしかいなかった。停電で電気設備がおかしくなり、家の冷蔵庫は臨終を迎え、ユークリッドは修理に必要な部品の調達に出かけたあとだった。かなり長いあいだ待ったと思う。老いた母親はいつ終わるともしれないエトセトラの話を続けた。犬は拾われたあと、再び美しい白のプードルに生まれ変わり、ベッドの老母のそばで眠る特権を享受したのだった。チチーの方はわたしを笑わせてくれた。しつこく祖母に自分の短篇を読んで聞かせ、祖母の方はわたしを驚いた表情で見つめ、孫を天才だと称賛したが、その実、何を書いているのかわかっていなかった。ユークリッドは息子の短篇をさして面白いとは思っていなくて、実はわたしもそうだった。チチーの書いていたのは国の近況だった。増え続ける売春、自転車泥棒、いかだ難民、社会の堕落。毎日目の前で見ていることばかりで、率直に言ってわたしは聞きたいとは思わなかった。出版される予定のない話となればなおさらだ。チチーはどこかレオナルドの作家志望の友人たちと似ていた。ただ連中より若く、文体は気取ったところがなく、作家になる夢を抱きながらも密輸品を売っていたのだからもっと実際的な人生を送っていた。その日の午後、わたしは彼が短篇を読むのを聞きはじめたが、停電になり、ユークリッドも戻る気配がなかったので帰ることにした。

忌々しい学校の電話のせいでいったい何日のあいだ連絡が取れなかったのかわからないけれど、繋がるとすぐに校長は使用を制限する決定を下した。いわく、電話機は校長室に設置された仕事のための道具であって、教員の個人的な電話の使用は緊急時には二度までよいが、長距離電話は認めない。ふざけるな。わたしは電話の相手をユークリッドかエンジェルのどちらかに絞るしかなかったが、結局会いたかったのでエンジェルにした。ユークリッドとは土曜日の集まりで話せるはずだった。

わが天使(エンジェル)とは木曜日に会うことにしたと思う。そう、金曜日には別のことが起きたから。木曜日にアパートを訪れると、エンジェルはご馳走するものもなければ食事を買う金もなかったので少々気落ちしていた。残っているものでまともなものと言ったらラム酒だけだ、と彼は言った。でもわたしが欲しかったのはラム酒ではなかったので、今夜はわたしが料理を担当するわと言って微笑んだ。メニューはシンプル。ご飯、そしてキャベツと玉ねぎの炒め物で、とても健康的で栄養たっぷり、まるで日本庭園にいるかのようだ。わたしたちは日毎痩せていくと言えたけれども、「細身になっていく」と言えばもっとしゃれている。

その日はじめてエンジェルの家で料理をしたけれど、告白すると、わたしはその経験が気に入った。わたしはキッチンで動き回り、彼はテーブルに足を載せ、手にはラム酒の入ったグラスを持って、まるで本当の恋人同士みたいだった。わたしの学校の校長がバカだとか、ダヤニの危機だとか、くだらないことを話すごく普通のカップル。以前、エンジェルがバルバラに部屋を貸す手もあると言っていたのを思い出して尋ねた。エンジェルは電話をかけてそれを提案したと答えた。バルバラはいまの部屋から動くつもりはなく、きっといまのところがものすごく安いのだろう、かなり低めの家賃を示したのだが、感謝するだけで受け入れなかった、とエンジェルは言った。そこでわたしはバルバラに会ったわと言った。

わたしは本当はマルガリータのこと、いや、むしろ例の文書を含む一族の形見のことを話したかったので、まずバルバラの名前を出し、そこからレオナルドへ、そこからメウッチへ移ろうとした。可笑しいわね、だってエンジェルが前妻の話をするたびにわたしは少々居心地が悪かったのに、あの日はわたしの方からマルガリータの話を望み、彼女が形見を失くしたいきさつをエンジェルに話して欲しかった。どんな些細なことでも、わたしにとって重要な情報があるかもしれないのだ。これならエンジェルに対しても誰に対しても悪いことをしているわけではない。ただ情報を集める。レモンを最大限に絞る。それだけのこと。わかる？

二人で食卓を整えながら、わたしは朗読会のことを話しはじめた。レオナルドと随分仲良しだね、とエンジェルは少々皮肉を込めて言い、口である仕草をした。そうされるとエンジェルを押し倒して服を脱がせなくて済むには時間の動きを止めて一、二、三、と数えないとだめ。でもそうはせずにわたしは、焼いてるの？　と微笑みながら尋ねると、エンジェルは、いや、レオナルドみたいな奴に焼いてどうすると言った。わたしたちはテーブルにつくと二人分の水を注いで話を続けた。エンジェルによれば、レオナルドは誰かの嫉妬に値するような男ではなく無害でどうでもいい男であるが、たまにわからなくなるということだった。そしてエンジェルは妄想、そう、まったくの妄想に取り憑かれて話し出した。レオナルドは完全な人間ではなく、新種のケンタウロスに属しているのだと言った。足の代わりにタイヤが生えているのに気がついてる？　と彼は尋ね、わたしは笑ってしまった。エンジェルは演説を続けた。この国は技術的に高い発展を遂げ、新しい創造物、未来の人間の制作段階に入っている。その中でも最新の発明品は、大豆の煮込みと砂糖水だけで生きられる新種のケンタウロスである。移動のために石油は不要、最小限の電気を充電すれば動ける完璧な生き物なのだ。エンジェルによればレオナルドはその生き物の一人で、歩く代わりにタイヤを回転させながらゆっくり移動している。レオナルドの足は進化して自転車のペダルと融合した器官になっていて、かつてどのように足を動かしていたのかも覚えていない。ソファーに座るときでも足をどこにしまって良いかわからないから居心地が悪く見える。レオナルドの足は進化して自転車のペダルと融合した器官になっていて、かつてどのように足を動かしていたのかも覚えていない。エンジェルは締めくくった。きっと将来キューバに住んでいる人間には足がないんだろうね、でも小さな胃とタイヤが一組ついてる。どう思う？　エンジェルはこう尋ねてからキャベツの塊を取って動物みたいに噛みついた。

エンジェルはいつも突拍子もないことを思いつく人だった。わたしたちにタイヤがないということは、残念ながら絶滅危惧種ということね、とわたしが応じると、エンジェルは心配ご無用、ここは生き延びるのに適したミュータント人間の国だから、もしぼくたちにタイヤが生えてこなければ、絶滅しないように別の生き物に変化すること間違いなしだ、と言って笑った。興味深いことにエンジェルは正しかった。あのゼロ年を境にわたしたちは別の生き物に変わっていった。もちろん認めたくない人もいるかもしれないけれど、わたしたちは変身した。あの年は前後を画しているの。戦争に似ている。もう言ったけれど、爆弾は落ちないまま戦後を迎えたようなもので、一人ひとりが最も基礎的な本能、生き延びたいという本能を解き放った。だからここでは幸か不幸かみんなゴキブリのようで、絶滅しないように毒に慣れたり好きになったりもした。幸か不幸かね。わからないけれど。

エンジェルは相変わらず見下したような口調でレオナルドの話を続け、彼の本は一冊も読んだことがなく、読むつもりもないこと、わたしが誰と付き合おうと構わないけれども、レオナルドがわたしに対して突然寛容になって家での集まりに招いたり、あるいはわたしが彼の朗読会に行ったりするのは最初から奇妙だと思っていると言った。ジュリア、と彼は言った。あいつは本当はぼくに近づきたいんじゃないか。わたしはその意味がわからず、表情でそれを伝えた。エンジェルは微笑んで、キャベツを捕まえようとフォークを何度も皿に突っ込んだ。そして世界は本当に小さいとつぶやいた。レオナルドはぼくが奴を避けているのがわかってる、でも金目当てであらゆる方法を使ってぼくに近づこうとしているんだ。エンジェルはマルガリータの一族の形見の話を覚えているかをわたしに尋ね、わたしは、ええ、と答えた。するとエンジェルは、レオナルドはマルガリータと親しかったので、形見の中にあの電話のイタリア人の文書があるのを知って、小説にしようとしているのだと言った。しかもレオナルドは、エンジェルがその文書を持っていると思っている。このとき急にわたしには、窓なのか扉なのかはわからないけれど、何かが開いたような気がした。明るい光が差したの。だってレオナルドが実は文書のことを知っているのではないかというわたしの疑いが裏付けられたからよ。わかる？　でもわたしは何も言わずに目を見開いて、まるで話それ自体に興味がある風をよそおった。エンジェルは話を続けた。レオナルドは文書のことでぼくに嫌というほど電話をかけてくる。でも丁重な断りの返事しか得られないので、もっと友好的に近づこうときみを利用しているわけさ。でもどうしようもない、だって文書の所有者はぼくではないからね。自分のものではないものを自分のものにはしていない。その紙片は前の妻の形見の一部であって、仮に取り戻すことができたら、レオナルドに渡すのではなく正統な持ち主に戻し、自分の人生の一時代をきっぱりと閉じるつもりだ。わたしの天使はやや不機嫌になりながらこう語り、わたしにも言っていることはわかったが、といってチャンスをみすみす逃すことはしたくなかったので、大したことでない風に尋ねた。で、誰がそれを持っているの？　エンジェルは疲れた表情をした。きみの友人のユークリッドさ。彼はフォークを皿に突っ込んでキャベツを刺し、あの惨めなキャベツを飲み込む前にこう締めくくった。マルガリータの父親の。

幸運にもわたしの口は空っぽだったが、でなければ喉を詰まらせたに違いない。マルガリータの父親と言った。ユークリッドはマルガリータの父親だったのだ。わたしはきみと同じことを考えていたわ、どうしてユークリッドはわたしにそれを言わなかったのかしら？　わたしはかなり腹が立った。その後ほどではなかったけれど、かなり腹が立った。聞いていることが信じられなかったから。ユークリッドがエンジェルの妻の愛人であるという話は筋が通っていた。でも父親？　父親だって？　そうエンジェルに尋ねると、彼は飲み下してから、そのとおりだ、父だ、血のつながりのある父親だと言い切った。ユークリッドは、エンジェルの元妻マルガリータをこの世に生じさせる種の元となった男で、しかもエンジェルが頻繁に訪れていた男友達の父親だった。エンジェルはその男友達を通じてその姉のマルガリータと知り合い、エンジェルにとってはマルガリータは友人の姉から恋人になり、その後は妻に、そしてその後は前妻になった。同様に男友達の父は義父になり、その後は前の義父になった。きみに前もって言わなかったのは、とエンジェルは付け足した。ぼくたちが通りでばったり会って数日してからユークリッドから電話があって、マルガリータのことはきみには言わないでくれと頼まれたからだ。きみとは仲がいいし、辛い話題である娘と一緒にしたくないとユークリッドは言っていた。いいかい、とエンジェルは言った。マルガリータはブラジルに身を落ち着けると弟も呼び寄せたから父親のユークリッドにとっては堪える話題だったわけさ。

わたしは依然として信じられなかった。エンジェルもわたしの当惑に気づき、わたしの手を握ってそれが真実であること、ユークリッドにはわたしにそれを隠す理由があったのだと言って慰めた。マルガリータは父親とソリが合わなかったのだとエンジェルはわたしに言った。ブラジルに行くかなり前から二人には会話もなかった。エンジェルは対立していた頃の二人を知っていた。マルガリータは母についていていたが、そのわけは当時ユークリッドが怪しい行動を、つまり不倫をしていて、それが娘のマルガリータには耐えられなかったからだ。ユークリッドは見た目はとても魅力的で、とくに女子学生のあいだでは大人気だった。マルガリータもエンジェルも大学でユークリッドが少なくはない数の女子学生を口説き落としている噂を聞いたことがあった。わたしもその手の話は知っていたけれど、もちろん口は開かなかった。エンジェルはまずかったかなという表情でわたしを見つめ、言いわけをはじめた。ユークリッドの気持ちもわかるんだ、とエンジェルは言った。マルガリータのことを言わないでくれと頼むのもなんとなく理解できる。だって彼は小さい頃のマルガリータを目に入れても痛くないほど可愛がっていたからね。そうだ、と言ってエンジェルは立ち上がり、部屋に行くと、前妻の持ち物が入っている靴箱をもって戻ってきた。ユークリッドが三人の子どもと映った写真と、小さいマルガリータを肩車している写真があった。ありがたいことに、エンジェルは写真の束のどこかにあるはずの、大人になったマルガリータがわたしの目に入らないようにしてくれた。

ぼくがマルガリータと知り合ったころ、とエンジェルは言った。ユークリッドとの関係が悪化しはじめたんだ。エンジェルによれば、ユークリッドは自分のこと、大学や女を口説くことにすっかり夢中で、密かに始まり徐々にはっきりしていく娘の離反に気づかなかったらしい。マルガリータは父親を無視し、ゆっくり生活から追い払っていった。エンジェルは、マルガリータの母親に対する気遣い、父親への痛烈な物言い、弟との会話をすべて聞いていた。きっとそれだから、とエンジェルは言った。マルガリータとダヤニは強く結ばれたんだ。まるで鏡を見ているみたいに、一人はもう一人に自分が映し出されているのを見る。若い方は自分の未来を、年上の方は自分の過去を見る。もしかすると模倣でもしているのか、とね。

頂点に達したのは、つまりマルガリータの母親が離婚しようと決めたのは、母親が予定と違う時間に帰宅したある日、夫が若い女とベッドにいるところに出くわしたからだった。母親にもマルガリータにもその出来事は決定的で、マルガリータは金輪際父親に話しかけなくなった。当然さ、とエンジェルは続けた。堪忍袋の尾が切れたんだ。それよりも前、ユークリッドが五十歳になったときの危機がまだ解決していなかったからね。実は家族の友人がホテル・ハバナ・リブレのラス・カニータスでユークリッドが女の子といい雰囲気になっているのを見ていたんだね。まず間違いなく学生で、いい成績が欲しくて先生を口説いているタイプの尻軽女さ。そう彼は言った。わたしは腹に刺すような痛みを感じて息ができないくらいだったが、ようやくつぶやいた。ラス・カニータスで? ああ、そこさ、とエンジェルは言い、話を続けた。マルガリータはそれを知るとヒドラのようになったよ、ただ父親と対決する勇気はなかったけれどもね。

わたしは死ぬかと思ったわ、本当。ラス・カニータスの尻軽女といったらわたしのことじゃない。でもわたしは自分の力でいい成績をとっていたから、いい成績が欲しかったわけじゃない。欲しかったものなんて何もないわ、何も欲しくなかった。わたしはただ自分を喜ばせてくれる男の恋人だっただけで、彼の五十歳を祝えて幸せだった、ただそれだけ。でもそのせいで彼の家族はめちゃくちゃになった。わたしは穴があったら入りたかった、エンジェルにも話をやめて欲しかった、とにかく隠れたかった、でもエンジェルは話し続けた。

ユークリッドのその過去は家族にとって大きな傷となっていて、ユークリッドがダブルベッドで若い女といるところを見られた日にはまだ癒えていなかった。マルガリータの母によれば、ベッドの女は何年か前のラス・カニータスと同じ女ではなかったけれど、マルガリータにしてみればその女の素性はどうでもいいことだった。問題はユークリッドにあって、その女にはない。嘘をついているのは父のユークリッドだった。わたしはどこで口を挟んだらよいかわからないまま、ユークリッドがわたしに言わずにおいた出来事を何もかも知らされていった。わたしは罪悪感を感じた。でも本心ではわたしのせいとは思っていなかった。わたしは不快、とにかく不快感でいっぱいで、駆けて出て行ってユークリッドを抱きしめて、何があっても自分たちの友情が続いていることの素晴らしさを伝えたかった。そうしたかったけれど、エンジェルは話し続けた。

マルガリータははじめ、エンジェルと結婚することをユークリッドには報告していなかったが、やはりことは結婚だったので、父親を訪ねて丸く収めようとした。長い時間話し合って、事態が落ち着きかけたところで、どうやらユークリッドは一族の形見のことを尋ねたらしい。ユークリッドは娘が形見を受け継いでいることと、その中にメウッチの文書が含まれていることを知っていたからだ。ユークリッドもその文書に随分前から関心があったが、マルガリータの母と結婚しているときのユークリッドにマルガリータは決して渡そうとしなかった。ユークリッドがどうしようと思ったか想像がつく？　とエンジェルはわたしに尋ねた。ユークリッドは文書を売って欲しいとマルガリータに提案したんだ。マルガリータは結婚を控えて金が必要で、ユークリッドはコロンビアの科学雑誌に載せた論文の原稿料が入ったばかりだった。マルガリータにとってその提案は真冬の夜中の三時に冷や水を浴びせられたようなもので、父親とはこれっきりと縁を切った。もちろん「これっきり」っていうわけにはいかなかったけれどね、とエンジェルは付け足した。マルガリータには優しいところがあって、それゆえ父親と仲直りしようとしてもう一度会うことにした。その後ユークリッドはマルガリータの家を訪れ、文書を取り戻すことに成功した。文書を盗んだんだよ、ジュリア、マルガリータの気づかないうちに形見を盗み出したのさ、わかる？　マルガリータは涙ながらに、サンパウロに来たエンジェルにその話を語った。だからエンジェルはそれを取り戻したかったのだ。だってそれは不公正じゃないか。人の人生を盗む権利は誰にもないよ。ほら、とエンジェルは言って、靴箱の書類をかき回すと、そこには彼女の人生の一部、写真や学校の成績があった。これを見て、と彼はもう一度、雑誌の一ページを取り出した。マルガリータは侮辱のあかしとしてそれをとっておいたのだ。それはユークリッドがコロンビアで出版した論文で、彼はそれと引き換えに原稿料を受け取り、その金でメウッチの文書を買おうとした。わたしは雑誌の一ページを手にとって、色合いや論文のタイトル、友人ユークリッドの名前が大きな文字で印刷されているのを見て、読みはじめた。そのとき世界は動きを止めた。そう、地球は突然回転するのをやめ、炎がわたしの足から頭までを包んでわたしの体の周りをぐるぐる回り、わたしを燃やそうとしているかのようだった。わたしは大急ぎで、信じられない速さで読んでいた。視力なんかいらなかった。目を閉じていてもユークリッドの署名入りの論文で論じられていることは暗唱できた。というのは、そこで論じられている内容、著名なキューバ人学者が提示していること、その論証の新しさ、数学的な証明、世界の科学に対する小さな貢献、巧みに展開された着想は、わたしの論文だったからだ。そう、それは要するに、わたしが大学に提出したわたしの論文だった。眠らずに書き、祝福を受け、数学の学士を取り、どこにも出版したことのないあの論文だった。わたしの家の引き出しに思い出として眠る紙の山。ユークリッドはわたしの頭を盗んだ。わたしの頭はわたしの人生だ。

わかる？　我思う、ゆえに我あり。それ以外のことはどうでもいい。

10

あの日の夜はほとんど眠れなかったことを覚えている。目を閉じ、横で眠るエンジェルのいびきを聞いていると、ユークリッドのイメージしか浮かんでこなかった。論文指導のときにわたしの説明を聞く彼の顔、ラス・カニータスでの笑顔、キスをしようと顔を近づけ、唇が触れ合う前にわたしの手をとる彼の手、彼の眼差し、わたしの頭の良さへの賛辞、質問、裸の体。何もかも、わたしの尊敬する先生で素敵な恋人で最高の友人のユークリッドだった。嘘つきのユークリッドは、きっといまごろベッドでゆっくり休み、そのあいだわたしは天使たちのいびきを聞きながら寝返りをうっていた。泥棒のユークリッド、だってそうじゃない、しみったれのこそ泥よ。だからそのときのわたしにとっては、テレビドラマに出てくるような父娘の物語、妻を裏切る夫、母の味方をする子どもたち、離婚、鬱、悲しみの涙はどうでもいいことだった。そうしたことはどれも、彼がわたしのアイディアを盗み、わたしに内緒で自分のものでない論文に自分の名前を書いて出版し、わたしを犠牲にして金を稼いでいたことと比べればどうでもよかった。わかる? ユークリッドを思い出すだけで腹が立つ。まったく。だからわたしは眠れなくて、起き上がってコップに水を注ぎ、お気に入りの街路が見える居間のバルコニーにもたれかかった。考える必要があった。

　エンジェルが語ったことのうち、わたしにはよくわからないこともあったけれども、聞きたいとは思わなかった。それは賢明ではなかった。エンジェルは一人の女に惚れ込み、その歴史をきちんと閉じることによってはじめて気分も入れ替えて、別の歴史に向き合うことができると考える立派な男だった。別の歴史とはわたしをさし、当然、過去の歴史を閉じることはわたしにとってとても重要だった。こうなるためには、わが天使（エンジェル）が例のメウッチ文書を含む一族の形見を取り戻すことが不可欠だった。形見を取り戻したら、エンジェルは計画の最後の部分に取り掛かる。マルガリータにすべてを送り、気分も新たにわたしのことだけを考えるようになる。そうしたらわたしはきっとベダードに引っ越して、もっと面白いもっと多くの展望に満ちた新しい人生を始められる。あの日の夜、エンジェルは言っていたが、彼の最大の懸念はユークリッドが文書に関心があるからと形見を横取りしていることだった。古い紙に書かれたあの落書きのような絵を元の義父がどうしたいのか、エンジェルには見当がつかなかったが、それを何年も追いかけていたユークリッドが絶対に手放さないことだけは確かだった。それゆえ、どうやったら形見を取り戻せるのか、その方法はエンジェルには思いつかなかった。

　わたしにもそれを取り戻すのが易しいとは思えなかったけれど、ユークリッドがその原稿をどうしたいのかを想像するのはさほど難しくなかった。教え子のアイディアを盗み、自分の名前で発表し、業績と金を稼ぐ人であれば、電話の発明をめぐる文書の現物をどうするか？　考えてみて、あの時代、メウッチは故郷のイタリアと、電話の発明に関心のあるごく少数を除けばまったくの無名だったの。メウッチが生きていた時代でさえも、記者の中にはメウッチのことを、頭のおかしなイタリア人だと非難する者もいた。電話という発明品ははすでに法的な書類や歴史書が証明しているとおり、グラハム・ベルに帰属しているのに、それを横取りしようとしていたのだから。ベルが電話を発明したのは間違っていないわ、問題はそれがメウッチの数年後ということよ。もっと正確に言うと、一八七六年にベルは特許を取って、「ワトソン君、用事があるので来てくれませんか」と、史上初の電話の会話として記録される台詞を口にした。でもベルが電話をかけて呼ぶべき相手はメウッチだった。というのはすでに一八四九年にイタリア人は最初の実験を終えていたからよ。もちろんこのことについていままで書かれた証拠はなかったけれどね。ユークリッドが言ったように、その証拠は一族の形見に含まれるあの文書だった。エンジェルには落書きに見えるあの絵は実験の設計図で、きみが知っているとおり、科学は言葉では説明できないの。言葉は芸術や哲学のためにあって、科学では数字や公式や図式や設計図が重要になる。科学者は口を開く前に、ボールペンをつかんで何かを、素人には落書きに見えるけれど、玄人には実験を証明したものに見える何かを書く。わたしの論文を盗んでもなんともないユークリッドが、電話を発明した証拠を使って何をするか想像してみて。電話の本当の発明者が誰なのかなんて、世界にある数多くの問題のなかで大した問題ではない。その知識はまったく取るに足らないことよ。でもアインシュタインを思い出して。なにごとも相対的なの。何も持っていないときには「少し」がものすごくたくさんに見える。もしかすると「すべて」に見えるかもしれない。キューバのゼロ年にユークリッドは、停電前にバケツで家のタンクに水を運ぶような人間ではなくなるかもしれないの。有名人になって国際的な科学コミュニティでそれなりの名声を勝ち得るかもしれない。国際学会に出かけて講演をして、ずっとなりたかった権威ある科学者になるかもしれない。あるいはただ単に、これは最悪のケースだけれど、もう少し美味しいものが食べられる程度の金を稼ぐかもしれない。

ユークリッドの目的ははっきりしていたけれども、細かいところはわたしには当惑の種だった。エンジェルによれば、マルガリータはユークリッドが形見を持っているとエンジェルに語っているのだ。いい？　ユークリッドが文書を持っているのなら、どうしてその文書の存在をわたしに話すわけ？　持っているなら、誰にも知られないためには黙っているのが一番。違う？　なのに、わたしがレオナルドとイタリア人のバルバラの会話をユークリッドに伝えると、彼はメウッチについてのファイルを取り出して文書のことを教えてくれた。わたしが文書の存在を知ったのはユークリッド経由だ。それはどうも不可思議。どういうことかしら？

公理一——ユークリッドはこの文書を使って名を上げたいのだが、キューバの外には重要な人との付き合いがない。レオナルドが関心を持っているとわたしが言って、ユークリッドは心配になった。というのも、メウッチに関心を持っている人が自分以外にいて、その人が文書の存在に気づけば欲しがるからだ。ユークリッドはこういう話にわたしが夢中になるのがわかっている。そこで文書についてわたしに話し、本当はユークリッドが持っているとは思わせないようにする。そのついでにわたしを利用してレオナルドから情報を引き出し、メウッチについての資料を完璧にそろえる。それは将来、文書を利用して名を上げるときに役に立つ。

公理二——ユークリッドには重要な人との付き合いがなかったので、文書を持っていてもどうすることもできない。経済的にとても厳しい状況にあり、食事の一部をやりくりしてくれるのは、闇市場に首を突っ込んでいる息子である。わたしがメウッチに関心を持っている作家のレオナルドの話をしたので、ユークリッドには急に文書の行き先についての可能性が開ける。ユークリッドは作家とは知り合いではないが、作家が電話の発明について書いているのなら、作家は文書に関心を持つだろうし、ユークリッドは短期的であっても経済状況を改善するために売ることができる。もちろん作家に金があることが前提だ。なぜユークリッドはわたしに文書のことを言及するのか？　電話の発明に関する科学的関心にわたしは夢中になり、わたしは作家と知り合いなのだから、ユークリッドの企みに気づかずに、無邪気に作家にユークリッドを紹介する。

しかし重要なことが別にあった。エンジェルの存在だ。わが天使（エンジェル）はユークリッドの娘の夫であって、それゆえにわが恩師ユークリッドは、娘が結婚時に形見を受け継いでいる以上、エンジェルがそれをじかに見たのがわかっていた。ユークリッドがわたしとの会話で言及した女性について、最初わたしはユークリッドの愛人か何かだと思ったが、その女はユークリッドの妻だった。おそらく二人の結婚がうまくいっているあいだに、ユークリッドは文書を入手するために妻に対してあらゆることを試みたのだが、この文書はのちに正統な娘であるマルガリータに渡る形見の一部だったので、妻は譲らなかった。その後、ユークリッドは買い取ることを娘に提案するが、娘はやはり受け入れなかった。わたしとユークリッドがはじめて文書について話し合ったとき、ユークリッドはこの件は誰にも話してはいけない、エンジェルが相手でもだめだと強調した。なぜか？　当然だ。というのはユークリッドが文書を持っているのであって、エンジェルにはこの話から遠い場所にいてもらいたいし、とくに文書には関心を持って欲しくないからだ。ユークリッドはエンジェルの恋愛の顛末も、歴史の一ページを閉じたいという突飛な目論見も、過去のある女への執着も知らなかった。こうしたことをユークリッドは何も知らず、それゆえエンジェルには少しも関心がなかった。ユークリッドの関心の対象はあくまで作家レオナルドだった。この男は何年もかけて情報を集め、わたしが無邪気に協力したおかげでユークリッド自身も知ることができた細部をすでに把握していたのだから。

いずれにせよ、わたしは論文のときと同じように、ユークリッドに利用されている大馬鹿者だった。まったく腹が立つ！　あの晩、きみに言ったとおり、わたしはほとんど眠れなかった。ベッドに戻ったけれど、ほとんど眠れなかった。六時半にはもう仕事に行く支度をしてキッチンでコーヒーを沸かしていた。突然、背中から抱きしめられ、わたしは振り返って寝ぼけ眼でぼさぼさ髪のわが天使を抱きしめた。エンジェルがこんなに早く目を覚ますのは珍しかったけれど、彼は、寂しかった、きみがいないとベッドは大きすぎる、出かける前に強く抱きしめてくれと言った。再び彼を抱きしめてから二人でコーヒーを飲んだ。起きたばかりのエンジェルが大好きだった。優しくて、のろのろしているのが可愛かった。学校に出かける前にもう一度抱きしめて、今夜はここには来られないから、週末に話しましょうと言った。

高専ではイライラしっぱなしだった。生徒たちはいつもより乱暴で馬鹿に見えた。だから個別に課題を出して解かせ、脳みそを使わせた。わたしは脳の使い方を知っているし、そのときわたしの神経細胞は最高の状態で働いていた。午後、仕事が終わると恐ろしいほどの速さで歩いた。過ぎた時間はもっぱらわたしの不愉快を増大させただけで、ユークリッドはわたしがのみ込んでいた一切に耳を傾けるべきだった。

ユークリッドの家に着くと、彼の老いた母は、昼から電気が来ず、そのため扇風機がつけられないのでドアを開け、玉の汗を流しながら手で扇いでいた。ユークリッドは犬のエトセトラを散歩に連れ出したばかりだったが、わたしは急いでいなかったので戻るのを待つと言い、腰掛けて話しはじめた。その日の午後、チチーは友人を何人か連れてきたが、わたしがそのことを覚えているのは、連中が姿を見せるとすぐに、わたしを「先生」と呼ぶ声が聞こえたからだ。見ると、正直言って見覚えのない女の子だった。きみはわかるでしょう、先生は一人で、生徒はたくさんだからよ。でも彼女はハバナ工科大学でわたしに教わり、わたしの授業が好きだったと言い、最近どうしているのか、大学で仕事を続けているのかと尋ねた。わたしは細かいことは言わず、丁寧な口調で職場を変えたと言うと、彼女は微笑みながら、自分は技師として働いているが、本当は作家になりたいのだと言った。そこでチチーは友人たちを紹介した。全員いつか作家になる連中だ、と誇らしげに付け足した。わたしは見回した。地理学で学士をとった黒服に髪の長い痩せっぽち。生物学で学士をとったコナン・ザ・グレート似のやはり長髪の男。電子工学科を卒業し、ショートパンツに細い足、巻き毛で目の色が明るいのが例の女の子だった。チチーによると連中はロックが好きで、アヴァンギャルドで、作家になりたいのだそうだ。わたしは、だったらどうして科学を勉強したのかしらと思った。この国では誰でも好き勝手やっていて、てんで無関係の学科を卒業するが、もちろんわたしは違う。でもいい、そんなことを口に出すべきではない。

　若者たちがパティオ・デ・マリアでのロックコンサートや文学で何をやりたいかについて話すのを聞いていると、エトセトラがドアに現れ、そのあとにユークリッドが、アパートが賑やかなことが嬉しそうな表情をして姿を見せた。わたしは彼の頬にキスをして、ユークリッドは息子と話をした。わたしは連中に別れを告げ、ユークリッドがランタンに火を入れるのを待ち、そのときになって、話があるのだと彼に伝えた。ユークリッドは目を大きく開き、ろうそくに火を灯して部屋に案内したので、きっとわたしが新たな情報を持ってきたと思ったに違いない。

　ユークリッド、あんた嘘つき、彼がドアを閉めるとすぐわたしは言った。彼は驚いてわたしを見つめ、まだ手にろうそくを持ったまま近づいて、一体どうしたのだと尋ねた。わたしは繰り返し言った。嘘つき、わたしに嘘をついたわね。もしそのとき彼がわたしの発想を盗んで論文を出版したことで謝罪していたら。もしその件について謝ってはっきり説明をしてくれたら。もしマルガリータの話をしてくれたら、というか少しでも謝罪する気持ちを示してくれたら、すべては違っただろうけれど、彼はそうはせず、ただわたしに落ち着くように言い、何のことなのかをもう一度尋ねた。彼がこう振る舞ったことで、わたしは、彼には嘘が複数あり、わたしの非難を聞く前に罪を認めるヘマを犯さないようにしているのが確認できた。ユークリッドはいつも頭の回転が早かった。わたしは彼を深刻な表情で見つめ、ため息をついてから、あなたはエンジェルの義父だったのだからエンジェルとは知り合いだったけれど、そういうことはわたしに隠しておきたかったのね、と言った。かつての先生は作り笑いをしてため息をつき、棚にろうそくを置いて言った。ああ、そのことか。ということはエンジェルがきみにその話をしたんだね、きみが気にすることではないよ、いずれ話すつもりだった、辛い話だ、と付け足した。でもおれも悲しみを言葉にできるようになったし、きみは大切な一人だし、傷つけたりすることは絶対にないし、ましてや嘘などつけないよ。本当はずっと前から言うつもりだったんだ。

突然、わたしは怒りが再燃した。それは大きな怒りだった。彼が言った言葉のうち、「ああ、そのことか」がまだ響いていたからだ。それは落ち着かせようとする台詞、聞いて嬉しくさせようという台詞だった。なんでわたしに言わなかったの？　とわたしは尋ねた。その瞬間、電気が突然戻ってランプが明るくなり、ユークリッドは笑いながらわたしを見て言った。ほら、大したことじゃないだろう？　光あれ。わたしは彼の微笑みを無視し、もっと大きな声でなぜ嘘をついたのかと再び尋ねた。恩師はもう一度わたしに落ち着くように言い、ドアを開けて母親に、ランタンを消してくれ、こっちは仕事があるから邪魔しないでくれと怒鳴った。母親は食事の支度ができたらノックすると言った。わたしはもう一度、なぜ嘘をついたのか尋ねた。彼は今度は笑わず、くだらないことにそんなに怒っているのなら母親や隣人に会話を聞かれない方がいいからなと言って、いつものようにラジオをつけてCMBFに合わせた。

ユークリッドによれば、ただ単に適切でないから話さなかったという。最初からわたしがエンジェルに惹かれているのがわかったので、エンジェルがかつて娘の夫だったとユークリッドが言えば、一方で不要な好奇心をわたしに呼び起こすし、もう一方でユークリッドはマルガリータのことを話さないといけなくなる。でもわたしはそもそも知っていた。というかわたしこそは、子どもたちの旅立ち――最初はマルガリータ、ついで息子のロベルティーコ――が父親のユークリッドにもたらした散々な結果を知っている唯一の存在だった。おれは打ちのめされたんだ、ジュリア、覚えているだろう？　そしてその鬱が大学の辞職、研究者の終わり、社会的な生活の終わりをもたらした。わたしたちがエンジェルと道端でばったり会った日、ユークリッドはわたしに打ち明けたい誘惑に駆られた。しかしその後、わたしの話とは別なのだから、そうしないほうが良いと考えた。だから告白するが、とユークリッドは付け足して言った。おれはエンジェルに電話してきみに話さないように頼んだのさ。それは紳士協定だったけれど、それをエンジェルが破ったのはそうする方が正しいことを意味していた。ユークリッドはエンジェルとの付き合いもほとんどなかったので、ただわたしにとって何が良いのかを考え、エンジェルに電話をかけてわたしには黙っているように頼んだ。マルガリータがエンジェルと住んでいた時期、マルガリータはユークリッドとは会話がなかったから、ユークリッドにとってエンジェルは幽霊のような娘婿だった。きみの夢に幽霊ばっかり出てきては困るだろう？　とユークリッドは尋ねた。

ユークリッドはエンジェルと、わたしの恋人として会いたいと思ったと言った。まともな付き合いの持てなかった娘婿、妻を裏切ったことを決して許さずに話しかけてこなかった娘の夫としてよりも、自分の人生に現れた新しい人として会いたかった、と言った。おれはなんども裏切っているからね、なんども、とはっきり言った。彼はそう言いながら、わたしが唯一の浮気相手ではなかったことを説明しているとわたしは理解したが、わたしは彼にとってただ一人の相手でありたいと思ったことがなかったのでそういう説明は不要だと思った。愛人というのは関係が続く限り求め合う体でしかなく、終わった後には忘却、あるいは共犯関係が残るのだ。

その瞬間、沈黙があったのを覚えている。わたしたちは二人とも黙り込んだ。ユークリッドは真実を話していた。わたしは考えていた。ラス・カニータスのことやエンジェルが話したことを。ユークリッドの説明は論理的だった。複数の恋愛関係を持っていたことを弁解してくれなくてよかった。ユークリッドにはマルガリータの口からエンジェルが知ったことをすべては想像できないはずだ。その他あれこれ頭に浮かんでは消えていった。さまざまな思いに囚われていると、ユークリッドが口を挟み、これがおれの話なんだ、わかってもらいたい、だがすべてを知った以上、もっと話しておきたいことがある、と言った。光があるなら、と付け加えた。

わたしは何も言わなかった。わたしは聞く番で、実際聞きたくて仕方なかった。娘は母親と同じ名前だった、とユークリッドは言った。それは一族では繰り返される名前で受け継がれている慣習だから大したことじゃない。重要なのは、つまりそれがわたしたち二人にとって重要であるがゆえにユークリッドがわたしに言いたかったのは、彼の元妻のマルガリータがメウッチ文書の持ち主であるということだった。ユークリッドがわたしとの話で話題に出したのは元妻のことだったのだ。最初に彼女の素性を明かさなかったのは、わたしの恋愛と混ぜこぜにしたくないからだったという。でもわたしが知ったいま、そのことをわたしに隠す必要がない、わたしはすべてを知らなければならなかった。文書は家で見たんだ、ジュリア、だっておれの妻のものだからね、だから文書の存在には絶対的な確信がある。おれはこの手に持ったんだから、と言った。いよいよ面白くなってきた。わたしは驚いたという仕草をして笑ってから言った。だったらあなたの前の奥さんが持っているわけね。しかしユークリッドは違うと言った。家族の事情、いろいろな思いが詰まった遺産、こうしたことが原因で、母は娘に譲ったんだ。だったらブラジルにいるあなたの娘が持っているわけね、とわたしが自信満々に言うと、彼はまたもや違うと言った。文書はキューバにある。娘はおれが文書に関心があると知っていたけれど、おれに復讐したくて出発する前に他人に譲ったのさ。わたしたち二人がいるまさにこの部屋で、マルガリータは他人に譲る決心をしたと父親に伝えたのだった。マルガリータによると、その人物は文書の役立て方を知っているそうだ。きみの知り合いの作家が持っているんだよ、ジュリア、レオナルドは娘の友人だったからね、とユークリッドは結んだ。

笑うしかなかったわ。それ以外に何もできない。だって驚いたのだもの。ユークリッド、勘弁してよ！　わたしはたぶんこんなことを言ったと思う。わたしは笑っていたけれど、彼はこちらを不思議そうに見つめて近づいてきて、半ば大きな声で嘘だと思うのかと尋ねた。マルガリータは文書をレオナルドに譲ったとユークリッドに伝えていた。そのことをわたしに話さなかったのは、わたしとエンジェルの関係があったこととすでに説明したことが理由だとユークリッドは真面目な顔をして言った。それだけじゃない、全部打ち明けてしまえば、通りで会った時点でおれは、エンジェルならきっとおれたちを、マルガリータが話に出しているレオナルドまで導いてくれると確信を持ったんだ。ユークリッドはレオナルドと知り合いではなかったが、レオナルドがメウッチのことを調べているのは知っていた。レオナルドは娘マルガリータの友人であり、ということはエンジェルの友人でもある。最初にきみに打ち明けられなかったのは、事態を混乱させたくなかったからだけれど、おれたちにはもう隠しごとはない。ユークリッドは興奮し、落ち着こうとひとつ息を大きくついて、わたしには背中を向けて言った。そうでないことが証明されるまで、レオナルドは依然として最も重要な人物だ。おれたちにとって唯一のな。もしまだ「おれたち」として行動できるのであればな。彼はそこで振り向いてわたしを見て言った。頼むから言わなかったことを許してくれ、そうしたのはきみを傷つけたくなかったからだ、でも嘘はついていない。嘘をついているとすれば、それは奴らだ。おれの娘、作家のレオナルド、歴史書。連中は嘘をついている、ジュリア、おれは嘘はついてない。

　この言葉でその夜のユークリッドの告白は終わった。わたしからアイディアを盗んだことについては一言もなかった。強く照らす光があるのではなく、ただ小さな電球がレオナルドの頭上で光っていて、その役立たずの重要人物にわたしを迷い込ませようとしている。わたしは、ユークリッドが文書を所有し、情報を集めるためにわたしを利用していることに確信を持った。腹が立つ！　ユークリッドに向かって泥棒、嘘つき、とどれほど叫びたかったことか！　でもそうしなかった。それをするタイミングではなかった。ユークリッドの長広舌で、わたしは怒りが揺るぎないものであることを確かめ、そして一つの決断を下した。ユークリッドはメウッチ文書を持つに値しない人間である。その紙片は他人の手に、正しく扱うことのできるもっと心が綺麗で純粋な手に渡るべきだった。しかしそれはいずれわかるだろう。当座わたしはユークリッドが保管している形見を取り戻す決意を固めた。確かに彼はわたしの恩師であり、わたしは彼の一番の教え子だった。ということはあらゆる教えに答えなければならない。わたしの論文を使ってユークリッドがしたことを言えば、彼は警戒し始める。わたしが彼を信用していないということが伝わり、彼はわたしを信じなくなる。それはまずい。わたしの恩師には、わたしが引き続き仲間でいることを信じてもらわなくてはならない。ゲームが逆転されたのも知らずに。

わたしはため息をつき、心配しないで、わたしたちは同じ船に乗っているわ、あなたがわたしの船長でレオナルドが捜索対象よと言った。ユークリッドは息をついて目を輝かせて微笑んだ。だったら続けよう、ジュリア。わたしは笑顔を返すにとどめたが、なぜ続けるのかは言わなかった。

ユークリッドの顔を見たくなかったので、次の研究グループの集まりには行かなかった。午前中に隣の家からユークリッドに電話を掛け、卵巣のあたりが痛いから行けないと言った。彼が信じようが信じまいがどうでもよかった。ついでにエンジェルにも電話を掛けたが出なかった。もっとあとに掛け直すことにした。アパートに戻り、確かシャワーを浴びたと思うけれど、覚えていない。覚えているのは、ただ気分が悪く、いつものように家じゅうが人だらけだったことだ。いつも騒音がしてわさわさしている。この街で人はまるで耳が聞こえないかのように大声で話す。母親はバルコニーから怒鳴って子どもを呼ぶ。音楽は大音量で聴く。秘密はドアを開け放して伝えられる。こんな振る舞いの責任はカリブ海、あの沸き立った海にあると思う。きみはどう思う？　だからわたしは気分が悪くて古い傷跡に触れても気持ちが安らがないとき、わたしを鎮め、わたしに助言を与え、少なくともわたしの言うことを聞いてくれる海を見たくなる。

その日の午後、わたしは浜辺に散歩に行った。気分が悪くなる理由はたくさんあった。まずは何と言ってもユークリッドがわたしにしたことだ。あれを受け入れることはできない。次に……どう説明したらいいかな？　自分の人生が中途半端に見えたの。ユークリッドはわたしにとって唯一の友人と言っていい存在だったのに、とんでもない裏切り、もちろんそれは彼の弱さでもあるのだけれど、それを露わにしたところだった。ユークリッドのわたしへの愛を疑っていなかったとはいえ、あんなことをわたしにやってのけ、しかもそれを打ち明けないというのは、わたしにとっては限りなく不愉快だった。つまり、わたしの唯一の友人は本当の友人ではなかったというわけ。わかる？　わたしはもともと友人が多くなく、小さいころから一人でいるタイプだったけれど、少なくとも一人は完璧な友人がいて欲しかった、と思う。エンジェルはそれとは別の存在だった。わたしたちの関係はどういうものだったのか？　愛人だったというだけで、パートナーでも恋人でもなかった。「わたしのパートナー」だと言える関係でもなかった。ただの愛人で、それを知っているのもわたしたちだけだった。

あの頃、わたしがアラマールに戻らないとき、兄に誰の家に泊まっているのかをいちいち聞かれるのが嫌で仕方なかった。外国人と付き合わないように気をつけたほうがいい、家に連れてきたらどうだと注文ばかりつけてきた。兄はわたしのことを何も知らないくせに、いつも兄貴風を吹かせていた。わたしもできればエンジェルを紹介したかった。ただエンジェルは恋人ではなかったし、きちんとした関係でもなかった。わかる？　愛人にして友人という中途半端。仕事だってそう。だってそれがわたしの転落にとどめを刺していたのだから。散々よ。違う？

かなりのあいだ歩いたけれど、エンジェルに電話しようにも電話が見つからなかった。バスがちょうど停まっているときにバス停の横を通りかかったので、よく考えずに飛び乗った。壊れていない電話がいずれ見つかるだろうし、会えることになれば、少なくとも湾の向こう側、彼の家のもっと近くに行ける。ダンテ・アリギエーリは地獄の罰のなかに、アラマールからハバナまでのバス移動を含めるべきだった。ハバナでは心底、隣人の近くにいると感じられる。とても近いからその人の息が直接きみの顔にかかるくらいで、きみはその人の体を自分の体と取り違えてしまうかもしれない。きみに触れるその脚がきみの脚なのか隣人の脚なのかがわからない、きみの財布に突っ込まれた手がきみの手なのか隣人の手なのかわからない、お尻に突き立てられたと感じるものが気持ちよくてもよくなくても、それが何なのかはっきりとは言えない。ただわかるのは、それがきみの背中を伝うあの汗の玉ということだけだ。熱帯の太陽のもと、ゆっくりと、難儀そうに動くバスとほとんど同じように。

地獄の罰に長時間耐えられなかったので、さっさとバスを降りて、いつも海に、沸き立った海に面しているマレコン通りをひたすら歩いた。正直言って別のことを考えたかったけれど、メウッチやメウッチに関わることから離れるのは難しかった。あのときはユークリッドから文書を取り戻す決心を下した後だったからなおさらだ。そう、わたしなりにユークリッドを愛し続けるつもりだったのに、彼は文書を所有するに値しない人間だった。そのことに議論の余地はなかった。あの日の午後を境にわたしは、彼の部屋にきっと保管してある形見をどのようにして手に入れるかを思い巡らすようになった。たとえば彼の家の近くに潜み、エトセトラの散歩に彼が降りるのを待って家に上がりこみ、母親に彼の部屋で待っていると伝える。あるいは、彼と部屋にいて、彼がシャワーに入るのを待つ。あるいは、わたしが仮病をよそおって一晩彼の部屋を使わせてもらう。いくらでも方法は考えられたし、そのどれもわたしが泥棒になるのだけれど、ことわざでも言うじゃない、盗人から盗む盗人は許される。そうでしょう？

面白かったのは、わたしもまったくの偶然から、みんながずいぶん前から追っかけ回している地点にたどり着いたこと。そう、みんなそれぞれの理由で同じものを追いかけていた。

わたしはその文書に何を求めていたのか？　実を言えばさしたる目的はなかった。最初は科学的な好奇心と友人への協力というのがあったが、いまはその友人を痛めつけるためだった。何を求めたのかはわからない。こんなことを考えるのは、わたしが目的を、あの年の空虚から救い出してくれる何かを必要としていたからだと思う。エンジェルの意図はもっと明確だった。マルガリータの形見を取り戻そうとし、その形見には文書が含まれていた。ユークリッドの目的はもう話したわね。作家のレオナルドの場合、はっきりと、彼が執筆中の物語の基盤として文書に関心があった。知り合ってすぐの会話でレオナルドは、自分の物語るストーリーはフィクションではなく純然たる現実、まごうことなき歴史であることを証明する必要があると力説していたけれど、その証明はもちろんメウッチの文書をもってするしかない。でもちょっと待って。エンジェルの話では、マルガリータはエンジェルに対し、父親のユークリッドが文書の所有者だと言っている。エンジェルはさらに、レオナルドはエンジェルが文書の所有者だと思っていると言っていた。それに対し、嘘つきのユークリッドによれば、マルガリータはユークリッドに対し、文書の所有者はレオナルドだと言った。レオナルドは何と言っていたか？何も言っていない。そこでわたしは、エンジェルに電話する前にレオナルドに電話をすることにした。

かなり歩いてようやく故障していない電話が見つかった。電話でのレオナルドは優しく、わたしと話すのを喜んでいた。息子といるので午後は家にいるつもりだ、きみが暇なら来てかまわない、いずれにせよ家に子どもがいるというのは強度五のハリケーンに襲われているのと同じようなものだから、野生動物と戦う以外には何もできないが、と言った。わたしは、すぐに行くからレモングラス用にお湯を沸かしておいてと言って切った。

わたしが着いたとき、ガレージのドアは開いていて、お湯はすでに冷め、レオナルドは息子と一緒にベッドに寝そべって世界地図を見ているところだった。息子をみて思わず笑ってしまった。眼鏡をかけた人懐こい眼差しの混血（ムラート）で、父親と瓜二つだったのだ。わたしを見つけるとすぐに起き上がり、こんにちわ、とわたしの挨拶に答え、父親を見て、恋人なのかと尋ねた。レオナルドは起き上がってわたしを迎え、息子に向かって、わたしが友人であること、その友人が自分たちをだらしない人間だと思わないように、ベッドの本や床に散らばった画用紙や鉛筆を片付けたほうがよくないかと言った。息子は顔をしかめたが、眼鏡を掛け直して父親の忠告にしたがった。一人が床の紙を拾い集め、もう一人がレモングラスティーを温めはじめたが、大きさが違う同一人物のように見えて可笑しかった、本当よ。もっともその瞬間、大きなほうはわたしに話しかけ、もう一人は姿勢を変えないでこっそりと頭を持ち上げて、警戒の眼差しをわたしに向けていたのだけれど。レオナルドは片付けを終えた息子に、少しのあいだ祖父母のところに行ったらどうかと提案した。息子はその提案が気に入らなかったらしく、わたしを横目で見ながら父親に、わたしが恋人ではないのになぜ二人きりになりたがるのかと尋ねた。父親は顔をしかめたが、眼鏡を掛け直してドアを仕草で示した。息子はぶつぶつ言いながら出て行った。

　息子がいなくなるとレオナルドは大きく息をつき、酒が飲みたくて仕方がなかったのだが、子どもの前で飲むのは好きではないと言った。本の陰に隠していた酒瓶を取り出してレモングラスティーにどぼどぼ注ぎ、午前中献血してきたところだと言った。この国は、と彼は言った。狂ってる。状況がこんなひどくて食べ物だってほとんどないのだから、献血を進んでしたい奴なんてほとんどいない、当たり前だ、そんな余力はない。で、おれの地区ではどんなことが提案されたと思う？　献血と引き換えにラム酒を一本贈呈するとさ。まったく狂ってる。といったって、実際ラム酒が買える金なんかない。おれはもともと体が丈夫で体調もいい。自分の血で一人の命を救えて、その代わり自分の内臓が大好きなラム酒を少しでも摂取できるならそれも悪くないってわけだ。いるか？　と彼は尋ねたが、わたしはレモングラスティーだけでよかったし、飲んでしまうと本物の魔性の女になるような気がした、本当よ。

その日の午後、彼はお気に入りのフランク・デルガードの歌を聞かせてくれた。はじめて聞いたのだけれど、いまとても気に入っている。でも実を言うと、そのときは彼の言葉のバックミュージックとしてしか聞かなかったのだけれど。レオナルドは一つひとつのものに物語を語らせる能力があった。と言うのはどんなものにも物語が一つは隠れているからだ。わたしは、鉛筆やボールペンが収まった缶のなかにとても素敵な手作りのロシア製の木製スプーンが混ざっているのが目に留まった。するとレオナルドはモスクワを短いあいだ訪れたときの話をしてくれた。スプーンは、アルバート通りという、本屋がたくさん並び、民芸品や古レコードも売っている素敵な地区でプレゼントされたものだと言った。あまり金がなかったのだが、女性が売っているスプーンやマトリョーシカに見とれて立ち止まってしまった。全部、彼女自らが色付けした手作りのものだった。レオナルドは手作りで何かを生み出せる人には大いなる尊敬の念を抱いていた。きっと器用というのは手に由来するに違いないよ。自分も手作りでたくさんのものを作れるけれど、いつもどうでもいいものにしか見えないからね。しかしその女性は魔法使いのようで、レオナルドはその手並みをあまりに褒め称えたので、彼女はスプーンをあげたくなった。そしてそのスプーンが、レオナルドが自分の作品の執筆に使う鉛筆やボールペンと一緒に並んでいるのだ。

自分の作品とはアントニオ・メウッチの小説だったので、わたしがその話を持ち出すために策を弄する必要はなくなった。その話題がひとりでにあらわれたからだ。レオナルドはその小説に入れ込んでいたので、話したくて仕方なかった。彼はメウッチが行なった最初の実験の細部を解き明かす、とても興味深い論文を読み終わったところだと言った。その論文の著者はバシリオ・カターニアというイタリアの高名な科学者で、この科学者によれば、ハバナで考案された電話はとても初歩的ではあったが、のちにトーマス・アルバ・エジソンによってカーボン・マイクロホンで用いられる可変抵抗の原理をすでに取り入れていたという。つまりメウッチの発明品は最初から、のちに生じるいくつかの問題を考慮に入れていた。メウッチは先駆者だったんだ。レオナルドが話しているあいだ、わたしはアントニオのことを想像した。タコン劇場が閉鎖されている時期、研究室に閉じこもって設計図を書いては実験をし、失敗をしては繰り返す彼の姿を想像するのが好きだった。納得がいく結果が出てくるまで何千回も試みることだったからだ。

メウッチは、患者の叫び声が出発点となったあの最初の実験ののち、さらに実験に取り組んだ。彼の意図は当然ながら、患者に電気の放電を与えて叫び声をあげさせたり苦しめたりすることではなかったので、今回は、前回の実験を一応再現するような、しかしボール紙の円錐を取り付けた装置を考案した。こうして一方で患者は円錐に向かって話す装置を持ち、もう一方で科学者は円錐からの声を聞く似たような装置を持つ。このちょっとした変化によって円錐の持つ反響能力を利用して、用いられる電流の量を減らし、音の伝達能力を向上させた。イタリア人メウッチは幸せで眠れなかったのではないだろうか。

一八五〇年、タコン劇場は再びドアを開いた。メウッチ夫妻の契約は期限を迎え、なぜ二人がキューバ島を出ていく決心をしたのか、レオナルドには正確な情報はわかっていなかった。契約満了による当然の結果とは言えたが、レオナルドの持つ情報によれば、別の要因も考慮する必要があった。その時期、キューバ国内には、スペインからの独立に賛成する声がちらほら聞こえはじめたのだ。アントニオはガリバルディの個人的な友人で、いつも自由主義的な運動にシンパシーを抱いていた。要するに革命や独立のほうに傾きがちな人で、「川が音を立てている」となれば、イタリア人がその音に同調したのは不思議ではない。このことを不快に思ったのは一人ではなく、メウッチは島にとどまることが難しくなったに違いない。科学者としての気質もあった。アントニオは仕事を変えて「しゃべる電信機」に集中したかった。もちろん彼は「しかるべきときにしかるべき場所にいなければならない」というあの格言を知っていたし、当時のハバナがその種の発明品を開発する場所ではないことがわかっていた。実を言うと、どの時代のどの出来事もハバナは決してふさわしい場所ではなかったが、それはメウッチの問題ではなかった。彼にとっては自作の開発を続けられる場所にいることが重要だった。そしてその場所とは当時、いかなる分野の発明品にとっても都合のいい国として名乗りをあげはじめたアメリカ合衆国だった。こうして一八五〇年四月二十三日、エステルとアントニオの夫婦は帆船ノルマに乗船し、美しいハバナの街に別れの手を振り、未来の土地へと出発した。

ニューヨークに着くとスタテン島に居を定めた。何カ月かのち、当のジュゼッペ・ガリバルディが逃げてきたので、メウッチ夫妻は家に泊め、ガリバルディはそこに四年住んだ。それゆえ現在その住居はガリバルディ－メウッチ博物館になっている。わたしは、夫婦がどれほどの資産を持ってそこに居を定めたのか知らないけれど、偉大なる発明家メウッチは到着後すぐにろうそく工場を開き、ガリバルディや同郷の亡命者と働いたの。ろうそくを作っているガリバルディが想像できる？　レオナルドによれば、その工場でメウッチはパラフィンやステアリンのように、それまでろうそくの製造に使われたことのないさまざまな物質を使った実験を行なったそうよ。ここが重要なんだけど、要するに、彼は発明の熱に取り憑かれていたということよ。

合衆国での最初の何年か、アントニオはろうそく製造と声の伝達実験という二つの仕事に取り組んでいた。順調に進んでいるかのように見えたけれど、災難が襲いはじめた。一八五三年、妻が関節リウマチに罹り、数カ月後には体が部分的に麻痺して寝たきりになるほど悪化した。同じ年ガリバルディはイタリアに戻り、この後すぐアントニオは商業的にも財政的にも困難を抱えていたために、工場を閉鎖せざるを得なくなった。つまり正真正銘、最悪の年だった。仕事もなく、友人は遠く、妻はベッドに釘付け。しかしメウッチはどんなトラブルに襲われても身投げするような男ではなかった。正反対！　彼はここぞとばかり伝達装置を完成させようと、三階にあったエステルの部屋と母屋の外にあった自分の工房を電話で繋げた。こうして妻は夫と常時連絡が取れる状態になったというわけ。素晴らしいわ！

レオナルドはイタリア人の人生についてすでに知っていることと、知りつつあることの両方を語っていた。それと同じ方法で彼は小説を形作っていた。すでにいくつかの断片、二、三の場面や会話などが頭に浮かんでいるんだが、と彼は言った。書いたものを全部書きかえる可能性もある、というのは、本は命のある有機体のようなもので、成長して、呼吸したりしていくうちに、自分の場所を要求するようになっていくからね。その午後、わたしはレオナルドにいつ終わるのかわかっているのかと尋ねると彼は微笑んだ。そんなにかからないが、まだかかる。重要な細部が一つ欠けていてね、それが手に入ったら、あとは書き上げるだけだ、と言った。

今度の作品は傑作、当の電話と同じくらい革命的な作品だから、完璧でないものを出すつもりはない。わたしは、レオナルドが作品の完成度をどうやって確かめるのか知りたくなった。するとレオナルドは再び微笑んだ。みんなが口をあんぐり開けたら大成功だ。そのレベルの完成度に達するためには、欠けているとても重要な細部が必要なのかどうかを尋ねた。彼はそうだと答えたので、もう一つ質問したかったけれど、ご存知のとおり、子どもというのは都合が悪いときに現れる特別な才能を持っている。その瞬間、ミニチュアのレオナルドがガレージにあらわれ、駆け込んできた。わたしを見ると立ち止まり、え、お前まだいるの？ と言い放った。父親は叱りつけたが、気にしなくていいわ、もう行かなくちゃ、とわたしは言った。それは本当で、エンジェルにもう一度電話したかったのだが、レオナルドの隣人の電話を借りるつもりはなかった。親子はわたしを見送りがてら、ラム酒の瓶を受け取る一番近い信号まで来てくれた。わたしは会話が続けられなかったことが腹立たしかった。あそこまでいけば、レオナルドが言い及んだ細部というのが、メウッチの文書であることにわたしは確信を持っていたからだ。しかしもちろんレオナルドは、わたしがその話について何かを知っているとは想像だにしていなかった。三人で歩いているとき、わたしは中断した会話を再開したかったが、小さなモンスターがいては無理だった。乗り込んだ車の窓から二人に別れを告げると、レオナルドは投げキスをしてくれた。なんていい人なの！

レオナルドとは気が合ったので、彼が書き上げたい傑作を完成させるためにはユークリッドがどこかに隠し持っているメウッチ文書が必要であることに、その日わたしは一抹の悲しみを感じた。いまになってみると、こういうことはあまりにお人好しすぎる。レオナルドの想像によれば、彼はメウッチの知られざる歴史を語りつつ、それが真実であることを証明する文書によって本を下から支える。そして、これによって文学に革命を起こすつもりだった。例の紙っぺらがあったからといってレオナルドが優れた小説を書けるとは限らないときみは言うかもしれない。それは確か。でもいつものあの話、アインシュタインと彼の相対性理論に戻ってみましょうよ。レオナルドもユークリッドのように夢が必要だったし、夢を信じる必要があった。毎日太陽が照りつけるなか自転車を漕ぎ続けるエネルギーを与えていたのはその夢だった。だから彼はその本を書くことにこだわっていたし、それゆえに文書が必要だった。

わたしが取り戻すことに決めた文書を、レオナルドはまさしく必要としていた。わたしは急に気分が良くなった。わからないけれど、人形使いか何かのような気分になった。わたしは文書を取り戻し、それを差し出せばレオナルドはそれを作品に使って有名な作家になれる。あるいは自分で文書を独り占めにして、ユークリッドが望んだようにメウッチを無名から救い出す科学者になって名をあげることもできた。あるいはエンジェルに渡し、彼がマルガリータに戻すこともできた。最後の方法では誰も有名にならないけれど、間違いなく崇高な行い、公正で愛情のこもった行ないになる。

ベダードに着くと電話が見つかり、エンジェルが電話に出たので嬉しくて飛び跳ねそうになった。一日中、わたしの電話を待っていたが、忌々しくも電話は鳴らなかったので、ベルを聞くと奇妙な気がするほどだと言った。ああ、エンジェル、わたしの天使。彼は、停電だからろうそくを灯して待っていると言った。ああ、アントニオ、わたしのアントニオ、もしあなたと友人のガリバルディが、いまのわたしたちにはろうそくがあるのに電話がないのを見たらどう思うかしら……。

その日の夜、暑さと蚊のせいで家の中にいるのは無理だったので、電気が戻るまでわたししたちはバルコニーに腰掛けていた。エンジェルはとても優しかった。わたしたちは床に座り、彼は壁に背中をもたせかけ、わたしは背中を彼の足の上に載せた。彼の体を背中に感じていると、彼がとても小さな声でささやくのが聞こえた。「何も言わずにぼくを見て、眼差しですべてを語る魂よ」。レオナルドには申しわけないけれど、やっぱり小説は完成させられないと思った。何を考えていたかわかる？　わたしはエンジェルに聞いた。するとエンジェルは、いやと答えた。もちろんだ、わたしの頭の中に入っていることをどうやって知れるというの。わたしが形見を取り戻すのを助けてあげる、わたしは言った。ユークリッドは友人だし、わかるでしょ、わたしならたぶん何かできる。エンジェルはわたしを見て、本当にぼくのためにできるの？と聞いた。わたしは頷き、長い、とても長いキスをした。

12

その後、素晴らしい、ある意味で愉快な日々がやって来た。言ったようにわたしは自分が人形使いになったかのようだった。上から紐を動かして、誰も傷つけずに一人ひとりから最良の演技を引き出すために慎重に動かすだけ。めったにない心地よい感覚。わかる？

エンジェルとは何もかもが流れるように進んだ。あの晩、バルコニーでわたしたちは取り決めを結んだ。わたしがユークリッドの家から形見を取り戻したら、エンジェルはそれを「海が綺麗だね、風が」のマルガリータに「さようなら」とメモをつけて返すという取り決めだ。エンジェルは満足して笑い、わたしを抱きしめて何度もわたしを呼び、素晴らしい、なんて心が広いのだと言った。彼は、マルガリータを忘れるために自分のやろうとしていることがわたしには少々突飛に見えているのはよくわかっていると言った。きっときみはマルガリータの亡霊なんか全部ゴミ箱に捨ててしまえばいいと考えているに違いない。でもぼくにはそれはできないんだ。エンジェルはいつもそうなのだと言った。人生がこんがらがっておかしくならないようにどうしてもこだわっていることがあって、儀式のようなものが必要なんだ。きみのようになりたいよ、数字という完璧な秩序のなかで生きてみたい、でもぼくはその正反対だ。そのとおりだった。エンジェルとわたしは違う生き物だった。きっとだからこそわたしは彼に夢中になったのだ。ぼさぼさの長い髪、笑顔、大きなチョコレートをもらったばかりの子どものような眼差しの彼を見ると、わたしの中で愛情が目覚めるのだ。エンジェルは、わたしが友人のユークリッドではなくエンジェルを助ける決心をした理由をわたしに聞こうとしなかった。その夜はとても幸せだったので、エンジェルはきっと思いつかなかったのだろう。わたしも、何日か前にエンジェルに見せられたユークリッドの署名入りの論文のことは何も言わなかった。言う必要がある？　わたしの恩師との関係を言う必要はない。それはわたしとユークリッドのあいだで清算の済んでいない勘定書のようなものだった。エンジェルは関係がない。彼はただ笑ってわたしを抱きしめ、愛撫を繰り返しているうちにわたしの服を脱がし、最後は愛を交わした。光のない夜、街路を走る車もなく、テレビも音楽もなく、そよ風さえもないバルコニーで愛を交わすのって素敵だわ。沈黙を破るのは蚊とわたしたちの裸の体が擦れて立てる音だけなの。

その夜、エンジェルは彼の儀式の一つを贈り物としてわたしにくれた。絶対に忘れないわ。セックスのあと、わたしたちは可笑しくて死にそうになりながら四つん這いで部屋に戻ったの。まるで裸でいるのも気にしないで幼稚園の中庭を這い回る子どもみたいにね。わたしたちはろうそくの光を頼りにタンクに残っていたわずかの水でシャワーを浴びた。そのあと服を着てバルコニーに戻り、夜を眺めて笑っていると電気が戻った。わたしの天使はなおも満足した様子でわたしを見つめ、見せたいものがあると言ってわたしの手をとり居間まで連れて行き、わたしをソファーに座らせようとした。わたしがそうすると、彼は棚まで行った。すると彼は、きみは馬鹿馬鹿しいと思うかもしれないけれど、ぼくのお気に入りの未知の人を、サンパウロであの間違ったリュックに入っていたビデオテープの持ち主を紹介したいと言った。わたしは奇妙な喜びを味わった。間抜けよね、わたし。違う？　エンジェルはビデオデッキまで行き、テープをセットしてわたしの隣に座った。映像はどこにも面白いところがなく、どちらかといえば退屈だった。ボール紙でできた円錐形の帽子をかぶった少女が誕生日ケーキのろうそくを消していた。その少女はお菓子の詰まった箱（ピニャータ）を紐でぶら下げ、やはりボール紙製の円錐形の帽子をかぶって手で紐をつかんでいる子どもたちに囲まれている。白黒。無声。人生の一コマ。ビデオの持ち主には何かを意味するに違いない人たちだけれど、わたしには何も意味しなかった。ただの不鮮明な映像で、時とともにやがて消えていくだろう。実際に大きな意味を持っていたのは、エンジェルがその秘密の扉を開けていること、わたしを隣に座らせて儀式を共有していることだった。

わかる？　わたしは誰も入ったことのない場所、ものすごく私的な場所に入っていた。そのことは大きい。ものすごく大きい。

その夜を境にわたしは、ユークリッドから形見を奪ってエンジェルに渡すという決意は最も正当な行為であるとはっきり確信したように思う。とはいえ、察しがつくでしょうけれど、わたしだって文書を見たいと強く思っていた。メウッチについてあれこれと知ったあとではなおさらだ。でも文書は形見の一部なのだからどうせ見るだろうし、取り戻して二人で現物を見て、文書が科学的に重要だと彼を説き伏せれば、二人のものにできるかもしれないと考えるようになった。どうかしら。いずれにしても、それが決まるのはまだ先のことで、当座重要なのは形見を全部取り戻すことだった。エンジェルが最後に見たときは一族の誰かのものだった木箱に入っていた。わたしたちは、ユークリッドの家でわたしが実行する作戦を考えながら楽しく過ごした。エンジェルはユークリッドの家を知らなかったので、わたしがアパートの間取りを図に描いて、ユークリッド、老婆、エトセトラ、そしてわたしの居場所をピンで刺していった。エンジェルは銀行強盗を計画するかのようにピンを動かした。

わたしとユークリッドとの付き合いはいつもの状態に戻ったように見えた。わたしが研究グループの集まりに欠席して悲しかったと言っていた。彼はわたしをよく知っているから、卵巣の痛みという言いわけが嘘だと見抜いていたからだ。女っていうのはいつも同じ言いわけを使うんだ、と彼は言った。彼の言うとおりだと思った。確かにそうよ、行かなかったのは、わたしも悲しかったから、でももういいじゃない。過ぎたことよ。それ以降、わたしは頻繁にユークリッドの家を訪れるようになり、仲は元に戻った。ユークリッドは自分の知らないところで取り決めが結ばれているとは思いもせず、だからわたしの謝罪とわたしたちの共闘を固く信じていた。

彼のアパートにいるのは愉快だった。もう一度スパイの007になったように感じたからだ。まずは全体を検討することにした。なにげない風をよそおって家具を一つ一つ慎重に眺めた。家はユークリッドのものではなく母親のだったので、ほとんどの家具が母親の好みで配置され、それはある意味で好都合だった。わたしは以下のことを確かめた。食堂兼居間には物が納まるような大きな家具はない。抽斗(ひきだし)付きの食器戸棚があったが、ユークリッドがそこに何かを入れるとは思えない。ほかに共有で使う場所はキッチン、シャワー室、廊下だが、貴重な品を隠す条件が整っているとは思えない。残るは母親の部屋で、そこにわたしは入れなかったが、そこも理想的な場所とは思えない。そしてもちろんユークリッドの部屋があり、そこは最良の条件を備えていた。どんなものも隠すことができる。本棚、戸棚、ナイトテーブル、ベッドの下にはダンボール箱もあった。正直言って、部屋を捜索するというようなことは、わたしの人生で最もやりたくないことだ。オーケー？　でもほかに選択肢がなかった。ユークリッドがメモやメウッチの新聞記事の切り抜きが入ったファイルを戸棚に保管しているのは知っていた。彼が見せてくれたし、わたしの目の前で少しも気にしないで探していた。もちろん文書も形見も貴重なものだったので、他人の目に入るところに置かないことは想像できた。そこでわたしはベッドの下の箱が怪しいと睨んだ。しかしどうやって友人のベッドの下から箱を取り出すのか？　考えているうちに、アパートに洪水を起こすことを思いついた。そう、それは起こってもおかしくないことだ。水がある日とない日があって、ある日にタンクを満たすことになっている。だからその日の午前中、ユークリッドの母親はホースをタンクに突っ込んで蛇口を開け、水が流れてくるのを待っている。水が来てタンクがいっぱいになったのに家に誰もいなくて溢れだし、水浸しになってしまう事故がキューバではよく起きる。わたしはどうやって家族の注意を逸らしたらよいかを頭に思い描いた。老母が雑貨屋でのろのろしているあいだにわたしはユークリッドをエトセトラの散歩に連れ出す。老母が水を止めに戻ってユークリッドの部屋に入ってみると水浸しになっている。その後、ユークリッドは帰宅して惨状を発見、わたしは手伝いを申し出る。もちろん最初にベッドの下にある物を救出する。プランとしては悪くなかった。そうじゃない？　でもあまりに運次第なのと、水のせいで文書が駄目になってしまったら最悪なので、延期することにした。

そこでわたしは、エンジェルが説明してくれた木箱を簡単に探せる場所で探してみることにした。本棚、戸棚、ナイトテーブルである。見つからなかった。そこでさらに検討した。形見の中でユークリッドに関心があるのは文書だった。ひょっとして文書だけを取り出して残りは捨てられてしまったのだろうか？　いかにもやりそうだとは思ったが、別の場所に保管しているのかもしれない。だからまずは文書の発見に集中するべきで、その後家系図や写真やその他もろもろを探すことにした。

その頃のユークリッドとわたしは、ほぼメウッチのことでしか話をしなくなっていた。それ以外の話題はもっぱら不一致をもたらすために存在しているようだった。研究グループを立ち上げたときにわたしたちがあれほど夢中になったフラクタルでさえも論争の種になった。ユークリッドはマンデルブロの『フラクタル幾何学』を読み、反論や留保を多く抱えていた。だから彼が意見を言いはじめると、わたしは話題を変えた。わたしたちの調和の場所は電話の発明にしかなかった。わたしはそれしか話したくなかった。

ユークリッドは、作家のレオナルドが文書を持っているとの主張を変えなかったが、メウッチのスケッチした設計図を解釈する科学的な知識がレオナルドにあるとは思っていなかった。それは高望みというものだ。ユークリッドによれば、レオナルドが知っていることはすべて、話題に出ているあの有名な記事、彼が書き終える前にわたしが取り戻さなければならない記事に書かれているという。おれたちは文書のみならず、レオナルドが持っているすべての情報を手に入れなければならない、これがユークリッドの主張だった。わたしは口に出さなかったけれども、ユークリッドは情報を全部手にいれるためにわたしを利用する必要があり、彼にとってそれがどれだけ重要なのかわたしはわかっていた。こうしてわたしは人形使いになった。楽しみたかったので、レオナルドから記事を見せてもらう方法を考えると約束した。当然よ！　そればかりか、しかるべきときが来たら、文書を取り返すために作家の仕事机と本棚を調べるつもりだとも言った。この発言にユークリッドは驚いて小さく笑い声を上げ、それは泥棒だがと彼が聞いたので、わたしは微笑んだ。あなたは科学のためなら盗みを働けないの？　彼にはわたしの問いの意味が理解できなかったのを知っているが、それはいい。アントニオ・メウッチを正当に評価するためならどんなことも成しうるのだという点でわたしたちは意見が一致していた。すべては科学のためだ。

レオナルドとは引き続き顔を合わせていた。教育省に来たついでだという言いわけはもう不要で、二人とも会うことが楽しみになっていた。もちろん彼との会話も大部分はメウッチのことだった。レオナルドはわたしとの会話が小説を書くためのメモ帳代りだと言った。まずきみは素晴らしい聞き手だ。誰も聞かない物語なんてどんな意味がある？　何の意味もない。実際わたしは聞いていた。しかもそれだけでなかった。わたしはただの耳ではなく、質問をし、いつももっと知りたがった。それゆえメウッチについてわたしに語ることは、レオナルドにとってじっくり考えたり、細かい箇所に注目したり、アイディアをまとめる機会となったのだ。声に出して話すのは文法を気にせず書いているようなものだ。わたしは自分が重要になった気がしたわ、本当よ。ただの観客じゃなくて生きているメモ帳だなんて素敵。違う？

もちろん彼が語っている内容は誰にとっても聞く価値があった。メウッチの人生は運に恵まれない天才の歴史なのだ。ろうそく工場を閉じた後、アントニオは友人の財政援助のおかげで、短いあいだピアノやインテリア用品の製造に専念し、その後はクリフトン醸造所、スタテン島で最初のラガービール工場を建てた。なんでもやる精力的な人なのね。しかしペテンに引っかかり、へぼ弁護士が原因で一八五九年に工場の経営を手放さざるを得なかった。その後、工場は他人の手に渡り、成長し、大ビールメーカーのバックマン・クリフトン醸造所になる。メウッチは発明品には恵まれたけれど、ビジネスはからっきしだった。工場を失ったばかりか自宅も競売にかけられ、でも不幸中の幸い、新しい所有者の好意でメウッチ夫婦は借家人として住み続けられた。

メウッチの不運、そして他人がそれにつけ込む巧みさは、ろうそくのことでも起きた。この分野でもメウッチはいくつかの発明をして特許を取得していたのだけれど、ウィリアム・E・ライダーとかいう男に自分の特許を売り渡し、その男の会社で安月給で馬車馬のごとく働かされた。

一八六〇年から一八七一年にかけて、メウッチはまったく異なる分野に進出した。ケロシンランプの性能を高め、炎を綺麗にして黒煙が出ないようにする特別なバーナーを発明した。紙の製造に関する発明の特許を得て、帽子、綱、縄を作った。そして最後は、ペンキの抽出に使われる石油やその他の油類の取り扱い方法で特許を取得した。つまり石油やケロシンから油分を抽出する新しい手法を編み出した。抽出された油分は商品化されてヨーロッパに輸出された。当然メウッチによってではない。では誰か？　クラークという男と、ろうそくのときのあのライダーが創設したライダー・アンド・クラーク社によってというわけ。

わたしたちに最も興味のある発明品のことに戻れば、メウッチはそれを常に完璧なものにしようとしていた。一八五七年から翌年にかけて、現代的な電話にも備わっているほぼあらゆる特徴を結集した最高品質の電磁波による電話を製造するに至り、それは二つの部分、つまり話す方と聴く方に分かれた道具から成っていた。そのモデルについては、ネストレ・コラディという画家がその頃描いたデッサンが残っている。一八六〇年、その装置は言葉の伝達がほぼ完璧になるほど改良が進んだ。メウッチはイタリアに投資家がいないかどうかを探したが、その頃のイタリアは政治的に不安定な状況にあり、電話に関心を示す者は見当たらなかった。彼は希望を捨てずに発明品の改良を続けた。

しかしどうやら彼は災厄の神に愛されていたようだ。一八七一年七月三〇日、マンハッタン島とスタテン島を結ぶ蒸気船ウェストフィールド号のボイラーが爆発した。多くの死者と怪我人を出し、そこにはメウッチも含まれ、彼は火傷で死にかける。夫婦にとっては辛い療養期間となった。家計のやりくりにも苦労し、治療費は高額にのぼった。哀れな妻エステルを助けてくれる従業員が一人、幸運なことに見つかった。生き残るために二人して家にあったものを次々に売りに出し、その中にはメウッチの試作品も数多くあり、電話も含まれていた。言うまでもないが、健康になった後もアントニオは売ったものを取り戻すことはできなかった。皮肉なことだが、電話が彼の命を救ったのだ。

同じ年、メウッチはまだ療養中にありながらも、同郷の三名とともにテレットロフォノ・カンパニーを立ち上げて声の伝達実験を続けた。そしてかなり開発の進んだ電話の試作品で仮特許の取得に成功した。特許そのものを申請しなかった理由はわかりきっている。そうするだけの金がなかったのだ。こうして取得できたのは予告記載として知られる暫定的な特許で、毎年更新する必要があるが、同じ年に類似した発明品に特許は与えられない。この試作品ですでにメウッチはのちの発明家たちに立ちはだかる諸問題——呼び出し通知、銅線を用いた場合の信号伝達の質、「局所効果」と呼ばれる、話し手の声が反響して対話相手の声に重なるといったこと——を解決していた。さらに彼は、電話が静かな環境で用いられるべきとした。こういったことにベルも従事することになるのだが、それは一八七七年以降、つまり数年後のことである。

もうきみは知っているとおり、メウッチに才能はあったが、幸運はなかった。失敗のリストを続けると、テレットロフォノ・カンパニー設立から数カ月後、共同経営者の一人が死んだ。その結果、残る二人は会社を去った。一人はイタリアに戻り、もう一人は別のところに向かった。こうして会社の歴史は終わり、メウッチの手に残ったのはまたもや自分の発明品だけだった。

この話には何か度を超えた不公正がある。違う？　ハバナではなんでも失われていくし、ひょっとすると、彼に永遠につきまとう呪いがかけられたのはここハバナだったのかもしれない。わからない。確かなのは、哀れな彼には何もかもうまくいかなかったということ。レオナルドは、だからこそ自分の小説が必要なのだ、彼に光が当たり、無知の靴に才能が踏み潰されたままであってはならないと言った。そう彼は言い、わたしは聞いているのが好きだった。彼の話に入り込めば入り込むほど、彼のメモ帳代わりになればなるほど、自分がメウッチに感情移入していくのを感じた。

13

きみは人を殺そうと思ったことない？　つまり誰かを捕まえて、息をしなくなるまでニワトリみたいに首をひねろうと思ったことよ。わたしはやったことがない。そういうのは継父の仕事だった。もちろんニワトリのことよ。わたしには身の毛もよだつ行為に思える。だって要するにニワトリに何か害を加えられたことがあるかってことよ？　まったくない。でも人には、ある人たちには害を加えられた。だからわたしは殺したいと思った。一度。もちろんやらなかったけれど。わたしの我慢の限界は際限のないところまでは行かない。その前で止まる。殺人で言えば、ただの欲望の表明にとどまる。きみを殺したい、とね。

殺したいと思ったのは月曜日だった。そのことはよく覚えている。土曜日はほとんど丸一日ユークリッドと一緒だった。最初は研究グループで、そのあとは彼のアパートで。その週末、エンジェルは父親の家で家族との集まりや食事で忙しくて会えなかったので、わたしは恩師と土曜日を過ごすことに決めていた。フラクタルとカオスについて議論し、エトセトラの散歩に行き、息子のチチーの話に耳を傾け、老母と会話をし、最後は美味しい豆ご飯にバナナの皮で作った偽の煮込み（ピカディーリョ）を一緒に食べた。あの頃の奇跡の一品ね。二人でユークリッドの部屋に閉じこもってお気に入りの話題について話す段になると、ユークリッドが今日はびっくりするニュースがあると言い、実際わたしを驚かせた。彼は調査を進め、ガリバルディ－メウッチ博物館、つまりスタテン島の家の住所がわかったと言った。そこが文書を手に入れたらわたしたちが行くべき場所だという。わたしは驚きもしたし当惑もしたが、ユークリッドはよくよく考えた結果、そこがわたしたちの発見の意味を理解してくれる相手が見つかる世界で唯一の場所だという結論に達したと説明した。そこはメウッチの家であり、彼の博物館だった。ほかはどこへ行ってもメウッチが誰なのかという話から始め、わたしたちをきっと頭のおかしな人間だと見なす人々の薄笑いを我慢しなければならない。その場面を想像してみろよ、と彼が言ったのでわたしは想像した。わたしたちは科学学会の入り口で門番に向かって、電話がハバナでイタリア人によって発明された証拠を持っていると説明する。笑いのあとには、豆の食べ過ぎと太陽の浴び過ぎ、それに特別期間で頭がおかしくなってしまったその哀れな二人――わたしたちだ――に対し、かわいそうにという視線が必ず向けられるだろう。その後、丁重にわたしたちは外に連れ出され、最後は太陽の照りつける下で壁に腰掛けて、どうしたらよいのかわからない文書を見つめることになるのだ。それは嫌だ。ユークリッドはその苦い体験を避け、確実な道を進もうとしていた。一旦文書を取り戻すことに成功したら博物館と連絡を取るべきであって、そのときはじめて、ことが動きだす。もちろん、と彼は付け足した。最初にやって来た人に貴重品を渡すような従順で愚かな鳩のようなことはしない。絶対に。博物館とのコンタクトはおれたちの未来のための第一歩に過ぎない。なぜなら、とユークリッドは強調した。おれたちの未来はメウッチの歴史を国際的に広めた科学者になることだからな。

率直に言って、その瞬間までわたしは文書を使ってどうするつもりなのかはっきり考えを持っていなかった。ユークリッドとの最初の取り決めでも、エンジェルとの現在の取り決めでも、わたしの考えはその文書を取り戻す段階で止まっていた。それ以外のことはそのあとにやってくるはずだから、そのことに胸に手を当てて考えたことがなかったのだろう。しかしユークリッドはすべてを計算しているようだった。実際、彼の計画は筋が通っていた。確かに文書について話を持ちかける最適の場所はスタテン島の博物館だ。当たり前だ。わたしがそのとき驚いたのは、わたしでもやがて至りうるその結論のことではなく、ユークリッドがわたしとその情報を共有し、そのうえメウッチ関連の書類が入ったファイルに収められた博物館の住所を書いた紙を見せてくれたことだ。いい？　もしユークリッドが文書を持っていたら、どうしてわたしにそんなことを言うの？　わたしに何を期待していたというの？　彼の資料を完璧なものにするためにレオナルドから情報を引き出して欲しいということ。それには異議なし。なのに、なぜわたしに博物館の住所を見せるのかがわからなかった。そのときはわからなかったが、少したってからわかることになる。

月曜日は仕事だった。仕事を終わらせエンジェルに会おうと死に物狂いで働いた。校長には継父が病気なので電話をかける必要があると言った。校長室の電話を使わせてくれた。午前中、何度も電話をしたが、エンジェルの電話は奇妙な呼び出し音を鳴らして応答するだけで、誰も出なかった。ったく。仕事が終わったとき、エンジェルの電話はこれまでも繰り返しあったように壊れてしまい、彼に会う機会もユークリッドとの最新の出来事を語る機会も逃すことになると思った。高専から走るようにしてエンジェルの家に向かい、階段を上がり、ドアをノックした。ドアが開いた。なんとイタリア人のバルバラと鉢合わせた。

ある映画を見ていると、突然フィルムが入れ替わり、それまで見ていた映画の代わりに何も知らない別の映画のシーンがあらわれる。わたしはそんな状態だったと想像する。コンピューターに向かって仕事をしているとき、保存していないのに停電になって書いていたことが全部だめになっても、まだそれが理解できずに薄暗い画面をじっと見ているような。足が硬直してしまったけれど、わたしを見たときのバルバラがとても嬉しそうな表情をしていたことは確かだ。笑みを浮かべ、喜びを言葉に表わして、中へ入るようにわたしをうながした。わたしはそうした。バルバラは、お腹が空いていたのでエンジェルが食べ物を探しに出かけた、わたしに会えて嬉しい、キューバのコーヒーが好きでたったいま沸かしたから、もしよければエンジェルが戻るまでコーヒーを一緒にどうかと言った。まるで女王様のように動きながらこう言い、そのあいだわたしはキッチンまで彼女を追い、わが家かのようにカップを取り出して注ぐのを見た。

コーヒーは美味しかった。それは本当で、二人で居間のソファーに座ってコーヒーを飲み、そのあいだバルバラは話したいことがあるけれども、わたしにはどこか親しみやすく、なぜか好感の持てるアクセントで言った。もしバルバラがおしゃべり好きでなかったとしたら、きっとわたしたちは同じ居間にいて、相手が何をしているのか理解できないでいる間抜けな二人になっていたに違いない。けれどもバルバラは話す気満々で、手近な当たり障りのない話題がすべて尽きて、エンジェルは世界の果てまで出かけたかのように帰って来ず、コーヒーも飲み干してしまうと、わたしに質問をしたいのだがいいか、と聞いてきた。わたしはもちろんよ、どうぞ、と答えた。彼女は間の抜けた笑い声を放つと、女同士あけすけに話したいことがあると付け加えた。ねえ、あけすけだって。酒場で流れる陳腐な歌謡曲みたいね。バルバラはわたしがエンジェルの一番の友人であることを知っていて、だからこそ思い切ってわたしに話をしたい、ほかに聞いてくれる人はいないから話し相手になって欲しいと言った。バルバラはそこで大きく息をつき、エンジェルのことが好きなのだと思うと言った。初めて一緒に出かけてメーデーの行進の途中で彼が手を握ってくれたとき、普通ではない感情を抱いたのだという。そしてその後……。その後、何もかも不思議なうちに、シエンフエゴス、あの遊歩道とあの美しい湾のある、エンジェルによれば「南の真珠」と呼ばれる美しい街までの旅があった。あそこでも何もかもが不思議なうちに、二人で海を前にしていると彼が背中から彼女を抱きしめ、耳元でベニー・モレが歌っていたあのボレロをささやいた。「どうしてなのか、どうしてなのかは、ぼくには言えない、何があったのか、ぼくには説明できない、でもぼくはきみに……」。ここでもう彼女は我慢ができなくなった。二人が一緒に出かけたことは誰も知らないの、あなただけよ、誰かと話したくて、とバルバラは言った。バルバラは困惑していた。目的があって外国人女性を口説くキューバ男の話なら彼女もたくさん聞いたことがあったが、彼女は体とは別の、普通とは違うことを感じていた。わたしが話をわかっているかと聞くので、わたしは自動人形のように頷いた。すると、わたしに聞きたいのはエンジェルが信用できる男なのかどうかということだ、お願いだから真実を言って欲しい、わたしを信用していると付け足した。

バルバラはわたしを信用し、エンジェルを信用できるかどうかを知りたがっていた。笑っちゃうわ。違う？　殺したい欲望がわたしに訪れたのはちょうどその瞬間だったと思う。もちろんバルバラではない。なぜなら可哀想なイタリア人は答えを、エンジェルの一番の友人が女同士対等の立場で与えてくれる答えを待ちながら、わたしをじっと見つめていたからだ。わたしはゆっくりと深く息をついてから答えた。エンジェルがあなたたちの関係をわたしに教えてくれたことはないけれど、でも本当のことを知りたいなら……。実をいうと、彼が別の女の人が好きなのを知っているわ。バルバラは笑うふりをしてうつむき、唇を噛んで唾を飲み込み、頭を持ち上げて天井を見て、ため息をついた。頭の位置を元に戻し、こぼれそうな涙を止めようと指を二本、目元に持っていった。そして、ありがとうと言って立ち上がった。彼女を追いかけてバルコニーに行くと、壁に寄りかかってわたしの大好きな通りを眺めていた。敷居のところで、ごめんね、と口にすると、彼女はいいのよ、たとえ辛くても本当のことを知る方がいいに決まってる、と答えた。そして振り返ってわたしをじっと見て、本当に感謝してると言った。どうするつもりなの、と聞くと、わからない、でもどうせハバナに住んでいるわけではなく休暇で来ているから、たぶん大したことではない、いずれ忘れるんじゃないかしら、と言った。わたしは賛意を示すように頷き、もう一度ごめん、と言い、そろそろ行かなくちゃと言った。もちろん彼女には言えなかったけれども、実際こんな状況でエンジェルと鉢合わせをしたいと思わなかった。バルバラは戸口まで来てわたしの肩に手を置くと、感謝の気持ちを繰り返し、今後も友人のままでいて欲しい、友人が必要なのだと繰り返し言った。エンジェルにとってわたしが特別な人だと聞いていると言った。彼女は紙に電話番号を書き、わたしと交換できるかと聞いたが、わたしは電話がなかったので、わたしから電話すると約束した。電話がないというのは、場合によっては自分が存在しないようなものである。

その月曜日、わたしは二三番通りをとても奇妙な感覚で歩いた。街はモノクロになってしまったのか、急に色彩が失われ、古い映画のなかを歩いているようだった。周りでは人がスローモーションのように進み、自転車は陽光にゆらめいているアスファルトの上を動いていたけれども、どの人も疲労困憊で、人声や行き来する数少ない自動車のクラクションは間延びして響いていた。まるで誰一人、彼らもわたしも、そこにいたくないかのようだった。足取りも重く進むわたしは背中に大きな重しを、背中が曲がるほどの鉄板を背負っているようだった。そんな風にわたしは歩いた。もし映画だったら、その時のBGMはエンジェルが歌っていたあの「わが魂」ではなく、彼が聴く同じレコードに入っている別の歌だろう。それはこう歌っていた。「幸せよ、さようなら。気づかなかったよ、きみは冷淡に、わたしの苦しみを考えもせずに通り過ぎていったね。わたしの努力はすべて無駄だった……」。あの悲しい年に街に色彩があったのはわたしの努力があったからだ。だからあの日はすべてが白黒に戻ってしまった。ひたすら歩き、急ぎ足で通りを下り、マレコン通りに着いた。わたしをなだめてくれる海を見ることが必要だった。でも岸壁に腰掛けることはできなかった。速く歩いていたので立ち止まらなかった。汗でシャツは背中にぴったり貼り付いていたが、積もり積もったエネルギーを全部解放することが必要だった。歩き続けた。歩き続け考え続けた。考えるというのはしばしば、加速を続ける方法である。

エンジェル、わたしの天使はロクデナシで浮気男でクソ野郎でゲス野郎だった。これまで知り合ったなかで最低最悪のロクデナシだった。わかる？　バルバラがメーデーのデモでエンジェルに手を握ってもらったときの思いを話している表情をきみにも見て欲しかった。映画にしたらタイトルはさしずめ『恋するプロレタリア』とか、『いかにして資本主義者の娘が労働者階級の愛国的熱狂のなかで階級意識に目覚めたか』とかよね。最後の場面は上空からの崇高なショットで終わる。革命広場を行進する人びとのなかに若いプロレタリア男のがっしりとした手が資本主義者の女のほっそりとした手を握り、周りでは勝利の旗が波打っている光景だ。完璧だ、文句なし。でもそれが許されるのは、そのクソったれのプロレタリア男がメーデーは可愛い妹の心の傷を癒しに父親の家に行っていた、とわたしに言っていなければの話だ。てっきりエンジェルは忙しくしているものと思っていたのに、本当は観光ガイドをやって、メーデーの行進で革命を祝うキューバならではの光景を外国女に紹介していたのだ。両手でキューバの小さな国旗を持っている彼の姿が見える。エンジェルがイタリア女に掲げて見せた旗ならわたしはすみずみまで知っている。ロクデナシ。さらにはシエンフエゴスへの旅ときた。一杯食わされた。心に傷を負ったかわいそうな妹を慰めようとつきそう思いやりのある兄だと解釈していたが、良き兄は確かに慰める人ではあったけれども、イタリア女を慰める熱帯男だったとは。八つ裂きにしてやりたい！　驚きは光速で怒りに変わった。

その日はほとんど歩いてアラマールに着いた。平静ではいられなかったのだけれど、最悪にも怒りは徐々に悲しみに変わっていった。家に着いたのはテレビドラマの時間で、ソファーでは母が継父に寄りかかり、継父は母の肩に腕を回していた。その一方では兄が椅子に腰掛けて、背中側では義姉がテレビを見ながら兄の髪を切っていた。素晴らしい、平和な光景だった。みんなわたしの寝場所に陣取って。家族はわたしにおかえりと言い、母は食事が鍋にあると言った。わたしは食べたいとは思わず、キッチンに入ってコップに水を注いでバルコニーで飲んだ。

その時刻はみんなテレビを見ていたので窓やバルコニーに出ている人はいなかった。悲しみに変わったわたしの怒りとわたしだけしかいなかった。悪いことにすぐに泣きたくなってきた。そう、大泣きしてわたしの地区や街を涙で満たし、涙を海水と混ぜこぜにしてしまいたいという強烈な思いに襲われた。そういうときに最悪なのは、泣きたいということでも、泣かないということでもない。泣いた方がいい、健全だ。泣かないと爆発するし、爆発して昼食の煮込みを壁にぶちまけたりするのは健全ではない。そう、そういうときに最悪なのは泣く場所がないことだ。わたしにはそれがなかった。母の部屋に入れば、両親が入ってくるだろうし、母は心配して聞いて来るだろう、どうしたの？　そしてわたしは正直言って、あんな男を好きになったと打ち明けたくなかった。兄の部屋に入れば、兄か義姉が入ってくるだろうし、兄は、小さいころわたしが映画を見て泣いたときのように、泣き虫お嬢さんどうした、よそで泣いてくれと言い出すだろう。シャワールームに隠れてシャワーの音で泣き声を消す方法が残っていたが、水がなかった。なんたる不遇！　すべては不遇としか言いようがなく、だから怒りは悲しみに、次に悲しみは泣きたい気持ちに、そして泣きたい気持ちは怒りに変わっていった。出発点に戻った。もう一度怒り。

その晩、心配事があるといつもそうだけれど、ほとんど眠れなかった。わたしはそういうタイプだ。問題を抱えていてもベッドでぐっすりという人がいるが、わたしは違う。脳みそが休息を取るように設計されていない。わずかでも気になることがあると、一晩中思いつめていられる言いわけが見つかったとでもいうようになる。

夜が明ける相当前には仕事を休むことに決めた。あっさり。生徒なんてクソ食らえよ、どうせ数学の授業がなくてもなんとも思わない。朝八時をすぎると校長に電話をかけて継父の容体が悪く、医者に連れて行くことになったと言った。家に戻るとみんな仕事に出た後で、部屋はわたしだけのもの、服をガウンに着替えてロベルト・カルロスのカセットをかけてソファーに座って泣いた。鼻水を垂らして泣いた。力一杯、あらゆる神経細胞、筋肉、骨を動員した。握り拳で足を殴り、床を蹴り、エンジェルの名前を大声で叫び、どうしてなの、と壁に向かって聞いた。限界まで泣き、涙のタンクが空っぽになり、鼻水も出なくなって鼻が痛んだ。

バルバラの語った話にはどこか馬鹿げたところがあった。わからないけれど、エンジェルが獲物の背後から虎のように、あるいはいかにも典型的なラテン男のようにゆっくり近づいて、ベニー・モレの「いったいどのようにして」を歌うなんて気持ち悪くて信じられない。勘弁して欲しい、とにかく馬鹿げてる。きっと高等種族の交尾儀礼にはどんなこともありなのだろう、獲物が降伏するためならなんでもあり、そして数日経ったあとに反芻しているのだ、いったいどのような交尾だったのか、と。エンジェルはわたしにはボレロを歌う必要はなく、革命広場に連れ出す必要はもっとなかった。もちろんだ、そういうのは獲物が国外産のときに使う戦術だった。でも彼はわたしとの関係には時間をかけていた。つまり初めて寝るまでに何日も何日も、多くの時間が過ぎていた。しかもわたしは彼と知り合ったときからぞっこんだったにもかかわらず。いい？　あの天使のような顔、あの長い金髪、あの罪を知らない子どものような眼差しだったらマザー・テレサだってお手上げだったと思う。それでもわたしはエンジェルが決めるまで待たなければならなかった。バルバラはどれくらい待ったのかしら？　ほとんど待ってない、ほんの少しよ。

わたしたちの関係は特別だとわたしはそのときまで思っていた。ゆっくり、そして深いところを進んでいたから。わたしは少しずつ彼の人生、家族の秘密、マルガリータの物語、そしてついには見知らぬ女のビデオまで入っていった。かなりの困難をともなない、緩やかなテンポで、エンジェルはわたしをほとんどどんな場所にでも立ち入らせるようになった。だからこそ、こんなに難しい人が一晩にして別の女と関係を持つということが信じられなかった。もちろんバルバラは一緒に過ごしたと言った。つまり寝たということで、寝るのはエンジェルの秘密の扉を開けるという意味ではないにしても、わたしは彼とベッドをともにするまでも難しかったのだ。わたしとは何もかもが難事なのに、彼女とはシンプル。からかわれたような感じ。

気づいてた？　わたしはわからないことがあると、つまり物事に論理を見つけられないとき、いらいらする。解決策がない問題はない。もし決定的な解決策がないのなら、少なくともなんらかの道を、中途半端なものでもいいから、何かしらをわたしは発見しなければならない、そうでないとこのわたしの脳はおかしくなる。最悪なのは、その瞬間にすとんと頭に入らないとすれば、それははっきりと見えるものを本心では受け入れていないということなの、そういうことよ。バルバラとわたしとでは、まったく異なる点が一つあった。彼女は外国人だった。

あのころは、未確認外国物体となればどんなものでも集団的欲望の漠然とした対象になった。残念ながらやはりエンジェルもまた、わたしの想像とは違い、あの頃増えていったキューバ人たち、生きるために必要な物々交換のために外国人女性を狩って回る一人であったのだと見なさざるを得ない。美味しい夕食、洋服、プレゼント、その他もろもろとの交換に、彼が熱い肉体を差し出しているのが想像できた。ひょっとするとアパートにあったラム酒の瓶やわたしたちの食事のどれかも、バルバラのポケットマネーからかもしれない。ちくしょう！

問題はわたしが彼を愛していたことだ。わかる？　彼のことが大好きで、アラマールを出て彼とベダードに住むと心に決めていた。バルバラとの話はわたしの計画や夢をあっさりぶち壊しにする。それがわたしには許せなかった。あれだけ苦労してたどり着いたら、おっぱいを丸出しにしたイタリア女が来てわたしの安定を壊したわけ。そう思った瞬間、怒りと悲しみと泣きたい気持ちはすっかり恐怖にとって代わられていた。わたしはエンジェルを愛していた。愛、それは強迫観念に近いもので、彼を失うというのは絶対に耐えられない、しかもそれがおバカな観光客となればなおさらだ。

なんてこと！

そのとき、とんでもない計画だと思ったことが頭によぎった。エンジェルがバルバラと寝てわたしを裏切ったのなら、いい？　彼はしかるべきときに相応の報いを受けるべきということよ。バルバラは休暇を楽しむために別の模範的な現地人を見つければいい。この国では簡単なんだから。そのあいだにわたしは自分の目的を達成する。もちろんこれを完璧に達成するにはちょっとした協力者が必要で、それができるのはたった一人だけだ。それが本人にとってもいい刺激になってわたしに手を貸してくれるような誰かだ。わたしがその刺激となるものを持っていたので、躊躇なくレオナルドに会うために服を着替えはじめた。

14

とても大切な話があると言うと、作家のレオナルドは微笑みを浮かべて眼鏡の上からわたしを見つめた。どんな秘密の話かな、と聞くので、わたしはなんでもないの、でも人の多い職場ではなくて別の場所で話したいと言った。壁に耳ありって言うじゃない、と付け足すと、彼はまた笑った。レオナルドの退勤時刻は近づいていたが、レオナルドは走って帰る、というか急いでペダルを漕いで帰らなければならない理由があった。息子の誕生日ケーキの担当で、六時前に自宅近くで受け取ることになっていた。そこで彼は、一緒に行かないか、用事を済ませたらレモングラスティーを飲みながら話そうとわたしを誘った。素晴らしい提案だった。

レオナルドの用事と、空は黒く雷鳴も轟いていたので家路を急いだ。熱帯低気圧の予報が出ていた。ハリケーンにはならなかったけれど、多くの雨雲を引き連れていたので、自転車で移動中にその雨に降られたらことだ。ケーキを売っている家の玄関口でしばらく待たされ、太ったおばさんが注文の品を持って出てきた。最初の雨粒が落ちてきたのは、彼の家まであと数メートルのところだった。

とても大切な話が何なのかレオナルドが興味津々であるのはわかっていた。わたしはどこから切り出したらよいかわからなかったけれども、話はすぐにははじまらなかった。彼はケーキをしまい、雨水が入ってこないようにドアの下に雑巾を時間をかけて丁寧に並べ、レモングラスティーを火にかけてタバコに火をつけた。そこでようやくわたしの正面に腰掛けて、さあ聞こうと言った。わたしはまだどこからはじめようか迷っていた。彼にバルバラの友人なのかを尋ねると、そうだと答えたので、わたしは自分がエンジェルを好きなこと、まだ曖昧な関係のままだけれどもある程度の時間が経過したこと、彼が気になる存在であることを打ち明けた。そう、ものすごく気になるの、とわたしは強調した。レオナルドは愉快そうにあいまいな微笑みを浮かべながら話を受け止め、わたしの話が終わると尋ねた。それで？　わたしはたったいまエンジェルがバルバラと寝ているのを知ったのだ、と言った。レオナルドの愉快そうな笑いは消えた。レオナルドは誰がそれを言ったのかを知りたがったので、女同士の打ち明け話でバルバラ本人が言ったと答えたが、もちろん細部は控えた。レオナルドは目に見えてこの知らせが気に食わない様子で、立ち上がると、まったくどうしようもないな、バルバラがそんなことをするとは、とつぶやいた。わたしは一瞬、かわいそうにレオナルドもわたしと同じ目に遭っている、レオナルドはバルバラと付き合っているのに、彼女が平然と浮気をしているのだと思った。しかしレオナルドはそうではない、おれたち二人はただの友人だ、ただしそれも真の友情で、何でも打ち明ける関係だと思っていたと答えた。さらにレオナルドは、おれも間抜けだった、というのはバルバラのことが少しばかり気に入っていたんだ、当然さ、だが何もない、エンジェルに紹介したのもおれだ、と言った。レオナルドはレモングラスティーを注ぎ、戻って座ると、いずれにしろおれは気にしてないが、きみが気の毒だと付け加えた。エンジェルのことがそんなに好きなのかと聞くので、わたしは彼のことが大切で、外国人観光客に取られたくないと言った。わたしは何かに夢中になると、それを手に入れるまで諦められないの。エンジェルの何もかもが好きで、だからこそあなたに話したの、バルバラを追っ払ってほしい、と言った。あなたとバルバラは友人同士なのだから、助けて。エンジェルを忘れさせて彼女のためなら何でもする、別の熱帯男でも探すように仕向けてほしいの、どうせこの国にはそういう男があり余っているじゃない。でも熱帯男といってもあなたのことではないわと言い直すと、彼はわかってくれた。あなたが助けてくれたら、わたしもあなたを助けるわ。レオナルドは眼鏡の上からわたしを見つめ、ぜひともきみのことを助けるつもりだが、きみがどうやっておれを助けられるのかわからないな。あなたの小説を完璧にすることよ、と答えたけれど、彼はわかっていないようだったので、わたしは立ち上がった。とそのとき急に自分が重要人物になったような気がした。そこでわたしは、レオナルドの小説が非の打ち所のないものとして仕上がり、読者を驚嘆させるには、重要な細部が一つ欠けている、と言って彼の注意を引いた。彼は目に見えて興味深げにわたしを見つめ、首を上下に振ってわたしの言葉に賛意を示した。わたしは両腕を椅子の背もたれに載せて、さあ爆弾を爆発させるわよ、とでも言わんばかりに彼を見つめてから一気に吐き出した。あなたに欠けているのはアントニオ・メウッチがタコン劇場で書いてマルガリータが持っている文書でしょ。レオナルドはバルバラと話したときのわたしよりもびっくり仰天していた。彼はまったく予期していなかった、まったくよ。彼は何秒間か視線を動かさずにいて、その後、それは言葉の真の意味で驚きと呼ぶべきものだな、と返した。彼は立ち上がり、バケツをつかんでドアまで行くと、雨水が染み込んだ雑巾を絞りながら、出だしがこうでは予想よりも長く面白い話になりそうだ、とつぶやいた。わたしの言ったとおりでしょ。

彼が戻って再び座ると、わたしはその文書を入手できると言った。そして取引を申し出た。レオナルドがエンジェルの人生からイタリア女を追っ払うのと引き換えに、わたしがその文書を手に入れて渡すというものだ。公正な取引だ。この方法でユークリッドはわたしにしたことの罰として形見を失う。エンジェルはイタリア女と付き合った罰として不完全な形見を受け取る。レオナルドは文書を手に入れたら思う存分利用して、わたしはエンジェルを手に入れる。これ以上に公正なことってありえない。わたしの意見だけれど。それはわたしがまったく予期していなかったことだった。なんてこと！今度はわたしの方で爆弾が爆発した。つまり感じのいいバルバラ、本来のサイズよりも二つ下のブラジャーをつけ、いつも楽しそうな彼女も文書の存在を知り、関心があるというわけだった。その瞬間、わたしは学校の校長まで疑いかけたわ、本当よ。

き、いい取引だ、確かにまったくもっていい取引だと言い、ただ一つ問題があって、と付け加えた。イタリア女もその文書を追いかけているんだよ。それはわたしがまったく予期していなかったことだった。

わたしの驚きっぷりは彼には愉快だったようだ。というのは、レオナルドは「どうだ！」と言ったからだ。彼は座り直し、どうやら事態はきみが想像しているよりも複雑だから整理する必要があるな、と付け足した。

きみはなぜ文書のことを知っている？と彼が聞いたので、わたしはそれを持っている人から聞いたと答えたが、名前は言わなかった。ユークリッドへのルートはわたし一人にしておく必要があったからだ。みんなが欲しがっている物の所有者を触れ回るつもりはない。でしょ？レオナルドは顔色ひとつ変えなかった。エンジェルから聞いたな、と彼は言った。わたしはエンジェルではなく、それを持っている人から聞いたと答えた。しかし彼はおかしいな、という風にわたしを見つめ、持っているのはエンジェルなんだがと言った。そこで立場が逆転しはじめた。わたしはそうではないと言い、彼はそうだと言い、ついにわたしが文書を見たことがあるのかどうかを聞いてきた。もちろん見たことはないわ。わたしはユークリッドの名前は出さず、その文書についてわたしに話した人物が存在すること、その後、エンジェルの口から、文書を持っているのはその人物であると伝えられたと説明した。レオナルドは笑った。きみが現物を見たことがないなら、と彼は言った。きみに別の人が持っていると言ったのはエンジェル君ということになる、それで筋が通る。彼は「エンジェル君」となれなれしく言った。残念だがジュリア、エンジェルはあんまり信用できない。レオナルドはこう言って話を一旦切り、自分の話をはじめた。

　レオナルドはマルガリータとは大親友で、何年か前、彼女の方が家族の形見の一部である文書のことを彼に教えた。レオナルドはそれこそ教えられたその日に小説を書こうと思い立ち、調査をはじめた。マルガリータはそれを知り、レオナルドを励まし、しかるべきときがきたらその古い文書を二人して利用しようと約束した。マルガリータはその小説が出来あがるずいぶん前に旅立つ決心を下したが、作品の重要度を理解していたこともあって、出発する前にレオナルドに文書を託すことを決めていた。レオナルドだけがふさわしい方法で利用できるからだ。しかし実際には、彼女は予定よりも前にエンジェルの家を飛び出すことになってしまった。レオナルドはマルガリータがブラジルで仕事の契約を結んでいること、戻るつもりがないこと、エンジェルとの関係を解消するつもりであることなどをあらかじめ知っていたが、マルガリータの方は夫に話す決心がついていなかった。とうとうある夜、口喧嘩が高じ、すべてが未解決のままになってしまった。彼女はもう戻るまいと家を飛び出した。興奮していたので形見はアパートに置きっぱなしだった。想像してみろよ、形見を忘れるほどの喧嘩だったんだ。取り戻そうとマルガリータはエンジェルに電話を掛けた。するとエンジェルは取り戻したいなら家に帰って来いと言い、マルガリータはもちろんそうしなかった。結論はこうだ。エンジェルが形見もメウッチの文書も独り占めにしている。正統なる相続人である作家が入手することはなかった。つまりレオナルドの手には入らなかった。

きみならわかるだろうけれど、この話にわたしは驚いた。エンジェルによれば、レオナルドはエンジェルを文書の所有者と考えていた。となれば、確かにレオナルドの言っていることはそれなりに筋が通っていた。わたしはとくに二点気になることがあった。一点目。ユークリッドによれば、娘のマルガリータは作家のレオナルドが文書の所有者だと発言し、レオナルドによれば、娘のマルガリータはレオナルドに文書を託す考えを持っていたという点である。これはノイズ、大きなノイズだった。二本の矢がレオナルドをマルガリータに指名された相続人として狙いをつけ、誰かが、例えば捨てられた失意の夫エンジェルが邪魔をしている可能性があった。二点目。エンジェルが所有者なら、なぜ形見を取り戻す話をでっち上げ、ユークリッドを所有者だと罪をなすりつける必要があるのかということだ。何のために？

レオナルドはわたしの不安に気づき、信じられないのは当然だ、きみはエンジェルを愛しているが、エンジェルは違う話をしているのだから、と微笑みながら言った。人はときに嘘をつく、ジュリア、とレオナルドは言って、エンジェルがバルバラと寝ていたことをわたしに思い出させた。そのとおりだ、人はときに嘘をつく、あるいはエンジェルのようにただ黙っている。エンジェルはイタリア女との関係を黙っていた。ということは、文書の所有者についてだって嘘をつくのではないか？　レオナルドは、その文書を追いかけはじめて何年かが経っていること、最初はマルガリータのように取り戻そうとし、言葉ではそれができなかったので、次は金で解決しようとしたと言った。エンジェルはレオナルドを弄び、約束したり小説について冗談を言ったりするが、少なくともレオナルドに文書を渡すつもりはないようだった。レオナルドはエンジェルにあまり好かれていないこと、付き合ってはくれるが好かれてはいない、だから文書を渡してくれるのは難しいことがわかっていた。わたしはエンジェルのレオナルドに対する敵意は見たことがあったので、言わなかったけれどもその理由を知りたかった。しかしレオナルドははっきりとした理由はわかっていなかった。男というのはときに自分の妻の男友達を受け付けないものだとレオナルドは言った。たぶんそういうことじゃないかな。よくわからないが、いずれにしてもはっきりしているのは、エンジェルはおれをただ困らせたくて文書を渡さないんだ。しかしその点でレオナルドとわたしとの関係は違っていた。わたしとレオナルドの取引はものすごく公平だった。わたしが文書を入手し、レオナルドはバルバラを追い払う。心配いらないよ、と彼は強調した。バルバラに関心があるのはメウッチの文書だけだからな。

バルバラの物語もわたしには驚きだった。一九九〇年、マルガリータの出発からおよそ一年後のことだった。キューバで起きつつある変化に興味を抱き、複数のメディア向けの仕事をしているイタリア人ジャーナリスト男性とレオナルドは知り合った。二人は友人になり、レオナルドはハバナでのガイド役を務めるようになった。飲み歩いていたある夜、レオナルドがメウッチについての小説の構想を打ち明けると、イタリア人ジャーナリストは目を輝かせた。ジャーナリストはその話に関心があること、イタリアで発明家メウッチについての本が出たところであること、ちょうどその年に著名な科学者がメウッチに関する文書館や彼が暮らした場所を訪問して徹底的な調査に当たっていることを伝えた。ちょうどレオナルドとジャーナリストがその話をする少し前に、その著名な科学者はハバナに滞在していたのだった。レオナルドは多くの情報を与えてくれたはずのその科学者と知り合えなかったことが残念でならなかった。だが大した問題ではない、誰にも証明できないことを証明し、みんなを出し抜いてみせる。そうレオナルドは言い、ラム酒をもう一杯飲んでから、ハバナにはメウッチが電話を発明した決定的な証拠があるのだと宣言し、例の文書のことを話した。イタリア人ジャーナリストは昼間の明るさになるほど目を輝かせた。二人はすでに友人同士だったが、その夜を境に兄弟に、一冊の本を書く構想の共同出資者になった。ジャーナリストは再びキューバに戻ることを約束し、イタリアに戻るとその話について持っていたあらゆる情報をレオナルドに送った。こうして一九九三年のある日、レオナルドはイタリア人女性からの電話を受けた。キューバに着いたばかりで、イタリア人ジャーナリストの消息を持っているという。感じのいいイタリア女、つまりバルバラというその女性は、例のジャーナリストはキューバ政府に批判的な内容の記事を書いていたため島の入国ビザが下りず、彼女が彼の代わりに来たと語った。バルバラはメウッチに関する調査を行なったバシリオ・カターニアという科学者が書いた記事を携えていた。レオナルドがすでにわたしに話したことのある記事だった。バルバラはさらに、ジャーナリストのしたためた手紙と金、そして文書を買うという強い決心を携えていた。レオナルドはいくつかの理由からうまくいきそうだと思った。第一に、その年のキューバは悲惨な状況にあったので、エンジェルはさほど乞われなくても文書を売る気になることが予想された。次いで、作家の懐にはない十分の資金があった。そして最後に、女は常に男の心を和らげられる。バルバラとレオナルドは取り決めを結んだ。バルバラはエンジェルを落として文書を買い取り、レオナルドは本を書く。しかしバルバラとイタリア人ジャーナリストも文書の発見を独占的にスクープし、

163

本の印税も何パーセントか受け取るという取り決めだ。きみは工芸家の家でやったパーティーを覚えているか？　とレオナルドは聞き、わたしは、ええもちろん、あそこでバルバラと知り合ったのよ、と言った。レオナルドは話を続け、わたしは、そしてわたしは知った。あの晩、エンジェルを招待したのはレオナルドで、バルバラにエンジェルを紹介して任務に着手してもらおうとしたということを。それをきっかけにパラダールで夕食会が開かれ、その席でバルバラとレオナルドがメウッチの話題を出したが、エンジェルは話題を変えた。エンジェルがなぜそうしたか、レオナルドの考えでは、人前でその話をしたくなかったのと、エンジェルはバルバラが文書に関心があることをまだ知らなかったからだ。

ねえ、考えても見て、わたしがメウッチの話を聞いたのはあの夕食会の晩が初めてだったのに、他の人はもう彼の痕跡を追いかけていたというわけよ。レオナルドは説明を中断して、そのことは謝りたい、でもおれたちには最初エンジェルときみがどういう関係かがわからなかったし、バルバラはエンジェルの気を引く必要があったから、きみたちの関係は重要だった、と言った。レオナルドはついでに、彼の自宅でのあの朗読会にわたしを招待したのは、わたしと気が合うからで、バルバラがエンジェルを招待したのを知ったのはその後だ、と言った。レオナルドはエンジェルを招待したのは勇み足だったが、わたしとエンジェルが付き合っているかどうかを確認するいい機会になると思った。その結果、わたしとエンジェルは付き合っていないという結論に至った。というのも、わたしとレオナルドがドミノをして夜明かししているあいだ、エンジェルはバルバラとおしゃべりしていたからだ。わたしにはバルバラがますますふしだらな女に見えてくる。きみに誓うけど、レオナルドが話しているあいだ、わたしは自分がとんでもない大馬鹿者に見えてきた。わかる？　チェス盤を自由に駆け回っていると信じ切っているけれど、誰かに動かされているのを気づかないナイトのような、そんな風にわたしは感じた。人形使いになることを夢見る操り人形みたい。

バルバラはエンジェルに文書について話した。バルバラとレオナルドは、エンジェルが値段を釣り上げて売却を先延ばしすると考えていた。二人はそういうことは予想済みだったが、予想外だったのはバルバラがエンジェルと寝ること、そしてそれをレオナルドに打ち明けないことだった。バルバラがおれの知らないところで何かを企んでいることの証明だ、とレオナルドは明らかに不愉快そうに言って立ち上がった。そのときわたしは、二人がシエンフエゴスまで旅をして付き合い始めたのだと言うと、レオナルドは微笑んだ。バルバラが観光用の車を借り出してエンジェルと妹を連れて行ったのを知っていたが、戻ってきてもバルバラは恋愛のことを報告しなかった。バルバラが何かを企んでいるのは確かだった。あるいはもっと悪いことにエンジェルと共謀し、レオナルドを追っ払うことで意見が一致しているかもしれない。レオナルドはまたもびしょ濡れになっていたドアの雑巾を絞っていた。彼の手の動きを見ていると、雑巾ではなくイタリア女の首が見えたように思ってわたしは笑った。わたしもエンジェルの首をひねりたかった。シエンフエゴスに兄妹で行っていたという事実にはそれなりにほっとした（もっとも、バルバラの特別参加があったのだが）。しかしあくまでそれなりに、の話で、やはり不愉快だった。とても不愉快だった。

レオナルドは再び腰掛けてわたしの手をつかみ、できる限り早く二人で動かないといけない、と言った。レオナルドはイタリア女を追い払うことに専念するつもりだった。バルバラがおれとの取り決めを破ったとなっては取り決めはなしだ、おれたちはおれたちで動こう。レオナルドは文書を入手したら小説を仕上げ、手柄を独り占めにし、謝辞にわたしの名前を書いて印税の一部をわたしに渡すと約束した。もちろんこんなのは簡単なことだ、と付け加え、でもその前にエンジェルから文書を奪ってこないといけない、それはきみの役割だ。

一つ問題があって、わたしはまだエンジェルが持っていると思っていなかった。レオナルドによれば、マルガリータはエンジェルが形見の所有者だと言っているが、エンジェルによれば、マルガリータ自身は別の人が形見の所有者だとエンジェルに言っている。誰かが盗んだのだ、そう、でも誰かが嘘をついている。そうレオナルドに言うと、彼はお手上げだという反応を見せた。なぜマルガリータがおれに嘘をつく？　と彼は聞き、加えて、夫の家から誰が盗むんだ？　と聞いた。父親よ、とわたしは迷った末に答えると、彼は不思議そうな顔をして、先生が？　と聞いてから、そんなことが父親にできるとは思えないと言った。レオナルドはユークリッドとは知り合いではなかったが、マルガリータが旅立つ相当前から父親と口を利かなかったことは知っていた。実はエンジェルが都合のいいように嘘をついているんじゃないか、とレオナルドは言った。わたしは微笑んだ。もしかするとそうかもしれない、でもエンジェルが形見の所有者はユークリッドだと嘘をつく理由はわからないままだった。なんのために？　とわたしが聞くと、レオナルドは眼鏡の位置を直してから、単純だが、ある程度までは的を得た考えを言った。身を守るためだ、とレオナルドは言った。身を守るために嘘をついたんだ。レオナルドの見方はこうだ。エンジェルは文書と交換するという条件と、バルバラが外国人だから寝た。わたしにもそれは想像がついた。ビール、食事、美味しいタバコが欲しかったのだ。エンジェルにとってバルバラとの関係はただの利害関係だが、本心はわたしのことが好きで、失いたくないと思っている。二人の関係をわたしが知ったらどうするか？　一。わたしはエンジェルを捨てる。その場合、エンジェルはわたしを取り戻すためならなんでもする。二。わたしは復讐のためにエンジェルを傷つけようとし、彼が所有している貴重な文書を盗めば大きなダメージを与えられる。それゆえにエンジェルは文書の所有者は別の人物だとわたしに言って、ダメージを与えられる前に身を守ることにした。ジュリア、おれは男で、しかも作家なんだ、そうに決まってる、一定の人間の心理ならお手の物だ、とレオナルドは話を締めくくった。

わたしには何もかもがくっきりとしてきた。まず一つ、ダメージを与えられる前に防御するという理論は、エンジェルがシエンフエゴスから戻ってきた後、つまりバルバラとできた後になって形見の話をしたことを考えるとぴったりだった。わが天使(エンジェル)は頭の回転が早いのだ。もう一つ、ユークリッドは文書を持っていない。ユークリッドはわたしにメウッチの話をして、手持ちの情報や記事を見せてくれた最初の人だった。またユークリッドは、文書はマルガリータからレオナルドの手に渡ったと言っていたし、ガリバルディ＝メウッチ博物館の住所をわたしに教えてくれたばかりで、わたしたち二人でこれから着手する行動計画を立てていた。ユークリッドが何も持っていないことは決定的に明らかだった。わたしの論文を盗んだのは確かだが、手のつけようのない完全なクソ野郎ではなかった。そのときクソ野郎だったのは、恥知らずのエンジェルだった。外人女と寝ていた。奇抜な話をでっち上げ、わたしを愚弄していた。それがわたしが愛している男だった。ねえ、どうして愛って少しも理性的じゃないのかしら?

レオナルドはわたしが何かを言うのを待ったままわたしを見つめていた。もしあなたの想像どおりなら、エンジェル君はそのとおりの男で、二つの選択肢があるとわたしは言った。一つはエンジェルを捨てることだが、それをするつもりはなかった。もう一つは復讐で、それが最も公正だった。彼の家から文書を盗み、ふさわしい人間に引き渡すという復讐だ。レオナルドはわたしの両手を握りしめて微笑んだ。わたしは眼鏡のレンズ越しに彼の目を見て、本当にエンジェルは文書やビールのためだけに他人と寝ると思うかと聞いた。レオナルドはそうだという仕草をした。どうしようもない奴を好きになってしまったのねとわたしが言うと、レオナルドはわたしの前にひざまずいた。エンジェルは悪い奴じゃない、マルガリータによればキューバ人最大の欠点は新しい肉体に目がないことで、エンジェルはどうしようもない女好きだが、それを除けばいい奴だ、と言った。おれはマルガリータが好きだったが、それでも騙されたのだとレオナルドは言った、しかし結局それが国民的な欠点というならそんなに深刻に考えてもしょうがない。違うか？　レオナルドはわたしを笑わせた。わたしは顔をレオに近づけ、あなたの小説は完璧になるわとささやいた。レオナルドはエンジェルがわたしのものになると約束し、手の裏でわたしの頬を撫でた。わたしは微笑みながら目を閉じ、わが天使（エンジェル）のことを、裸の体を、バルバラの顔を思い出し、シエンフエゴスとつぶやいた。そして初めてレオナルドを見た。国民的な欠点って何だっけ、とわたしが聞くと、レオナルドはわたしの口の中に舌を入れ、それが答えだった。一晩中、雨はやまなかった。

15

わたしはレオナルドと寝た、ええそうよ。それは恋愛というのとは違うから、わたしのことを誤解しないで。恋愛とセックスはそれぞれふさわしい方法で楽しめる別々のもので、実際そのときわたしたちはセックスを必要としていた。二人とも裏切られたの。わかる？　一方でイタリア女はレオナルドを利用していた。作品を翻訳するという口約束や外貨で彼を釣って、それは全部文書にたどり着くためというわけ。目的を達成したらレオナルドとの約束をあっさり反故にして、裏で何を企んでいるかわかったものではないわ。もう一方にわたしの愛するエンジェルがいて、レオナルドの話によれば、文書や何本かのビールと引き換えにバルバラと寝ている。そんな行動をとるなんて、こそ泥よ、打算的で信用ならない。でもいいの、エンジェルの人となりがわかったから、わたしに残されているのは二つの道。そういう彼を受け入れるかそうでないかということ。それはわたしが決める問題で、きっとマルガリータは同じ境遇だったに違いないわ。彼女はエンジェルの浮気を長年受け入れてきたようだけれど。エンジェルがマルガリータを裏切っていたことはわたしには驚きだった。エンジェルからは彼の結婚に対する牧歌的なイメージや、マルガリータに捨てられた理由を理解できないという話を聞いていたからだ。しかしレオナルドは二人をかなり前から知っていたし、エンジェルが語ったようにレオナルドもマルガリータに関心があったのが事実だったとすれば、エンジェルの浮気癖を気に入らないレオナルドが、わたしにそれを話すのにためらいがないのも当然だった。いずれにしても新しいニュースによってわかったことは、エンジェルが日頃から妻を欺いていたこと、そして打算的な男であること、さらにメウッチの文書を独り占めしていたこと。貴重な宝物を。そうでしょう?

あの晩、レオナルドとわたしは多くを語り合った。愛を交わすこと、あるいはきみが好きなように呼んでいいけれど、その行為はひと息つくようなものだった。きつく締められていたベルトを外すとか、長いあいだ潜ったあとに水から顔を出すことに似ていた。わたしはとてもリラックスできて、綺麗になったような気がした、わからないけれど。レオナルドのベッドで裸でいることはごく当たり前で、心はときめいて、必要な歩みのように思えた。何時間も話は続き、正直言っていつもと違うのは服を着ていないことぐらいだった。もちろん言わなかったけれど、エンジェルがいなければレオナルドのことを好きになれたと思う。関心がないわけではないわ、そう言うにとどめておいた。それは本当だった。レオナルドの言葉や仕草の虜になっていたし、実を言うとわたし、ムラートが大好きなの。彼の隠れた特技は知らなかったけれど、あの夜のことがあった後はもうそれは……。きみとわたしの関係だから言ってもいいわ、あのムラートは戦艦ポチョムキンよ。キューバ文学をレオナルドに任せていたら、さぞかし健康になる。誓ってもいいわ。わたしのなんてまるでダメ、本当よ。わたしは若いときから科学的精神に導かれて男という領域、肉体や習慣、癖を探求していた。大学では男を分類して楽しむまでになった。数字だったら例えば自然数か整数か有理数か複素数か実数かで分類するみたいに、男も一定の分類が必要だった。間違いなくどの男にも共通するのは、全員服を脱げば絶対に裸であることだった。そこを手掛かりに男たちをグループ分けできる特質は何か。探究に着手した。性器は重要な要素だった。さまざまな性器があってあらゆる好みに対応している。ビッグベンのように大きくて威風堂々としたものもあれば、ディズニーの子象の鼻のように小さいものもある。空を見つめてぴんと屹立するもの、大地を見つめて垂れているもの、攻撃的にいつも前方を見ているもの、異なる政治的な傾向を示しているもの、つまり左に曲がっているものや右に曲がっているもの、サンチョ・パンサのように太いもの、ドン・キホーテのようにしなびたもの、やる気のなさそうなもの、やたら活動的なもの、探求熱心なもの、しきたりを守るもの、スピーディ・ゴンサレスのように素早いもの、あるいは賢い亀のように動きが緩慢なものもある。次いで、これらがあらゆる可能性のもとに組み合わさる。ドン・キホーテのようなビッグベン、ぴんと屹立した亀、やたら活動的な左翼、やる気のなさそうな右翼、しきたりを守るスピーディ、探求熱心なサンチョにしてディズニー。あらゆる好みに対応するものがあって、わたしは楽しく分類していた。ただの職業上の習癖よ、心配しないで。数学者とはこういうものだから。そう言えばなぜノーベル数学賞がないかを知っている？　口の悪い人によればアルフレッド・ノーベルはダイナマイトの発明に忙し過ぎて妻が数学者と浮気をして、この数学者がベッドで妻を「爆発」させてしまったの。夫は許せなくて、だからわたしたちの研究分野にはノーベル賞がないのだとか。もしその数学者が他人のベッドに入る誘惑を我慢していたらノーベル賞があったのよ。もしわたしが我慢できたとすれば、他人から嫌われることもなかったでしょう、でももう遅かった。

記憶ではその夜はほとんど眠らず、雨が降り続き、彼はドアの雑巾を絞るために何度も起きた。わたしはエンジェルが文書の所有者であること、そしてエンジェルがユークリッドに罪をなすりつけるのは、自分を無実にして疑いをかけられないようにするのが目的だとわかったが、正直言って、なぜエンジェルがマルガリータの形見を取り戻すという話をでっち上げたのかはわからなかった。美しくロマンチックで涙を誘う話だと思う。わたしはロマンチックな話は好きで、いつも気を惹かれた。だから、形見を取り戻して送るというあの複雑な手続きはエンジェルのように一見感受性の豊かな人ならではだ、と思った。レオナルドにその話をしたが、エンジェルとの取り決めは言わなかった。ユークリッドから文書を奪ってエンジェルに渡すつもりであることも話さなかった。それはレオナルドには言えない。もし言ったらわたしはレオナルドに信用されなくなる恐れがある。わかる？　わたしが話したのは、ただエンジェルとしてはマルガリータに形見を送りたいが、ユークリッドがそれを盗んだということだけだ。レオナルドの意見は、形見を取り戻すという話はでっち上げた幻想にすぎないというものだった。そうすればエンジェルは疑いをかけられないし、何よりもわたしの前では映画の主人公のようになる。エンジェルは一石二鳥を狙っているんだよ。それをうまく運ぶためには疑いをかけられる余地を残さないような筋の通った話をするしかない。エンジェルはきみを傷つけたいわけではないんだ、とレオナルドは言った。ただきみの目を文書から逸らしてエンジェルに向けさせたいだけだ。なぜならエンジェルは重要人物に、きみから尊敬される対象に、きみの王子様になりたいんだからね。それがわたしには可笑しかった。わたしの王子様だって。想像がつく？　レオナルドは笑い出し、笑い終わると、男というのは尊敬されたいのだと言った。エンジェルはいい奴に違いないが、ブラジルで会社をクビになってからは仕事もないし金もない、差し当たりどうするかも決まっていない。長所と言えばアパートで一人暮らしをしていることぐらいだ。レオナルドは言った。だがおれたち男というのはいつも試されている状態にあって、はっきり言えば褒められたい子どものままなんだ。きみはマルガリータと同じで頭のいい女だから、エンジェルだって退屈させないように頑張らないと、きみも退屈してしまうに違いないよ。エンジェルはきみの尊敬を勝ちとること、きみの王子様になってやろうとここぞとばかりに策を講じているから、彼も頭を働かせているんじゃないか。

その推理はわたしにはぐっとくるものだった。エンジェルが仕事を辞めたのではなくてクビになったと知らされ、これ以上知りたいとは思わなかった。可哀想なエンジェル、わたしの気を惹こうとどんなことでもでっちあげようとしている彼を想像して悲しくなった。幸いレオナルドの足がわたしの足に触れたので現実に引き戻された。わたしがあのベッドで裸だったのはわたしの王子様が他の女と寝ていたから。オーケー？　とにかく、レオナルドに言う機会はなかったけれど、そう、彼のあの推理は間違っていなかったわ。

あの晩、レオナルドは、わたしたち二人でエンジェルの嘘を利用してイタリア女の気をそらせる方法を思いついた。起きていることについての申し分のない、完璧に筋の通った解釈があったので、いまさら別の嘘をつく必要はなかった。その方法とは、その週のうちにレオナルドがバルバラと会うというものだ。そしてバルバラには、レオナルドが文書の本当の所有者である女性マルガリータと接触したことを伝えるとともに、さらにこのマルガリータが、文書の所有者はレオナルドの想像とは違い、エンジェルではなくマルガリータの父親だと言ったと伝える。そのときレオナルドはさらに付け加えてバルバラに、その父親にたどり着く方法はわかっていると言うのである。その作戦は、何よりもわたしの参加を可能にするということもあって素晴らしいと思った。だってそうじゃない、レオナルドはユークリッドとは面識がないし、所有者にたどり着く方法というのはわたしのことだからだ。ユークリッド先生の大親友にしてこのパズルに欠かすことのできないピースがわたしというわけ。イタリア女はわたしとの女同士の会話でわたしの友人になりたいと言っていたしね。

というわけで、わたしはバルバラには約束どおり電話をかけることができる。でもレオナルドがその件ではわたしが重要であることを彼女に話したあと。そこまでいけば間違いなく、バルバラはわたしとは友人であるよりも血の繋がった関係の方がいいと思いたがるだろう。こんな方法で進めていけば、さらにレオナルドの巧みな言葉の力もあるので、バルバラは少しずつエンジェルとは距離をとり、わたしに近づくようになるだろう。そしてわたしはハーメルンの笛吹きのようにバルバラをわが恩師の元に連れて行くのである。

それは間違いなく素晴らしい計画で、愉快な結果を生む可能性もあった。難しかったのは、この計画を進めているあいだにわたしはメウッチの文書をエンジェルの家から探さないといけないことだった。最初は相当厄介だろうと思った。ユークリッドの家であれば行動範囲は彼の部屋に限られるのに対し、今度の現場はアパート全体、しかもかなりの広さを調べないといけなかったからだ。でもエンジェルは一人暮らしでかなりだらしのない人だったし、困ったら大掃除を手伝うわ、と言えばいいのだった。もちろんそこに至る前に別の小さなことを解決しなければならなかった。

わたしがエンジェルを訪ねたことをバルバラがエンジェルに話しているのは間違いなかった。レオナルドもそう思っていた。バルバラはわたしとエンジェルが友達だと思っているから、あの日の午後にわたしがエンジェルを訪れたことを隠す理由はなかった。バルバラの女同士の打ち明け話までエンジェルに話したかどうかはわからなかったけれど、実際それは大したたことではない。どう言ったらいいだろう。エンジェルが知っていることというのは、わたしがアパートでバルバラと鉢合わせたこと、そしてエンジェルが帰ってくる前にわたしが帰ったことだ。ということは、エンジェルは自分の留守中に何かおかしなことがあり、それをわたしが気に入らなかったのではないかと疑っている。オーケー？　彼は彼でやましいところがあるから、わたしが想像しそうなことを考えて不安になる。これでわたしとエンジェルが衝突したり、ちょっとした諍（いさか）いが生まれる条件はそろっている。わたしの立場は言ってみれば不機嫌な恋人というもので、理由を事細かに言う必要はない。エンジェルともう一度会ったときには、わたしはただ傷ついた女の立場を維持して、彼の言い分をできる限り聞き出せばいい。エンジェルが罪を告白しなければ、イタリア女のせいでわたしは嫉妬しているのだということで、わたしの不機嫌は正当なものである。逆に彼が罪を告白すれば、今度はそれが原因でわたしは不機嫌になれる。いずれにしてもわたしは最終的にはエンジェルを許すのだ。そうでなければならない。というのはまずわたしがエンジェルとこれからも一緒にいたいからで、次いで文書を探しに彼の家に戻る必要があるからだ。初歩的なことよ、ワトソン君、初歩的なこと。

いくつもの計画を立てたあの晩は楽しかった。レオナルドから見ればわたしは小説家のような考え方をしたが、わたしから見れば彼は数学者のように考えていた。わたしたちは笑い出し、二人は同じコインの表と裏であるということで意見が一致した。人間の歴史においてそもそも芸術と科学はひとつにしてすべてであって、その後さまざまな専門に枝分かれするが、起源は共通なのだ。レオナルドによれば、わたしは彼が言葉でやっていることを数字でやっていた。数字は頭の中にある構造物で、数学者は数字を使って宇宙における実体の特性や相互の関係を定義しようとしている。作家も似たようなことを試みており、そのために言葉を使っている。現実はわたしたちの周りにあって、触れることのできないときもあるけれど、存在している。数学者はそれを直観し、観察し、そしてそれを記述するか体系化する。作家も同じことをやっている。作家はわたしたちの行動や感情を普通のコードに移しかえる。だから、例えばわずか四文字からなる「amor（愛）」という単語は、その中にとてつもなく大きな意味の負荷を携えている。レオナルドとわたしは同じことをやっていて、唯一わたしたちを異なる存在にしているのは、異なる象徴言語を使っているということで、わたしは数字で、彼は言葉を使っていた。

その晩、体を動かしたせいなのか、あるいは雨のせいなのか、わたしたちは眠気が消え、気がつくと二人してベッドに座り、文学数学的というか、数学文学的というか、突拍子もない会話に夢中になっていた。レオナルドと話をすると、いつもわたしは多くのことを教えられた。例えば、ルイス・キャロルというペンネームの影には数学教師がいて、その人は『不思議の国のアリス』を書くよりもかなり前に、自分の専門分野で少なくない文章を書いていた。エルネスト・サバトも物理学と数学の学士を取っていて、文学に専念するために大学を辞めるまでは科学の道を進んでいた。彼らのような存在はもっとたくさんいた。バートランド・ラッセルはイギリスの哲学者にして数学者で、ノーベル文学賞を受賞している。そういう人たちの頂点に、六〇年代にレーモン・クノーとフランソワ・ル・リヨネによって創設されたウリポ・グループがあって、まさしく文学を愛する数学者たちとイタロ・カルヴィーノのように数学に惹きつけられた作家たちを集めていた。素敵。思いがけなくわたしは自分の専門にとてつもない誇りを感じた。もちろんわたしは文学に専念するつもりはなかったけれど、世界の文学がわたしのような人間から栄養を得ていることが嬉しかった。レオナルドは、ウリポ・グループの構成員は自分たちのことを、「自らが脱出する迷宮を作らなければならないネズミ」と呼んでいたとわたしに語った。わたしは、あなたがやっていることは多かれ少なかれそれね、小説という迷宮を作り、その後一人で出口を見つけなければならないのだわ、と言うと、彼は微笑みながら、迷宮はもうできている、あとは迷わないように助けてくれるきみの手があればいいと言った。わたしは口づけしようと彼の手を取り、口づけをして、もっとお話してとでも言うように横になった。すっかりレオナルドの言葉の中毒になっていたわ。

作家は起き上がり、明日の仕事は辛そうだな、だが仕方あるまい、と言った。雨に加えてまたとない話し相手がいたので眠るのはもったいなかった。赤ワインと屋根裏部屋が足りなかった。それさえあればパリにいるような気持ちになれたけれど、持ち合わせはレモングラスティーとガレージしかなかった。わたしたちがいたのはハバナだから。レオナルドは、話し相手に文句はない、むしろ最高だと言った。彼はパリに行ったことがあって、素敵ね、でもその晩はほかのことに興味があったのでその話はしなかった。

レオナルドは再びドアの雑巾を絞ったが、水たまりができるほどびしょ濡れだった。もう一杯飲み物を淹れる支度をしてトイレに入った。戻るとデスクの書類の山から本を抜き、書棚にあったラジカセのプレイボタンを押してわたしの隣に座った。とても小さな声でフランク・デルガードが歌いだした。レオナルドは本を開き、写真を一枚取り出すと、アントニオ・メウッチの顔を見たことがあるかとわたしに聞きながら見せた。わたしは起き上がった。目の前に、口ひげと顎に白いひげをたっぷりたくわえた、薄暗い色のスーツを着て右のほうを深刻な表情で眺めている男の白黒写真があった。アントニオは何を見ているのだろう？　それを知ることはできなかったが、わたしがメウッチを見ていることが実に不思議だと思った。レオナルドはわたしが驚いた様子でいるのを見て微笑み、イタリアにいる友人がその焼き増し写真を送ってくれて、レオナルドもしつこく写真を眺めたと言った。まるでそうすればメウッチが顔を正面に向けて挨拶してくれるような気がしたんだ。文書を手に入れたら、最後にきみにもう少しだけ助けてほしい、と付け足した。

レオナルドは例の文書を見たことがあって、それが三つの図からなっていると説明した。図の一つはタコン劇場の内部にあったメウッチの住まいの間取りで、そこには研究室にいる男と、寝室にいるもう一人の男が描かれ、二人は家中に張り巡らされたケーブルでつながれている。誰が見てもわかる実験の瞬間を写した写真のような図だった。問題は残る二つの図で、それはケーブルが技術的にどのように接続されているのかの説明、つまり電気回路の設計図で、はっきり言えばレオナルドにはよくわからなかった。わたしは科学を学んだのできっとそれを解釈できるのではないか、そしてこの点でレオナルドは助けを必要としていた。つまり、設計図をレオナルドが理解できるわかりやすい言語に翻訳してほしかった。そしてその後でレオナルドは文学言語に翻訳し直す。ユークリッドの懸念は正しかった。作家は設計図のことは何もわからない、ただ意味がわかるだけだ。わたしはもちろん引き受けると答えたが、自分の専門は電気回路ではないこと、文書を見たことがないので、どんな物が描かれているのか見当もつかないと念押ししておいた。あまり期待しないほうがいいわ。レオナルドは微笑んで、きみは「クラスの優等生」の顔をしているから、設計図なんてお手の物さと言った。レオナルドはお世辞が上手だった。それがわたしは好きだった。お世辞がないと気分がよくならないということではない。違う。ただそれがゲームに欠けては面白くなく、レオナルドはゲームが上手だったのだ。わたしたちの収支計算は明瞭だ。それがすべてだった。

その晩、雨のもたらす寒さとレモングラスティーの暖かさに包まれて、レオナルドはメウッチの人生について語り続けた。確かテレットロフォノ・カンパニーまで話したよな。違うか？

さて、それからの何年か、疲れを知らない発明家はいつものように複数の研究テーマに取り組んだ。船の事故の回復期にあたる何カ月かは、医師からの指示どおり果物と水分をたっぷり含む食生活を忠実に守った。じっとしていることができなかったと見え、実験に着手し、何種類かの果物をベースにした発泡性の飲料を発明し、その製造プロセスの特許権を登録した。味付け用のソースを開発した。コーヒーや紅茶の家庭用濾過器具やミルクの鮮度を制御する装置さえも設計した。さらに運河航行のためだけの特別な船の発明に着手し、ダイバーと船が海底で会話できるような防水性カプセル入りの電話機を設計した。天才だよ、おれたちの男は。

電話のことで言うと、いくつかの出来事が集中する一八七六年はとても辛い年だったはずだ。その四年前、メウッチはアメリカン・ディストリクト・テレグラフの副社長だったエドワード・B・グラントという男に発明した電話機の設計図を渡し、テストしてもらおうとした。ミスター・グラントは応じて約束したものの、二年にわたってあれこれ言いわけや弁明をしたあげく、とうとうメウッチが渡した書類をすべてなくし、要するにテストはできないと告白した。軽々には判断できないが、ミスター・グラントによる書類の紛失事件には少々怪しいところがあり、それが何年かのちに判明することになる。いずれわかることさ。アントニオはウェスタン・ユニオン・テレグラフを相手にしたときも、会社幹部が忙しいので「しゃべる電信機」の実演には立ち会えない、と取り合ってもらえなかった。そして最後はこうだ。一八七一年に取得していた電話の試作機についてのあの暫定的特許権、つまり予告記載は毎年更新していたけれども、ついに一八七四年、資金不足によって更新が不可能になり、その予告記載は失効した。費用は一〇ドルだったが、彼には持ち合わせがなかった。

ことがそう進んでいる一八七六年のある日、アントニオは誰かが電話の特許を取得したというニュースを知った。それはおかしな出来事だった。というのは同じ発明品について二件の特許が異なる二つの登録として同じ二月十四日に申請されたからだ。一つはスコットランド出身のアメリカ人アレクサンダー・グラハム・ベルのもの、もう一つは数時間後の、やはりアメリカ人のイライシャ・グレイのものだ。特許局は二件を仔細に検討し、ベルに特許を与える決定を下した。当然のことながらグレイは納得せず訴訟を起こすのだが、結果はアレクサンダー・グラハム・ベルの優先性が改めて確認され、こうして彼が電話の公式発明者になったのだった。

かわいそうなアントニオ。彼はそのニュースを知るとすぐにその発明品の発案者であると提訴したが、暫定的特許権は失効していたのでそれを根拠にはできず、自分の発明品はすでに公共財産だと主張した。このときを境に苦難が始まった。それは名声獲得のためのレースだったのだが、わたしが想像するに、それは絶望に至るレースだった。他の者よりも相当早く、しかももっと完全な形で自分がそこにたどり着いていたことを知っていたからだ。かわいそうなアントニオ。わたしは彼の文書を追いかけてそのレースに最後に参加した。もがきながら、よくわからない何かをしようとしていた。もう一度変数を並べ直し、いくつかのXを取り除いた。かなり絶望的だった。ただアントニオとは違ってまだ何も結果は出していなかったのだけれど。

16

　予想どおり、バルバラはわたしがエンジェルを訪ねた件を彼に話した。それゆえエンジェルは、わたしが作家と夜を過ごした次の日、高専の門でわたしを待っていた。わたしは死にそうなほど疲れていたけれど、エンジェルを見たとたん、まるで太陽が出たかのように感じた。なんていうのかモノクロの街に色が戻ってきたかのようだったわ。それに覚えているけれど、そのときの彼ったら素敵だった。足元はサンダルでジーンズに白いシャツ、上の方のボタンは留めずにいて、だから薄い胸毛が見えて、その上をお気に入りのネックレスが輝いていた。

　わたしを見るとエンジェルは近づいてきた。レオナルドと寝ていなければ、わたしはその場で泣き出したかもしれない。信じて、わたし、感動しやすいたちなの。幸いわたしは文学にかかわる冒険をしていて、それがわたしを支えてくれたので、深く息を吸って彼が来るのを待った。やあとエンジェルは言い、わたしはこんにちはと答え、目に彼の熱い眼差しを丸ごと感じた。エンジェルは前日に会おうとして立ち寄ったがわたしがいなかったと言った。わたしは首を動かしてそうだと答えた。するとエンジェルは話があると言い、そのとき急にわたしは何かおかしな空気を感じた。「話がある」というその台詞を聞くといつもわたしは怖くなる。「きみ

「きみに聞く覚悟ができてるといいのだけれど」とか、「きみに聞く覚悟ができてるといいのだけれど」という風に聞こえる。たいていは別れ話や雇用契約の終わりを告げる悪い知らせ、要するに面倒ごとの前に使われる台詞だから、その台詞とわたしの答えのあいだに生まれたほんの一瞬のあいだ、わたしの体は固まった。レオナルドとの話では、エンジェルはわたしに関心があるということで話は落ち着いていたけれど、その瞬間、わたしの頭にはエンジェルがわたしとの関係を終わらせてイタリア女と付き合うのではないかという想像がよぎり、足元のアスファルトがゼリーになったように感じた。そのときの気分の悪さは言えないくらい。ようやく思いついたのはこう答えることだった。公園に行きましょう。そう、人のいる場所、中立の領域、他人の存在が大きなプレッシャーとなってわたしが大騒ぎできない場所で話す必要があった。信じて、本当にわたしってものすごく感受性が強いの。それとは別に、中立の領域にいれば、話し合うときエンジェルを緊張させられる。それにバルバラが自分の家のようにいる様子が生々しく思い出されるエンジェルのアパートには行きたくなかった。あばずれどころじゃない、厚かましいほどこの上ない。

エンジェルはきみの行きたいところで話そうと言い、わたしたちはそれ以上何も言わずに歩き出した。彼はかなりそわそわしていて、わたしが会話の口火を切るのを待っているのか、わたしをちらちら見ていたが、わたしから切り出すことはできなかった。彼が口火を切るべきだった。公園では、嫌がらせまじりに、昔パーティで訪れた工芸家の家の正面にあるベンチを選んだ。いいかしら？　と尋ねると、きみが決めればいいと答えた。二人並んで腰掛け、わたしが正面を向くと、ここでも彼の熱い眼差しを感じた。わたしが怯（おび）えきっていると、わが天使（エンジェル）は、きみを愛している、ずいぶん前から人を好きになったことはないけれどもきみが大好きだと言った。きみがぼくに冷たくするのも無理はないが、説明するからわかってほしい。ジュリア、ぼくは本当にきみのことが好きなんだ、ぞっこん惚れ込んでいるんだ。わたしはエンジェルを見て目に涙が溢れた、どうしようもなかった。バルバラがこの前流したのと同じくらいの涙だった。幸運にもわたしたちは公園で他人の目の触れるところにいたので、わかるでしょ、大ごとにはならなかった。息をついてもう一度正面を向いた。エンジェルも息をつき、バルバラと家で鉢合わせたあとで信じるのは難しいのはわかっていると言った。その名前を聞くだけで胃を殴られたような感じがして目を閉じると、涙がわたしの意思とは無関係に頰を伝ってしまった。彼はわたしの足元でひざまずき、許してくれ、全部話すつもりだ、イタリア女に何を言われたんだ？　と言った。でもきみには聞いてほしい、ことはそんなに単純ではないんだ。わたしは、エンジェルの嘘つき、わたしに嘘をついたでしょ、と怒りを込めて言った。殴られたような痛みを感じたのと同じ場所から出てきた怒りだった。わたしが目を開けると、絶望に駆られて歪んだエンジェルの顔とわたしのと同じように潤んだ目が目に入った。消えるような声でぼくの話を聞いてくれと言った。エンジェルは公園にいて女の面前でひざまずいて泣き出す寸前だった。わかる？　彼は他人が気にならないようだったけれど、わたしは教え子でもあなたの言いたいことをきちんと聞けないわ。彼は納得して普通に腰掛けて話し出した。

通って見られたら洒落にならないと思った。落ち着きましょうよ、わたしは言った。でないと

イタリア女はエンジェルと知り合ってから、ひっきりなしに電話を掛けてくるようになった。ただのご機嫌伺いだったり、どうでもいいことを尋ねるための電話だった。そしてレオナルドの家での朗読会にエンジェルを招待したのもバルバラだった。そもそもエンジェルは行く気はなかったのだが、レオナルドがわたしも招んだのを知って行くことにした。すると面白くない

ことに、わたしがドミノで楽しく過ごしているあいだ、バルバラの長話を我慢する羽目になった。かわいそうなエンジェル。でしょう？　まるでわたしがエンジェルをバルバラに押し付けたみたい。バルバラに部屋を貸せば金が稼げるとエンジェルが思いついたのはその夜だったが、持ちかけてみると彼女は拒んだ。エンジェルと妹に足りない金を助けるためだというのに。わたしは話を中断したくなかったけれど、レオナルドの朗読会はメーデーの後だったから、そのときにはもうエンジェルはバルバラと付き合っていたのでは？　と指摘した。エンジェルは驚いたようには見えず、まるでわたしの質問を待っていて答えも用意していたかのようだった。あるいは何も待っていなくてただ真実を話しているかのようでもあった。確かにそのとおりだ、メーデーの行進はバルバラと出かけたと言った。その経緯はわたしが知っていたとおりだった。その週末、ダヤニはパニックを起こし、エンジェルのアパートに来て、エンジェルは父親に相談しようと妹と実家に帰ったが、父親は夜まで戻らなかったのだ。ダヤニは一日中部屋に閉じこもったきりで、エンジェルが開けてくれと言っても昼食にすら出てこなかった。少々妹にうんざりしていると、バルバラが電話をかけてきて、メーデーの行進は一度も見たことがなく、どうしても見たいので付き合ってほしい、その後でエンジェルさえよければビールを飲むのはどうかと提案してきた。妹の騒動のせいであまり楽しくない夜になりそうだったので、炎天下、しかも観光ガイドとして行進に参加することになっても、冷たいビールは悪くないと思った。エンジェルは、なぜきみにその経緯を前もって話さなかったのかはわからないと言った。家族の問題にかかりきりだったので最初は言うのを忘れ、次はタイミングを逸してしまってどうでもよくなったんだ。ただ単に忘れただけだ、バルバラには少しも興味はなかった。その後にあったことは、とエンジェルは言った。別のことのせいなんだ。

エンジェルはダヤニをシエンフエゴスに連れて行こうと決め、父に伝えると、切符はなんとか工面してやると言った。キューバで旅をするというのはいつも少しばかりややこしいし、切符を買うにも何日も列に並ぶのはきみも知っているよね。でも一九九三年に旅をするというのは地底旅行か宇宙旅行をするようなものだったの。ひどいものよ。いちばん普通のやり方は、わたしがアラマールに帰るのに取っていた方法で、道に突っ立ってどこかに連れて行ってくれるトラックを待つというもの。と言ってもシエンフエゴスまでは二〇〇キロほどあったけれどね。エンジェルは父親のおかげでそういう面倒はなしで済ませられたけれど、問題は、エンジェルが父になんでも解決してもらうことを望んでいなかったこと。ダヤニの目の前で兄たるところを見せ、妹を励まして自分たちだけで人生を歩めることを証明したかった。

わかる？　だから父親の申し出を断って、たとえおんぶしてでも自分の手で妹をシエンフエゴスに連れて行くことにしたの。さてどうやったらそれができるかと思案しているところに電話が鳴って、誰かといえば、バルバラだった。どうやらエンジェルは旅の難しさに相当参っていたようね。バルバラにその話を打ち明けているから。すると彼女はやたら献身的になってこう提案した。自分はシエンフエゴスを知らないが外国人であれば車を借りられるから——当時のキューバ人には禁じられていたことよ——、自分が観光用の車を借りてエンジェルとダヤニを連れて行く、その代わり、エンジェルが街を案内するのはどうか。いわゆる完璧な答えで、エンジェルは一も二もなく受け入れた。でもぼくは間違いを犯した、とエンジェルは言った。連れて行くのがバルバラであることをきみに言っておくべきだったんだけど、急にきみがきっとそれをよく思わないと考えた、と言った。どうしてなのかきちんと説明できないがそういう予感がしたんだ。わたしは何も言わなかった。というのはエンジェルの言うとおり、バルバラと一緒に行くことにわたしもおかしいと思ったはずだからだ。とはいえ仮に言われても、わたしにもそれがどうしておかしいのかきちんと説明はできなかったはず。

こうしてシエンフエゴスまでやって来た。旅はエンジェルにとって多くの意味で辛かった。父方の祖母はいつも妹ダヤニを甘やかし、エンジェルもそれに慣れてはいたとはいえ、あの家に戻ることは、幼い頃の、いつも自分が余計者だと感じた家族の中に戻るようなものだった。そしてその状況はエンジェルに、人生の感情面の支えであった母方の祖母を思い出させた。一方でそういうことがあり、しかしもう一方でダヤニとの会話があり、それは彼の内側を苦しめていた。妹が元気を取り戻そうと努めれば努めるほど、エンジェルは自分がますます無力であると感じ、人生に意味がないこと、この国がひどいところであること、自分は何も持っておらず、妹を自分の力で旅に連れ出すことさえできないことが身にしみてわかったからだった。

エンジェルはすっかり悲しみに打ちのめされて話していたから、わたしはその場で、みんなの見ている前で彼を抱きしめたくなったの、本当よ。でもできなかった。まだその旅の決定的な部分には至っていなかったから、わたしは彼の話を引き続き聞いていた。エンジェルはいずれにしても浮かない気分だったのだけれど、ちょうどそのとき、バルバラの真の関心が何であるのかを知り、また彼女の振る舞いの意味を理解することになった。約束どおり、エンジェルはバルバラに街を案内し、あれやこれやを語り合っていると、ついにバルバラは、少し前から言いたかったのだけれど言えないことがあって、お互い信頼できる間柄になったので話すときが来た、と言った。こうしてバルバラは出し抜けに、自分はメウッチという人間にとても関心があり、ハバナにはメウッチが発明品について書いた文書が存在しているのを知っている、自分はそれを買うつもりである、さらにエンジェルがその文書に関わりがあるのを知っている、自と一息に言った。エンジェルによると、彼はぽかんとなったそうよ。だってバルバラはマルガリータの形見の話をしていたからよ。ジュリア、わかる？　とエンジェルは驚いた表情でわたしに尋ね、わたしは驚きの仕草で答えた。もちろんすぐにバルバラが握っている情報はレオナルドから得たものだというのは気づいたさ、ほかに誰がいる？　そのレオナルドがバルバラに命じてぼくを追いかけさせたのかと思った。だってレオナルドはぼくがその文書の所有者だと思い込み、何度となく奴のくだらない小説に必要だと言っていたからね。最初はとても不快だった、とエンジェルは言った。マルガリータの物に触れる権利は誰にもないし、海のものとも山のものともつかないイタリア女にはなおさらさ。しかしエンジェルは夜になって祖母の家の中庭で、何もかもが、文字どおり何もかもがクソったれだと思いはじめた。ユークリッドは娘から文書を奪っていた。レオナルドは文書を下敷きにして小説を書こうとしていた。バルバラは文書を買おうとしていた。そしてエンジェルはマルガリータに文書を送ろうとしていた。一体なんのために、なんのためにぼくはマルガリータに送らないといけないんだ？　なんの意味もない。エンジェルは自問して自答した。なんの意味もない。だからあの夜、祖母の家の中庭で思ったのさ、バルバラがレオナルドに渡すのであれ、違う目的であれ、文書を欲しがっていることと自分は無関係だとね。で、マルガリータなんてどうでもいい、ぼくたちで文書を取り戻し、バルバラに売って、ひどい状況を生き延びようって決めた。

　ぼくたち。エンジェルは「ぼくたち」と言ったので、わたしはまた口を挟んだ。ぼくたちというのは複数形で、ということはわたしも含まれている。ただわたしはエンジェルから計画を聞いていなかったし、依然として形見を取り戻して「さようなら」という言葉とともに封筒でブラジルに送りつけるあの空想話、あのたわいもない話が続いていると思っていた。エンジェルは微笑んでうつむくと、そのとおり、ぼくはきみに何も言ってないと言った。でもそれは忘れたり虫の知らせがあったりしたからじゃない。ぼくが決めたんだ。きみに言わなかったのは、ダメージを修復したかったからだ。幸いダメージには至らなかったんだけれど、それでも修復しないといけないと思って。ジュリア、まだきみには知らないことがあるんだよ、とエンジェルは言い、わたしは震え上がった。

サンパウロに行ったとき、エンジェルはマルガリータとやり直し、向こうで彼女と暮らすつもりだった。しかしわたしが知っているとおり、マルガリータには別の計画があった。マルガリータは過去のこと――エンジェルの言い方を借りれば夫婦間に起きた馬鹿ばかしいこと――が原因で、とげとげしい態度でエンジェルに接し、別の口論がはじまり、そこで形見の話題が再燃した。エンジェルは当然形見のことを知っていたが、『グランマ』紙でメウッチの発明についての記事を読むまで文書の価値は知らなかった。価値を知ったときエンジェルは、妻マルガリータが所有する文書に言及し、二人で売って金儲けしたらいいじゃないかというまたとない考えを思いついた。形見のなかでその紙片だけは、本当に家族の歴史にかかわるものではなかったので、だったらなんでそれを売って金儲けしないのか？　というわけだ。マルガリータはその申し出を侮辱と受け止め、それを境にエンジェルを、一族の形見を売って金儲けしようとしている男だと責めるようになった。だからサンパウロでその話題が再燃したとき、マルガリータは同じ言い方を繰り返したあと、形見はあなたのようにさもしくて打算的な父に盗まれたのだ、とエンジェルに言った。そのときエンジェルは、自分がそんな妻の言うような下劣な人間ではないことを証明することの方が重要になった。そもそも文書で得られるわずかな金よりもそっちの方がよほど大切だった。だからエンジェルは、形見を取り戻してきみに送ることにするよ、と言った。マルガリータは到底信じられなかったが、エンジェルはそれを目的にハバナに戻ったのだった。もちろんハバナに戻ったところで、ユークリッドに近づく方法などなかった。そもそもほとんど口を聞いたことがなかったので時間ばかりが過ぎていった。そしてついにある日がやってくる……。

ある日のこと、エンジェルは偶然わたしと知り合うことになり、その後、わたしがユークリッドと歩いているところを見つけ、ユークリッドおよび形見に近づくための接点がわたしになるかもしれないと思ったのだ。だからエンジェルは最初わたしに近づいたのだった。だからすべてが始まったのだった。とそこで、わたしは混乱して視界が灰色になって濁ってきた。またも白黒の、またも目の前で突然映画が入れ替わるような気分。もう一度首をひねって殺したくなる気分。もちろんそうはしなかったけれど、彼を見ずに目を閉じた。彼の息遣いとときれときれの声が聞こえた。あの最初の勢いのおかげでぼくたちは知り合えたけれど、そのあと何もかもが変わっていったんだ。本当に何もかもがね。きみは欲しいものに近づくための接点だったけれど、気がつかないうちにきみこそが欲しいものに変わっていったんだ。エンジェルはわたしを愛するようになり、最初の接近が打算的なものだったことが原因で居心地の悪さを感じるようになった。それは結果的には本当のダメージにはならなかったけれども、エンジェルは埋め合わせておきたいと思い、それゆえにわたしには伝えずに、マルガリータを忘れるということと、バルバラに文書を売るということの二つを決めたのだった。本心を言えばね、とエンジェルは付け加えて言った。マルガリータとの過去を形見を送って終えるという風にできないことは心が痛む。それにマルガリータが経済状況がひどい状態というので国を出たことにも心が痛む。母も政治状況に息がつまると言って出て行ったし、妹が出て行きたがっているのもやっぱり辛い。何十年もきちんと保管していた紙っぺらの目に見えない価値が金銭的な価値に変わるのも胸が痛む。でもぼくたちは一九九三年のハバナにいるのだからしょうがないんだ、ぼくも人生を変えないといけない。きみに何かを差し出したい、きみを失いたくないんだよ。ジュリア、きみは出て行かないよね、とエンジェルはまたも潤んだ目でわたしを見た。わたしは涙を飲み込んで話そうとしたが、エンジェルは話を終わらせさせてくれと言った。あの晩、祖母の家の中庭でエンジェルはわたしの助けを借りて文書を取り戻すことに決めた。そしてわたしと二人でバルバラに文書を売ってその金をダヤニとわたしたちで分ける。わたしが望むなら彼と一緒に暮らす。そしてエンジェルは気持ちの上では形見としてマルガリータに送り届けたことにする。それが計画だった。でもその後に間違いがあったんだ。

文書を手に入れたら売るとバルバラに伝えると、彼女はご満悦で取り決めをお祝いしようと提案した。ラム酒があった。たくさんの、多すぎるほどのラム。飲みすぎて、最後はベッドだった。それが失敗だったんだ、とエンジェルはもう一度言った。というのはそれを境にことは別の方向に進んだからだ。バルバラの関心はもう文書だけにとどまっていなかった。エンジェルは自分が彼女に突然冷たくすれば、文書を買うという考えを変えるかもしれないと怖くなった。過ちだった、それはわかっている。でもどうやってそこから逃げ出せばいいのかわからなかった。文書を売るしか解決方法はない。そのどうでもいい紙っぺらがあれば人生を切り抜けられる。ぼくはきみが好きだから、心から誓って言うけれどきみのことを心底愛している、バルバラがきみに何を言ったのか知らないけれど、ぼくを信じて欲しい。これがぼくの本心だ、ジュリア、嘘をついているとしたらそれはバルバラ、政府だ。連中は嘘をついている。狂人のような目つきでわたしの腕に手を載せてエンジェルは言った。

どんな気持ちがしたか想像できる？　ほんの少し前にエンジェルはわたしをユークリッドに至るために利用したと、そしてわたしと一緒に暮らしたいと言っていた。でもどうしようもなくてバルバラと寝たとも言っていた。わかる？　飛びかかってキスしたいのか、それとも殴りつけたいのかわからなかった。エンジェルはいつもわたしを混乱に追い込んだ。最初からわたしを混乱させてばかりだった。わたしは何度も自問していた。エンジェルへの想いは本当のものなのか、それとも国の状況や彼が一人暮らしの男であること、ベダードにアパートを持っていること、わたし自身の挫折感、何かにしがみつきたいという気持ちが罠となって生まれた想いなのか。そうじゃない。いつも最終的な答えはノーだった。わたしのエンジェルへの想いはこれまで知っている何にも似ていなかった。わかってくれるかしら？　世の中には不思議な印象を、低いところから、自然発生的、本能的に植え付ける人がいる。よくこういうことがあったのだけれど、わたしはエンジェルが話すのを見ていて、何を言っているのかほとんど追えていなかった。実際には聞いていないからで、わたしはただ彼を見つめているだけ、唇の動きや顔が作る表情、髪、目つきを見ている。すると気づくのは自分がエンジェルの話は少しもわかっていなくて、それはわたしの関心ごとではないということ。彼を見つめるのは別の方へ逃避しているような、まるで急に映画の音が切られ、主人公が口を動かしているのを見ているような、映画から全員消えてしまって、そこには主人公とその人を見つめているわたしだけがいるような感じだった。それにエンジェルにはわたしに触れる悪い癖があった。もっぱら言っていることを強調するかのように、手を肩や腕、前腕、手に載せてくるのだ。でもそれがあるとわたしの体全体が震え始める。触れられた皮膚の一部に始まり、体全体に広がっていく一連の反応で、わたしは汗を掻くこともあった。心臓がどきどきして震えも感じ、鳥肌が立って、湿り気、よくわからないけれど、湿り気も感じた。確かめられないけれど、彼の皮膚と触れ合うだけで、わたしの肉は革命を起こして動物のように猛り狂う。エンジェルの体が送る周波数とわたしの周波数が響き合っているようだった。わかる？　あるシステムは反響すると壊れるときがあって、わたしはそんな感じだった。彼の前のわたしはくたくたでぼろぼろだった。

あの午後、エンジェルが話し終わったときのわたしもそういう状態だった。わたしは深く息をついたのを覚えている。エンジェルを見たくなかった。見たらどんなことでも起きてしまいそうだった。レオナルドとのフラットな関係のおかげで持っていたあらゆるエネルギーはその瞬間に溶解したか、公園を駆け抜けて遠くへ行ってしまった。エンジェルは反応を期待してわたしを見つめていたのを知っている。言葉でも平手打ちでも抱擁でも怒鳴り声でもいい、わたしが生きていることを証明する何かだ。でもわたしはあまりに混乱していたので筋の通った話をすることはできなさそうだった。アルバート・アインシュタインの台詞にわたしが大好きなのがある。「違う結果が欲しいなら、いつもと同じことをしていてはだめだ」。わたしの場合、同じこととは一緒に考えたり質問をしたり理解したりしようとすることだろう。でもあのとき、そういうことは何の意味もなかった。わたしはもう一度息をついて立ち上がり、別の日に会ったほうがいいわ、でも心配しないで、ちょっと一人で歩きたいの、また電話するわ、ええ、でもまず一息つきたいの、と言った。一人で。エンジェルは立ち上がり、わたしの前に立ちはだかった。エンジェルの顔を見た。目はまだ潤んでいて悲しそうな表情だった。きみを愛している、と繰り返した。わたしもあなたが好きよ、と言ってわたしは立ち去った。

17

クラシック音楽のことはほとんど知らない。題名は知らないけれど、聞き覚えのあるメロディーがいくつかあるぐらいかしら。ベートーヴェンの交響曲第五番のような有名な曲はわかる、でも絶対に忘れない曲が一つある。わたしとこの島のものすごく多くの人の幼少期と切っても切れない曲。小さい頃に見ていたソ連のアニメ音楽がラフマニノフのピアノ協奏曲第二番を使っていた。欲張りな子豚の貯金箱が出てきて、自分よりも大きなコインを飲み込もうとして割れてしまうのだけれど、そのあいだ人形が虹を見つめていて、バックでラフマニノフのピアノが流れる。その調和が素晴らしいの。知ってる？　公園での会話の翌日、ユークリッドの家にうなだれて着いたあの午後、ＣＭＢＦ放送局から流れていたのはその曲だった。

　ユークリッドはラジオを聴きながら自室で扇風機を修理中で、わたしの顔を見ると、何があったのかを知りたがったが、わたしは話したくなかった。正直、わたしはすっかり気分が落ち込んでいたのだが、音楽がとても素晴らしかったので、少し横になりたいと言った。疲れていたのだ。ユークリッドは妙だと思ったようだが応じ、わたしは彼のベッドで目を閉じて体を伸ばし、ラフマニノフに耳を傾けた。

エンジェルは文字どおり、わたしを崩壊させた。わたしには計画、構想があったのだが、そのゲームにバルバラが登場して小さな効果を次々に与え、たちまちわたしの世界はひっくり返されてしまった。しっかりとした目的に感情を混ぜ合わせると無茶苦茶になってしまうのは知っているけれど、それがしばしば避けられないことも知っている。

どうすれば？　手元には山ほどのカードが積み上がっていて、わたしは整理しなければならないけれど、矛盾する箇所がいくつかある。いや、正直に言えばたくさんある。その時点でユークリッドとレオナルドとエンジェル、それぞれから得た情報が積み上がっていた。全員、形見の話では一致していたが、問題は誰が文書の所有者かという点にあった。レオナルドはユークリッドが所有していない、とわたしを説得することに成功したが、エンジェルの最初の接近がユークリッドに近づく意図によるものであるのを知った後では、またわからない地点に戻ってきてしまう。エンジェルが文書を所有しているのであれば、そして言ったとおりわたしを愛していると誓うのであれば、バルバラとの関係は、文書を売ろうという意図が実を結んだものだ。だったらなぜエンジェルはユークリッドが持っていると主張するのか？　すでにわたしは最悪のことを知っていた。エンジェルはバルバラと寝ているのだ。だったらなぜ芝居を続けるつもりなのか？　なんのために？

何もかもに偶然と計略が混じり合っていた。通りでのユークリッドとエンジェルとの出会い。エンジェルの接近。バルバラの登場。レオナルドの朗読会への招待。この段階になってみると、一体どれが本当に偶然でどれが計画されたものなのかわからなかった。さらに三人の告白の中で特に頭を悩ませる点が一つあった。マルガリータだ。彼女はゲーム盤の下で動く手のようだ。ユークリッドによれば、マルガリータはレオナルドが文書の所有者だと発言し、レオナルドによれば、彼女はエンジェルが所有者だと発言し、エンジェルによれば、彼女はユークリッドが所有者だと発言している。見事に円環が閉じる。三人が本当のことを言っている場合、マルガリータは迷宮を作り上げたデミウルゴスになって、わたしたちは迷宮の中で動き回っているのだった。その間、彼女はここから数千キロも離れているにもかかわらず。わたしにはさっぱり合理的な説明がつかず、それってわたしにとって死ぬほど辛いのを知っているわよね。方向を失うと絶望的になる。だってわたしには感知できなくても、あらゆることには論理があるのだから。説明の筋道は、たとえ予測できないことであっても常に存在する。

決定論者によれば、宇宙はすべて自然の法則と原因－結果の鎖によって支配されている。宇宙のすべてであって、そこには人間の考えや行動までも含まれている。したがって偶然というのは存在しない。このことは、状況Aがあって、そのAから状況Bに至る過程を支配する法則があることを知っていれば、状況Bはすべて予言可能であることを意味する。もしわたしたちに予言が不可能だとすれば、それはただ単にその過程を支配する法則を知らないだけのことだ。状況を説明不可能にしているのは偶然ではなくて無知である。決定論者はそのように言う。

しかしカオス論によれば、宇宙は秩序と無秩序の混ぜ合わせによって支配されている。つまり宇宙は必ずしも予見可能で明確なモデルに追従しているわけではない。太陽の周囲をめぐる地球の軌道のように、かなり予見可能な振る舞いをするシステムがいくつかあって、その結果それらは安定的とみなされる。でもそういうのは少数で、実は自然界には不安定なシステムが山ほどあって、その振る舞いは混沌としていて、そのシステムの内部では、目に見えるはっきりとした原因なしに無秩序な動きをしばしば示す。例えば天気のことを考えて。数日先の天気を正確に知ることは事実上不可能よ。これらのまったく予見不可能な不安定さは、その現象を生む法則について知識があれば制御できるというのではない。わたしたちが理解できない現象を無秩序と呼ぶのは観察者の無知ではないの。無秩序というのは存在していて、なんの理由もなしに思いがけないときに姿をあらわすのよ。なぜ？　というのは不確実な状況が山ほどあって、地球のどこかで小さな変化が起きただけでも、その反対側ではその後に大きな結果を引き起こしかねないから。それが「バタフライ効果」と呼ばれているものなの。遠くで蝶が羽ばたいただけでも、しばらくたって別のところでハリケーンになるかもしれない。

そういうことが起きていた。マルガリータは何年も前に飛び回った蝶で、それがハリケーンとなって、いまわたしたち全員を沈めていた。「海がきれいだね、風が」のマルガリータ、蝶のマルガリータ、憎ったらしいマルガリータ。

なぜマルガリータ効果の中に入りこんでいるのかしら？　突然考えがひらめいた。前にも言ったけど、予期できないことであっても説明する筋道というのは常に存在する。だからわたしは、誓って言うけれど、二足す二は四だっていうのが必要というのではない、いいの、正確な科学よりも不正確なものはないわ。信じて、バートランド・ラッセルは数学のことを何が話されているのかがわからない科目とみなしたそうよ、わたしたちが言っていることが確かかどうかすらね。だから想像してよ。わたしはそのとき、収支計算がぴったり合っているというのを望んでいたわけではないし、いまも望んでいない。ただ方向を失いたくなかった、起きている事態をどうにか説明する方法を見つけたかった。そのためにはカオス理論がぴったりだったの、というのはね、あの午後気づいたのだけれど、それが、わたしたちの周囲に起きていることを解釈できる唯一の理論だったからよ。エンジェルがバルバラと寝たのも、わたしがレオナルドとそうしたのも、ユークリッドが嘘をついているのも、ダヤニが国を出たいのも、わたしが居間で寝ているのも、マルガリータが遠くからわたしたちを弄んでいるのも、みんな揃ってメウッチに取り憑かれているのも、何もかもカオスのあらわれにすぎなかった。マルガリータはかつて羽を小さく動かした一匹の蝶、すでにカオス的に振る舞っていたシステムに由来するもう一つの無秩序にすぎなかった。キューバはカオス的な時代にある国だった。一匹の蝶が羽ばたいて大西洋の向こう側で美しいベルリンの壁を壊し、少しずつその影響が世界のこちら側、この不安定なシステムの島にも姿をあらわしてきた。わかる？

カオス論を使えば説明がうまくいくわ、世界は循環によって支配されている。秩序の次には無秩序がきて、その繰り返し。何かが移り変わるためには一定の不安定が必要とされ、無秩序、あるいはカオス的な期間にこそ、システムの変更は起きるのよ。わたしの話についてきてる？いい、カオスは漸進性がある。一見何でもない小さな出来事がときどき起きていて、わたしたちは気づきもしない。でも時間が経つとその影響が広がってきて目立つようになる。こんな風にカオス的に展開するシステムは周囲の影響に次第に過敏になっていく。つまりシステムの外で起きていることが振る舞いに影響を及ぼしてくる。ベルリンの壁が崩壊してキューバは島中が危機に陥った。このことはキューバが不安定な国であることを証明している。わたしたちの経済発展に鑑みて、それを示すのは難しくない。

ここまででわかるのは、一方でカオスは漸進性があることと、もう一方で外的な影響は徐々に強まるということで、ここまでくるとわたしたちは限界に達する。もちろんよ、コップに水がいっぱいになって、分岐点と呼ぶ場所に至る。ポキッ、ガタン、ボコッ、ドスーン。そこに至ると、システム——どんな風に呼んでもいいのだけれど——は変わる、展開する。ここからは二つの可能性がある。一つめは混乱以前の均衡状態に戻ろうとする。それは、生成しつつある変化をなだめたり修正したりして行なわれる。二つめはカオスに主導権を握られて、カオスそれ自体が秩序を取り戻し、状況を変更し始める。こうして新たな構造が建てられ、生まれる。このことは、言って良ければ、必ずしも好ましい状態に至るというのではない。ただ単に以前のシステム——と呼んでもいいのだけれど——とは異なる新しい構造が再構成される。わかる？

こういったことを考慮してわたしは、キューバが比較的身近な過去に二つの分岐点を迎えていたという結論に至った。最初の分岐点は一九五九年である。国が体験していたカオスそのものが革命を引き起こして支配体制を変更した。そして二十年をかけて少しずつ、修正や粛清や平等主義的な法律や社会意識の変更を通じ、新しい体制、要するにこれまでの社会とはまったく異なる価値観の新しい社会を打ち立てていった。その社会でわたしは育った。二つめの分岐点は社会主義体制の終わりが始まった一九八九年だ。わたしたちの世界は再び変更を開始した。そのとき政府はキューバを八九年よりも前の均衡状態に戻すことを試みたが、それは不可能だった。ベルリンで蝶が羽ばたいたとなっては、ハリケーンは不可避だった。カオスはゆっくりゆっくり進んでわたしたちを包み込みながら価値観を変え、均衡を崩していった。わかってくれるかしら。一九八七年に卵はありきたりすぎるくらいの物だったけれど、一九九三年にはひと月に四個の卵しか入手できなかった。八九年以前には大学を出たりエンジニアであったりすることは長所であり誇りだったけれど、九三年以降はドル払いの店やガソリンスタンドの店員がそうなった。八九年よりも前ならユークリッドがわたしをホテル・ハバナ・リブレのラス・カニータスに招待することは妻との揉めごとの種になったけれど、九三年ならそういうことは起きなかっただろう。というのはユークリッドであれ、わたしであれ、またこの素晴らしい島に生まれた者なら誰であれ、ホテルへの立ち入りは禁止されていたからだ。わたしの言うことわかる？　一九八九年の分岐点は、すでに知っていたのとはまったく異なる別の価値観を持った新しい社会への道を開いた。その社会は九〇年代に建設が始まり、まだ生成しつつある。幸運にもある局面で当のカオスが秩序を生みつつあり、すでにわたしたちもホテルに入れるし、九〇年代初頭よりもいいものを食べられる。それを除けば相変わらず依然として、この一種のへりというか、決して終わりの来ない一時的な状態で漂流している。ただ一つはっきりしているのは、少なくともわたしにとっては、価値観は変わり、別の価値観が幅を利かせていることだ。小さい頃見ていたアニメ、欲張りな子豚の貯金箱が自分よりも大きなコインを飲み込もうとして割れてしまうエピソード、そのあいだ人形は虹を眺め、バックにラフマニノフのピアノが流れているのを話したわよね。いまなら、その子豚の貯金箱はコインをなんとかして飲み込むし、人形も虹を見ているのではなく、ラフマニノフのピアノを売ろうとする。もちろんラフマニノフは少し前に国を出て行った。新しい社会、新しい価値観。そういうことよ。どう思う？

こういう結論に到達したからといって、何かの解決に役立ったわけじゃないわ、ただ何もかもが、それこそ何もかもが、それ以前にはなかった首尾一貫した話になったから不安はおさまった。いい？　メウッチへのみんなの執着がはじまったのも八九年だった。それは彼の死からちょうど一〇〇年で、ユークリッドがわたしに話し、エンジェルもついこの前知っていると言った例の『グランマ』紙が記事を掲載したときだ。多くの資料を持っているレオナルドがその記事を見ずにいるわけがないと思っていたので聞いてはいなかったが、のちに彼の方からそれをわたしに言いに来て、マルガリータがメウッチ文書についてレオナルドに話したのは『グランマ』紙を用いてのことだったのを知った。ということは、一九八九年の分岐点のとき、レオナルドはメウッチの生涯を小説にしようと計画しているわけだ。しかも自分の友人が所有する文書の現物がその小説を傑作にしてくれるという愚かな幻想を抱いている。エンジェルは経済的な困難がやって来るのを予見して、自分の妻に文書の売却を提案する。一方、すでに自分の娘の所有物である文書に関心を寄せていたユークリッドはその記事が他の人の関心を呼びかねないと心配になってくる。一九八九年を境に事態は動きはじめ、いまのわたしたちがいる。

その午後、ラフマニノフの音楽がいつ終わったのか気づかなかったけれど、目を開けると物音ひとつない静けさの部屋にはわたししかいなかった。うたた寝をしてしまった。当たり前だ、心配ごとがあるといつもなかなか寝付けないので前夜は家の居間をうろうろしていたのだった。ピアノ音楽と考えごとが混じり合い、ユークリッドがいつ出て行ったのか気づかなかった。ベッドに腰掛けて周囲を見回したのを覚えている。どのくらいの時間がたったのかわからなかったけれど、ユークリッドは部屋にわたし一人を残して出て行った。何日か前の、ユークリッドが形見を所有しているとまだ信じていたときならまたとない機会だっただろうが、そのときは可笑しくて仕方なかった。ユークリッドが何を持っているというの？　わたしの書いた大したことのない論文を盗用して小銭を稼ぐことができるなら、電話の発明をめぐるあの本物の文書を所有していたら行動をしないわけがないじゃない？　とっくに有名人よ。違う？　気さくに話しかけられないわ。

そうよ。ユークリッド、わたしの恩師は何も持ってない。エンジェルの解釈は次第に枯れて葉を落としていき、その様子はまるで花がしおれ、落ちていく花びら一枚一枚がエンジェルの発言とは逆のことを言う紙片に変身していくようだった。これほどわかりやすい物質の変容過程を見たことがなかった。エンジェルにとってメウッチがどうでもいい存在だったのは事実で、また、文書自体もどうでもよかった。文書を所有することは目的ではなく、もっと必要な何かを手に入れるためのただの手続きに過ぎなかった。それゆえに、エンジェルの解釈という落ち葉は彼の発言とは逆のことを言う紙片に変身していったのだ。次第にわたしに見えてきたのは、つまり明らかになったのは、レオナルドが言ったこと、エンジェルが文書を所有していると言ったことだ。そもそもマルガリータがエンジェルのところに探しに戻ろうとしたことを思えば、文書がエンジェルのところにあるのは十分にありそうだった。しかし実際にはマルガリータは戻らなかったので、ということは、エンジェルはマルガリータがしまった場所から動かしていない。エンジェルは、例のビデオの見知らぬ女性の人生の管理者になったのと同じように、マルガリータの形見の管理者になったわけだ。エンジェルと彼の物語。はっきりしているのは、レオナルドが強く求めたのにもかかわらず、エンジェルは当初文書を売る気がなかったことだ。エンジェルはわたしに、文書を持っていたとしてもレオナルドに渡す気はないと言っていた。そのとおり、エンジェルは形見を保管しておきたかったのだ。

きみはわたしを愚かな女だと思うかもしれないけれど、エンジェルがバルバラと寝ていることを知っていながらもわたしは公園で彼が言ったこと、わたしを愛しているという彼の言葉を信じていた。わたしのことを愛していないなら何もかもエンジェルには容易だった。バルバラと付き合って文書を売ればいい、わたしに言いわけをする理由なんてない。でもレオナルドが言っていたようにエンジェルはわたしを失いたくないのだ。それは事実だった。だからわたしはエンジェルを信じたし、それ以外のことも全部、マルガリータともう一度やり直そうとしたこと、彼女にとっていい思い出となるように形見を戻すという美しい物語のこと、わたしを愛しているということ、バルバラが買う目的で現れたら文書を売るという決心も信じた。それを全部信じたし、エンジェルが打ち明けていないこと、つまり自分の身を守り、レオナルドが言ったようにわたしの王子様になってわたしから尊敬を勝ち得るために文書を所有していることも信じた。

わたしの問題が何かわかる？　わたしには、どんなことにもつきものとは言え、見方次第では大問題があった。何年も前に読んだSF小説の一節にこういうのがあった。「岸にいればボートが動き、ボートにいれば岸が動く」。すべては相対的だ。違う？　もう一度アインシュタインに登場願おう。わたしの問題は、家族にまつわるトラウマがないことだ。わたしは幸福な幼年時代を送った。誰からも捨てられなかったし、みんなわたしを愛してくれた。父も母も、継母も継父もいる。みんな一緒に大騒ぎ、幸せなの。みんなわたしを愛しているし、愛しあっている。わたしだって、兄だって、継母の娘だって愛してくれた。気持ち悪いくらい。本当よ。これ以上にないハーモニー。そのうえ、わたしは大した問題もなく育った。それはそうよ。だって人は愛し合っていればそれ以外のことは我慢できる。水や電気がなくても、ゴキブリがいても誰かがくだらないことで不快になっていても気にならないというわけ。人は愛し合っていれば何もかもがすいすい進む。やれやれわたしの両親はひどいことをしてくれたわね。こういう環境で育つと、案外、人は相当なレベルにまできちんとした存在になるから、実は本当の問題かもしれない。何といえばいいかしら。とても感じやすい人にするけれど、同時にとても公正な人にもする。わたしは他人が苦しんでるのを見ると心が締め付けられる思いがする。愛情が足りずに育ったエンジェルを思うと心が締め付けられた。というのは、忘れないで、エンジェルは二重の意味で見捨てられ、妹が国外に出て行ってしまうのではないかとびくびくしていたのよ。そういうこともあったから、エンジェルの言うことは信じたし、文書のことを隠しているのも理解できた。それが結局彼が言った唯一の嘘だったから。一方、わたしはどうしたかったのかというと、彼と一緒にいること、一緒に暮らすこと、それをエンジェルは提案したばかりだった。それ以上にわたしの望むことってあるかしら？ない。何も欲しくなかった。わがエンジェルの気持ちがわかり、それゆえ彼を失う覚悟はできていなかった。といってもわかるからといって許すわけではない。わかるというのはつまりこういうことだ――バルバラはキューバに永遠にいるわけではないのだから、エンジェルには少し時間を与える。気持ちはわかるし別れるつもりがないと言う。許さないというのはつまりこういうことだ――レオナルドの計画には引き続きしたがう。バルバラをユークリッドの方に向かわせ、わたしはエンジェルから文書を奪ってレオナルドに渡す。これが公正だ？　違う？

そんな顔しないで。バルバラとエンジェルを共有するなんて最悪だったけれど、彼とは別れたくなかったし、また、彼だって報いを受けるべきだった。わたしは感受性が強いというのもあるし、公正を求めるタイプでもある。人をあんな方法で傷つけてはいけない。ああいうことはわたしは我慢できない。例えばついさっき、ハバナ工科大学をやめるに至った話をしたけれど、それはトイレに生徒が二人入ってきて、わたしがセックスをしていないから機嫌が悪いとも言ったときだった。覚えてる？　わたしはそれにものすごく深く傷ついた。それでわたしが何もしないでいられたと思う？　もちろん違う。公正じゃない、だから何かをしないといけなかった。あの二人の生徒はその年のテストを一つも合格しなかった。成績の良い子ではなかったから、そのせいでもあったけれど、要するにあの子たちに原因があり、あとは数学ができなかったからよ。二人とも八月の世界陸上のときは、他の子が休みだというのに勉強する羽目になった。片方は翌年合格したけれど、もう片方は大学をやめざるを得なかった。でもわたしは二人にとっていい教訓になったのを知っている、だってわたしは黙っていられなくて、二人が世界陸上の前に授業に来たとき、教員の性生活について口を叩くくらいならちゃんと勉強した方がいいと二人に勧めておいたのだから。きみにはそう見えないかもしれないけれど、それが公正に振る舞うということで、エンジェルが相手でも同じだ。エンジェルの気持ちはわかるけれど、だからと言って腕を組んで黙ってはいられない、何かをしなければならない。わたしたちはカオスの中を生きていた。そうでしょう？　バルバラはエンジェルの振る舞いに影響を与えた外的な要素で、わたしは新しいハリケーンを引き起こす蝶になりたかった。

ユークリッドは部屋に戻ったとき、ランプを持っていて、少し前に停電になったのだが、母がケロシン・コンロで料理をしたからわたしも食べていいと言った。わたしが応じるとユークリッドはわたしの隣にきて何があったのかを聞いた。彼の顔が薄闇に照らされているのを見て、とてつもないほどの愛情を感じたけれど、彼が文書の持ち主でないことは公正、まったく公正だと思ったのを覚えている。ユークリッドも嘘をついていたので、その報いを受けるべきだった。違う？　文書を所有するに値する人間がいるとすれば、それはレオナルドだ、なぜなら彼は小説を使って忘れられたメウッチに対して正義をなそうとしているのだから。その点でマルガリータとわたしは意見が一致していた。もう後戻りはできない、カオスは進み続けなければならない。お嬢さんの写真を見せてよ、とユークリッドに言うと、とても奇妙だという表情でわたしを見たのを覚えている。マルガリータの顔を見たのは初めてだった。マルガリータ、素晴らしいお姫様、とっても可愛くて、本当に可愛くて、まるできみみたい。

18

そして事態は加速し始めた。そのすぐ翌日だったと思うけれど、レオナルドがわたしの職場に電話をかけてきて、バルバラと話したと言った。取り決めどおり、レオナルドはバルバラに、エンジェルは文書を所有していないと言った。レオナルドにとって話をでっち上げるのは十八番だったのね、ブラジルのマルガリータから電話をもらったとバルバラに言い、かわいそうに酔っ払ってさ、国を出た奴ならほとんど誰でも経験するノスタルジーに襲われたんだ、で、マルガリータは電話を取って一番の友人であるおれにかけてきたわけだ、そしてその会話で、メウッチの文書を所有しているのはマルガリータの父親であるという話になった、とバルバラに言った。レオナルドの感触によれば、バルバラにその話を信じない理由はなかった、エンジェルのことを信じたのだから、ユークリッドのことを信じて当然だろう？　じっさいバルバラはその話を信じ、不安になりだした。というのはレオナルドもバルバラもそのマルガリータの父親というのが誰なのかを知らなかったからだ。レオナルドの神技が冴えたのはそのときよ、彼は、ユークリッドと親しい友人といえばジュリアである、つまりあらゆる手を尽くしてジュリアと仲良くならなければならないとバルバラに言ったの。とたんにバルバラにとってエンジェルはさほど気になる存在ではなくなった。レオナルドによれば、バルバラは少し考え込んでいるようだったので、エンジェルと寝たことを告げようとしているのではないかと思ったけれど、そうではなかったそうよ、バルバラは秘密をしっかりと守り、そういうことであればエンジェルはもうさほど重要ではなく、むしろわたしが重要人物であるという結論になったというわけ。どうだ！　とレオナルドは電話口で叫び声をあげたので、わたしはその声を校長に聞かれ、メウッチの発明品を使う権利を取り下げられるのではないかと怖くなったが、幸い聞かれずに済み、それればかりか驚いたことにわたしが電話を切ると、校長は近くに住んでいる仕立て屋のところに行って洋服を試着してくるので、そのあいだ校長室に残ってくれないかと尋ねてきた。電話と一緒に過ごすというのはそのころのわたしに最も必要なことだったので、快くその申し出を受け入れた。

レオナルドとは日曜日にわたしが彼の家を訪ね、計画の進行状況を確かめることにした。できるだけ素早く行動しなければならないという点でわたしたちは意見が一致した。エンジェルがまだバルバラに文書を見せていないのは、そう簡単には売れないことを教えるのと値段を釣り上げるのが目的だが、バルバラのキューバ滞在日数は日ごとに減っており、エンジェルが売らずじまいでバルバラを帰すことはないだろう。それゆえにわたしたちは直ちに動かねばならない。校長が仕立て屋の家に着くところを想像しながら、わたしはバルバラの電話番号を回した。

電話に出たバルバラはわたしの声を聞いてとても喜んでいたので、わたしは最近どう？　エンジェルとはどう？　と聞いた。とはいえ答えを聞く気はなかったので受話器を耳から外したのに、バルバラが、エンジェルをものにするためならどんなことでもするつもりだが、その週末は妹が来るのでエンジェルからは会えないと伝えられて心配だと言っているのが聞こえてきた。ねえジュリア、本当かしら？　と聞いてきたので、わたしは受話器のスピーカーにあいた小さな穴に手を突っ込んで向こう側に出し、親指のところで中指を丸めて止めて勢いをつけ、バルバラの鼻先をピンと一発弾いてやりたかった。そうはせずに、きっと本当よ、妹はときどき彼の家に泊まるからそんなに心配しなくていいからほかのことを聞かせて、どう、ほら、キューバ文学についての構想があったじゃない、とわたしは言った。バルバラの構想に本当は興味はなかったのだが、それはいい呼び水になった。バルバラはあれこれとしゃべってくれたので、わたしは知り合いに若手作家がいるのだけれど、きっとあなたなら関心を持つはずよ、と言い、こう結んだ。わたしの親友ユークリッドの息子なの。それを聞いたバルバラはほんの一瞬沈黙し、そして言った。あら。するとバルバラは、その息子さんは本を出したことがあるのかと聞くので、率直に言うけどないと思う、まだとても若くて、二十歳そこそこよ。だったら面白い、その世代のこと知りたいわ、と誰が聞いても疑わないような熱心さでバルバラは言い切った。わたしは電話のこちら側でほくそ笑んでいた。「ユークリッド」という魔法の言葉が機能したからだ。今度の土曜にその友人に会う予定だと言い、もちろんもう一度その名前を口に出し、もしあなたさえよければ一緒に彼の家に行ってもいいわ、息子さんもよく来るし、それにときどき友人の作家を連れてくるのよ。ねえきみに誓ってもいいけれど、バルバラったら九〇年代の作家たちを発見するクリストファー・コロンブスになるつもりだった、つまりハバナの秘密の文壇の選りすぐりたちがいるドアが彼女に開かれたかのようだった。そんな風だったけれど、わたしは彼女の本当の興味がどこにあるのかを知っていたし、もちろんわたしの興味だってわかっていた。土曜日にコッペリアの角で落ち合うことにした。わたしは数学者グループの研究会のあとユークリッドと一緒に行くから、彼の家に行きましょう。わたしはさらに、ユークリッドが魅力的な人物であることを付け足すと、そうでしょうね、とバルバラは言った。

校長はまだ洋服の試着をしているのか、わたしは電話機のダイヤルの汚れを落として時間を潰した。あの黒い、年代物の電話で、ダイヤルの下に埃がたまっていて、心地よい呼び出し音を鳴らし、がっしりとして、誰かの頭を割るのに便利なタイプだ。そんなことを考えながらわたしの頭に叩き込まれている番号を回した。エンジェルが出ると言った。もしもし。

なんて言えばいいの？　わからない、わたしの馬鹿ばかしい恋愛話できみをこれ以上退屈させていられないけれど、エンジェルの声を聞くってなんて素晴らしいの。わたしがもしもしと言うと、彼は、ジュリア、会いたいけれど、でもいまはあまり話せない、ダヤニがいるんだ、と言った。仕事が終わったら家に寄れないか？　ええ、寄るわと言って電話を切った。洋服の仕上がりがどうだったのか知らないけれど、校長は満足した様子で戻ってきた。

その日にドアを開けたのはダヤニだった。初めてのときのように全身黒ずくめで顔は悲劇そのものだったけれど、愛想はかなりよかった。兄はシャワー中だと言いながら中に入れてくれた。二人でソファーに腰掛けた。ダヤニは足をソファーテーブルに載せて、流れていた音楽のビデオを見続けた。初めて会った時と同じようにミリタリーブーツを履いていることに気づいた。次の曲がはじまると、大きくため息をついてから、これはエクストリームという大好きなバンドで、大好きな曲「モア・ザン・ワーズ」で、大好きなヌーノ・ベッティンコートだと言った。キューバにこういう男がいないのが残念でならない、だからとにかく国を出たいのだ、と付け足した。わたしは正直何て答えてよいかわからなかった、そもそもダヤニはわたしを見てもいなかったので、わたしは画面を見つめた、長髪の男が二人いて、そのヌーノとやらは確かに美男子で、歌もよかった。わたしは似たような男を知っていた、例えばエンジェルだ。長髪で天使のような笑顔があった。わたしは似たような男たちがダヤニの兄と同じようなことができるかしらと思ったが、でもそういうことは、画面に映る男たちが、画面を相変わらず見つめ小声で歌っているダヤニに言うべきではなかった。牧歌的な風景はエンジェルの声に壊された。おい、ダヤニ、テーブルから足をおろせ。ダヤニがいやいや足をおろすと、わたしはエンジェルが見えるように振り返った。エンジェルは微笑んだ。わたしも半分だけ微笑んだ。ダヤニは画面の男たちと一緒に歌った。アイ・ラヴ・ユー。

ダヤニの兄は出かけよう、停電になるといけないから冷蔵庫のコンセントを外しておくように、足を載せるなら靴を脱げと言った。エンジェルは急いでいた。わたしは手を振ってダヤニに別れを告げ、急いで出た。わたしたちは話す必要があり、実際にそうした。歩いているあいだほとんど触れ合うこともなく話した。エンジェルはダヤニが週末エンジェルのアパートに泊まること、わたしからの電話を待っていたこと、そして概してなにごとにも絶望的な気分であること、というのはわたしを愛しているから、などと語った。あれやこれや語っていたが、わたしはすでに決めていたので、話の途中で口を挟み、バルバラにいつ文書を売って関係を切ることができると思っているのかを聞いた。エンジェルは驚いた表情でわたしを見つめ、それはきみ次第だよ、文書を見つけるのはきみだからね、と言った。ええそうよ、でもバルバラはいつ帰るの？　と聞くと、正確には知らない、間もなくだよ、それは間違いない、だからできるかぎり早くことを進めて、とっとと終わらせよう、と答えた。ドン・キホーテ公園に着いたのを覚えている、歩道は相変わらず人でいっぱいだったので、わたしは避けて銅像のそばの壁に腰掛けた。エンジェル、どうしたらあなたを信じられるかしら？　彼はわたしの両手をつかんでわたしを見つめ、わたしを溶かしてしまうあの口で言った。ぼくと結婚してくれないか。

　きみが聞いているとおり、エンジェルは結婚してくれとわたしに言ったの。あのバスを待つ人がいっぱいいるところ、すぐそばにはピーナッツ売りが座り、才知あふるる郷士が作る影の下で、エンジェルはわたしに結婚してくれないかと言い、わたしの足が固まって口も利けなかったのはあきらかだったのでエンジェルは話しを続けた。彼の愛する気持ちをわたしにわかってもらうにはほかに方法がないこと、バルバラとのことは仕方がなく、運命がわたしたちの前に差し出した絶好の機会であって逃がしてはいけないこと、あの文書はわたしたちやダヤニの人生を変える力があることを付け足した。さらに、わたしたちがたくましくなって、頭を働かせればこの危機を乗り越えられること、あとになったら何もかも笑えるようになること、というのはみんな一緒にいられるし、そして声を大きくして、ぼくは、ぼくはきみを愛しているから、と言い切った。周りを見回すとピーナッツ売りが間抜けな笑顔を浮かべてわたしたちを眺め、手に持っていたピーナッツ入りの円錐型の紙包みで乾杯するような仕草をして、「ピーナッツはどうですかあ！」と唱えながら立ち上がった。エンジェルをもう一度見た。見つめあった。エンジェルはすっかり頭がおかしい、でも非の打ち所がないほど美しいと思った。

　それまでにプロポーズされたことはなかったが、といってさほど気にしていたわけではない、実際ここでは人はわざわざ結婚などしない、くっついてそれだけ、その方が簡単だ。結婚すれば妥当な値段でビールをケースで買える権利が得られるし、それは当時贅沢なことだったけれど。離婚もさほど複雑ではないし、署名して翌日には別の人と結婚できる。実にシンプル。でも正直言うと、「ぼくと結婚してくれないか」と言う台詞はわたしのなかで多くのことを引っ掻き回すことになった、わからないけれど、ロマンチックな精神がむくりと起き上がり、バックにロベルト・カルロスの歌が流れているような。とても奇妙なことだけれど、突然わたしは長いウェディングベールをかぶり、バス停の人たちが「お二人さん、お幸せに！」と大声で叫び、ドン・キホーテがわたしたちを「夫と妻」だと宣言し、ピーナツ売りが宙にピーナツを放り投げていた。どう考えてもエンジェルはすっかり頭がおかしかったが、わたしも同じで、だからわたしは微笑んで言った。オーケー。エンジェルは聞いた。オーケーって何が？　わたしは結婚がオーケーだと言った。彼が本当にわたしと結婚したいというなら、わたしは賛成だった。エンジェルはぐっとわたしに近寄ってきて強く抱きしめ、耳元で愛しているとささやいた。わたしはこれ以上ないほど幸せだった、本当よ。ばかげているかもしれないけれど、その瞬間わたしの頭は真っ白になって、エンジェルからメウッチの文書を奪う計画も、持っていない振りをしている彼の嘘も、バルバラも、彼女がエンジェルを口説き落とそうとしていることも、レオナルドも彼の小説も全部忘れてしまった。ドン・キホーテ・デ・ラ・マンチャ像の足元にはエンジェルと彼の抱擁以外には何も存在していなかった。

その日はもう少しだけ二人で散歩したが、エンジェルは家に戻って落ち込んでいる妹の相手をしなければならなかった。その週末には会えないので、わたしから電話をかけることにして（そうするしかないのだから）、エンジェルが月曜日にダヤニから解放されたら結婚の手続きを始めることになった。あまりに幸せだったので、家に着くと大声で触れ回った、そうするにはたぶんまだ早すぎたけれども、正直言ってわたしだけが喜んでいるだけでは満足できず、分かち合う必要があった。母がキッチンから出てきて、どうしたのかと尋ねたのを覚えている。わたしは『お熱いのがお好き』のジャック・レモンのように踊り出し、繰り返し言った。結婚するの、結婚するの。兄と継父が奇妙な力に引き寄せられてくっついて、兄の方が誰とだと聞き、継父の方が誰でもいいからまずは家族に紹介しなければと言った。兄嫁は兄嫁らしく、秘密にしてたのよね、と笑いながら言った。わたしは踊りをやめずに、天使と結婚してベダードに住むのだと伝えた。次の反応は前とは違った。母は聞いた。ねえ、それどういうこと？　兄嫁は叫んだ。ベダードですって、まあ！　兄は眉を顰め、外国人と変なことになってなければいいが、と声を張り上げた。継父は今度は、とにかく一刻も早くその男を紹介するようにと言った。わたしは家族全員と、もちろん父にも紹介したが、それはしかるべきとき、それが必要になった時点のことで、身体を動かしたくて仕方がないほど幸せで踊ることしかできなかったあのときではない。これ以上言葉で説明してきみを疲れさせても意味ないわね。要するにわたしの幸せの極限は無限大に近づいていたということ。爆発よ。

翌日まで細かい問題は考えなかった。その日にバルバラと会う予定だったからで、彼女は邪魔者だった。エンジェルとわたしが愛し合っていること、結婚して一緒に暮らすこと、バルバラはその物語になんの影響力も及ぼさないこと、バルバラはゼロを掛けなければならない余り物なのだとぶちまけてやりたかった。そういうことを全部言ってやりたかったが、うまい方法ではなかったので、まずはエンジェルと話した方がいいと思った。プロポーズされた日にはバルバラの話はしなかったし、口の端にも上らなかった、当然だ。でも落ち着いて状況を話し合う必要があった。わたしとしてはバルバラを遠ざけておく必要が――ユークリッドの手に委ね、そこにとどまってもらって出発までわたしたちから距離をとって遠くにいてもらう必要が――あった。エンジェルは文書を所有し、彼がそれを自分のものにする。相続するのはイタリア人のバルバラではない。それは絶対にあってはならない。したがってその日にユークリッドに結婚の話はしないことにした。話してしまうと話題にのぼるだろう。ユークリッドはバルバラとは知り合いではないし、彼女の面前でその話を口に出すことに躊躇しないからだが、それは気まずい状況を作るし、場違いだ。

約束どおり、研究グループの集まりの後でユークリッドと一緒にバルバラとの待ち合わせ場所へ向かったが、その途中で手短に説明しておいた。バルバラはキューバ文学を調べているジャーナリストで、レオナルドを通じて知り合った。わたしがレオナルドと口に出すと、ユークリッドは目を見開いてわたしを見た。わたしは心配しないでと言って、ユークリッドを落ち着かせようとした。世界にはたくさんのイタリア人とたくさんの作家がいて、レオナルドとバルバラを近づけたのは間違いなく文学なの、バルバラはチチーと知り合いたい、だからいまバルバラと待ち合わせているわけ。経済危機のせいでキューバの出版状況は最低レベルまで切り詰められたから、出版物を通じて新しい作家と知り合うのが不可能になったので、バルバラは人づてで作家を探している。きっとバルバラ自身が考えをきちんと説明してくれるけれど、わたしはチチーにとって彼女と知り合うのはいいと思う、もしかするとチチーはイタリアで出版できるかもしれないし。ユークリッドは賛成だった。いずれにしても闇で食料を売っているよりも作家という栄誉ある仕事で金を稼ぐ方がずっといい。

バルバラはコッペリアの角で待っていて、いつものように、わたしたちが目に入るやいなや身体全体で微笑み、わたしに挨拶のキスを二度して、指を持ち上げてわたしの連れに向けながらユークリッドねと言い、同じように挨拶のキスを二度しようと彼に近づいた。ユークリッドは満足げにキスを受け、バルバラの胸元で目がとまるのは隠せなかった。

下心があってこの機会を作ったことは自分でもわかっているが、どのようなものであれ意味に常日な屈退のドッリクーユが会機のこ、てっあでのるすは在存のはういと会出いのある出会いの機会というのは存在するのであって、この機会がユークリッドの退屈な日常に差す眩しい陽光のようなものだったこともわかっている。だから要するにわたしは善を施したことがわかっていて、それでわたしは元気が出る。

その日、ユークリッドの老母はコーヒーを出してくれて、わたしたちはあれこれ話しながら、彼の息子＝作家を待っていた。バルバラは自分の構想を語り、キューバ文学の翻訳出版に興味を持っているいくつかのイタリアの出版社と連絡を取っていると言った。ヨーロッパの出版社はこの島が文化を生んでいることを知っていて、五九年より後に生まれた世代が何を語るのか、とりわけわたしたちが経験していたあの困難な時代に何を語るのかにとても興味を持っているのだと付け足した。つまり、キューバ人作家のために文学的市場を開くいい機会なのよ。ユークリッドは、他人の痛みを利用して懐を肥やす連中はいつだっている、と口にし、明らかにそのような状況の説明の仕方は気に入らないようだった。しかしバルバラは自分のことが言われているとは見なさずに、ユークリッドの方へ前かがみになって、それは見返りであること、自分が話した作家たちはみんなどこでもいいから出版したくてうずうずしている、自分はただの仲介者、発見して出版の機会を与えているに過ぎないと言い、微笑みを浮かべてこう結んだ。私はクリストファー・コロンブスで、スペイン王室ではないわ。ユークリッドも微笑んだが、その理由は、前かがみになったときのバルバラの胸元の光景が完璧だったからなのか、それともバルバラの意見が正しかったからなのかはわからない。いずれにしてもその日の夕方、二人は大いに微笑み、チチーが姿を見せないのでわたしたちが帰ろうとすると、バルバラは別の日に立ち寄ると言ってユークリッドと別れた。完璧。わたしの期待の船は順風満帆、速度をあげて進んでいた。コロンブスの船のように。

二人で出ると、バルバラは何もすることがないなら、わたしを個人レストラン（パラダール）に招待すると言った。ええ、もちろんわたしは応じたわ、そうしないわけがない。実際バルバラはハバナの街をよく知っていて、とても美味しいパラダールに連れて行ってくれて、最初のビールを飲んでわたしは笑ってしまった、だって考えて、わたしの好きな男と寝た女とテーブルをともにしているのよ。狂ってる。じゃない？　でもいいの、それは必要なことだった、おかげでエンジェルがダヤニと家にいるのが確かめられたし、バルバラがエンジェルに会いに行くことも避けられたし、それに美味しい食事でわたしの身体は栄養を補給した。

パラダールで会話できたのは、予期せぬプレゼントのようなものだった。なにより、レオナルドと進めていた計画でひときわ重要な情報となるバルバラの出発日を知ることができた。バルバラの滞在残り日数はわずかだったけれど、きみが考えていることをわたしが考えなかったとは思わないで。一番簡単なのは、エンジェルと取り決めておいて、バルバラとエンジェルで数日過ごしてもらい、文書を売り、売ったお金でエンジェルと一緒に暮らすというものだった。でしょう？　それがきっと一番やりやすい方法だったでしょうけれど、その方法はレオナルドとの約束を破ることになるし、エンジェルにしかるべき罰を与えないことになるし、とくにアントニオ・メウッチを裏切ることを意味していた。そのときまでにわたしがユークリッドとの約束や、ついでエンジェルとの約束を破っていたのは、そうせざるを得なかったからだ。わたしは誠実に生きているが、連中は嘘をついたのだから、しっぺ返しされるにあたいする。そう思わない？　文書をバルバラに売ることは間違っていた。足りないけれどもわたしはお金のことはどうでもよかった、重要なのは歴史に忘却された科学者に正義をなすことだった。そしてそれができるのは作家のレオナルドだけだった。レオナルドなら天才メウッチに生命を与え、メウッチの発見を記憶にとどめられる。ニュースを数日間利用しておいて、時の流れという川にメウッチも彼の文書も再び飲み込ませるのを放置する日和見主義者の新聞記者ではない。

驚いたことに、その晩はエンジェルの話はほとんど出なかった、おそらくバルバラはユークリッドとの会話のことを反芻していたのだろうけれど、確かバルバラはキューバにこだわって話を始めた。この国が気に入っているのは匂いが違うからだと言った。土や雨の匂い、あるいは言葉にならないけれどヨーロッパにはない何かの匂い。それに悪臭だって本物よ、と付け足した。わたしは笑ってしまったけれど、それと同時に、いくつかの地区で漏れている下水やカリブの太陽のもと汗を垂らした人でいっぱいのバス、不足する衛生用品のことを思って気持ち悪くもなった。でもバルバラはここの匂いはほかにはない本物だと続けた。例えば腋の下からは、汗と香水が混じり合ったむかつきを覚える臭いではなく、混じり気のない純粋な悪臭がするし、性欲さえも匂いを放っていて、それを誰も隠そうとしていない。人はあるがままにいて、だからあるがままに匂いを放っている。だからわたしたちは知り合ってすぐに体を触れ合い、見つめ合い、語り合い、笑い合い、恥ずかしげもなく涙を見せる。ヨーロッパではそういうことはどんどん難しくなっていて、人工的な匂いを隠れ蓑にして、クリームを塗りたくり、服やコートで覆うのだ。化粧もしすぎる。とても可笑しかった、わたしにはない物がバルバラには余っているというわけ。でもわたしには持てて彼女には持てないものがひとつあって、それが人の温もりだった。それがわかったのは、その晩バルバラは話を続け、物がほとんどなくても生き延びるキューバ人の能力を称え、わたしが嫌っている物事を賞賛し、キューバ人の笑いと肌の触れ合う習慣を褒め称え、最後は悲しくなってもみせたからだ。わたしはバルバラの手に自分の手を乗せ、くだらない話はやめて、もし香水が余ってるならわたしがもらってあげるわ、クリームもビールも。そうでしょう？　バルバラは笑い出し、二人とも気づかなかったけれど、わたしが思うにその瞬間にわたしとバルバラは友達になりはじめた。きみには奇妙に思えるかもしれないけれど、そうだった。わたしはバルバラのことは、わたしの天使と寝ている以外には何も知らなかった。だからあのイタリア女の首根っこをひねってやりたかったけれど、その晩、わたしはなぜだか悲しくなって、一瞬、わたしが彼女について最初に抱いた強く決然とした女性のあのイメージは遠ざかり、この国が原因ですっかりおかしくなったと言っている、優柔不断な人に見えた。この国のせいで誰もかれもが混乱しているのよ、バルバラ、とわたしが言うと、彼女は微笑んで言った。でも二度と元どおりにならない人がいるわ。時間がたって初めてわたしはその言葉の意味がわかった。

19

日曜日の午後、わたしはレオナルドを再訪した。レオナルドはいつもの笑顔でドアを開け、身を寄せてきてわたしの唇にキスをした。こう言う以外に思いつかなかった。わたし、エンジェルと結婚するわ。レオナルドは眉を釣り上げ、どういうことか教えてくれ、と言い、驚いたことにもう一度わたしの唇にキスをしてこう言った。新郎新婦万歳。レオナルドは救いがたい男だけれど、とても柔らかい唇をしている、本当よ。わたしが話し終えると酒瓶を取り出して、お祝いしないとな、と言った。けれども彼が飲んでいる酒は粗悪品だったので、わたしはレモングラスティーを用意してくれるのを待った。

レオナルドはバルバラがユークリッドと繋がったと聞いて素晴らしいと言った。あのイタリア人は欲しいものがよくわかっているし、考えすぎるタイプではないから寄り道はしない、きっときみの友人のユークリッド先生につきまとい、きみの将来の夫から離れて行くだろうと言って祝杯をあげた。わたしはレモングラスティー、彼は安酒で。するとレオナルドはレンズの上からわたしを真剣な目つきで見つめ、さてと、エンジェルは結婚する気になり、バルバラはユークリッドと知り合い、きみにおあつらえ向きに準備が整ったとなると、おれたちにはまだ取り決めが残っていたかなと聞いた。わたしは微笑んで、レオナルドがしてくれたように彼の唇にキスをして、きみに言ったばかりのとそっくり同じことを言った。つまり、わたしがやりたいのはただ一つ、メウッチのために正義をなすことで、したがってわたしたちの取り決めはまだ有効である、ただ一箇所変更があって、間もなくわたしがエンジェルと暮らすようになれば、何もかも簡単になる、と。レオナルドは微笑み、指で眼鏡を持ち上げて元の場所に戻し、おれたちの友人メウッチについて最新のニュースがあると言った。

　レオナルドはイタリア人の研究者バシリオ・カターニアがキューバ滞在中に協力を得た若者とハバナの博物館で知り合い、ホセ・マルティの論文をコピーしてもらったのだった。わたしの友人は、キューバではどんなときでもマルティの文章が出てくるから、キューバ人は「マルティ責め」に苦しんでいると言っているけれど、冗談はともかくとして、マルティはほとんどどんなことについても文章を残している。レオナルドが見せてくれた一八八六年刊行の文章でマルティは、ベルの特許は不正に得られたものであると信ずるに足る理由があり、それゆえアメリカ合衆国政府が調査すべきであると書いていた。

　一八八六年、ホセ・マルティは三十三歳で、アントニオ・メウッチは七十八歳だった。二人ともニューヨークに住んでいた。レオナルドは自問した。果たして好奇心に駆られた若きキューバ人ジャーナリストにして作家はスタテン島の家まで行って、ガリバルディの友人である発明家のアントニオ・メウッチと知り合っただろうか。マルティはガリバルディも大いに尊敬していたんだがね。この出会いがあったのか、あるいはなかったのかは、いずれ明らかにされるのを待っている謎だ。いずれにしても、おれは二人を繋ぐ細い糸を知っている、それはマルガリータだ、とレオナルドは言った。彼女の祖先の一人はタコン劇場でメウッチと働き、メウッチの設計図を自分のものにした。しかしそれと同一人物が妻と娘とエステーバン・メストレのスタジオで家族写真を撮っていて、そこはのちにマルティ少年が肖像写真を撮った場所なのだ。しばしば物事は奇妙な方法で結ばれている。そうじゃない？　大文字の歴史はいつもわたしたちの目の前を通り過ぎ、いつでもわたしたちに触れているけれど、わたしたちはしばしばそれを見ることができていない。

レオナルドとわたしはその日、この考えに取り憑かれ、キューバの英雄が電話の特許を話題にしていることにうっとりとなった。きみは知っているように、あのときのわたしたちには細部がすべてわかっていたわけじゃない、レオナルドは一部を、でもとてもぼんやりと知っていただけで、だから何が起きていたのか、マルティが正確に何を書いているのか、確固たる考えを持つのは難しかった。歴史に紛れた細部を表に出したのは九〇年代のバシリオ・カターニアの詳細な研究で、そのおかげでわたしたちはテレビドラマにでもなるようなメウッチの苦難を知ったのだ。手短かに話すわ。

ベルは一八七六年に特許の取得が認められ、自分で会社を作ろうとした。するとウェスタン・ユニオン・テレグラフと利害が衝突した。というのも、ウェスタン社は合衆国の大部分をカバーする電信網を所有し、また電話専門の子会社を創設していたからよ。裁判になってウェスタン社は敗訴したけれど、合意に基づいて市場は分配された。つまり電話はアメリカン・ベル・テレフォンに、電報はウェスタンに分配された。全然悪くないでしょう？　それから一つ重要なことがある。ウェスタン社は例のミスター・グラント、覚えてる？　アントニオ・メウッチが何年か前に「しゃべる電信機」の書類を渡したのに、紛失したと言ったあの男を通じてメウッチの仕事を知っていた疑いがある。それがきみに言っていた、例のミスター・グラントの上にかかる黒い雲のこと。

時とともに、アメリカン社の提供するサービスの質の悪さを訴える声が高まり、それに代わる電話システムを売ろうというニューヨークのグローブ・テレフォン社のような別の会社が誕生した。

メウッチは自分の発明品がベル以前であることを証明するのは容易くないとよくわかっていた。実際、何年か経ってようやくメウッチは自分の優位を証明する情報をかき集め、さらに借金をして、自分が過去に作ったが妻が売らざるを得なかった電話の試作品を作り直すことに成功した。こうした書類をすべて携えてメウッチはレミ・アンド・ベルトリーノ法律事務所を訪れ、自分の権利を庇護してもらうための委任状に署名した。レミ・アンド・ベルトリーノ事務所がメウッチを電話の唯一真正の発明者だとする書簡を公表すると、それ以降状況は熱を帯びはじめた。いくつかのプロポーザルがあり、メウッチは自分を技術責任者に任じてくれたグローブ・テレフォン社に権利を譲った。マスコミが報じた一連の記事によってそれなりの名声を得たのでメウッチは幸せだった。ただその一方で、事態が好転しはじめるとともに妻エステルを亡くし、悲しみも覚えていた。

一八八五年が混沌の分岐点だった。いくつかの会社がベル社の独占状態に抵抗しようとして、政府を巻き込んで争う策を講じた。そしてついに、内務省は電話特許の譲渡の際に詐欺があったとの訴えおよび、メウッチの優位にまつわる噂を調査する決断を下した。

もちろんベル社も腕をこまねいていたわけではない。あらかじめ迫り来る攻撃に対する備えは怠らずにいて、メウッチとグローブ社に関する情報を集めるため探偵事務所と契約も交わしていた。信じられる？　こうしてベル社はメウッチとグローブ社を特許違反で訴えた。攻撃は最大の防御というわけ、違う？　しかし、同じとき、政府は特許の無効を申し立ててベル社を訴えた。ホセ・マルティが記事を書いたのはそのころだった。

訴訟というのはいつも複雑で、ベル社の弁護士は有能だったので訴えられた方の訴訟を遅らせることに成功し、そのあいだに自分たちが起こした方の訴訟の審理が進んでいった。この審理で裁判官はメウッチが提出した証拠をさして考慮に入れず、そのうえ、技術面の証言はベルの友人である物理学の教授が行なった。こうして一八八七年七月十九日、裁判長はグローブ社に不利な判決を下し、メウッチは電気的ではなく機械的な手段で声の伝達に成功したと決定した。ベル社は勝訴して審理は終了、裁判記録は公表され、これが歴史に残る資料となった。

でも訴訟は二件あった。でしょう？　政府側の訴訟はまだはじまっていなかったけれども、メウッチもグローブ社も勝訴を確信していたので、敗訴したばかりの判決を不服として控訴しなかった。大いなる過ちだった。パブロ・ミラネスが歌っているとおり、「時は過ぎ、ぼくたちは老いていく」わけよ。一八八九年十月十八日金曜日、スタテン島のクリフトンでアントニオ・メウッチは亡くなった。享年八十一。

すべては水の泡。

同じ年、ようやく政府側の訴訟の審理が開始した。一八九三年にベルの特許が失効すると、会社は審理の打ち切りを提案したが、政府側代表者のホイットマンは、明瞭な判決が国にとって重要な参照点になるとして打ち切りを拒んだ。ホイットマンが死ぬと、当時の司法長官はさらなる訴訟費用を懸念して裁判を終わらせようとした。一八九七年十一月三十日、アメリカン・ベル社に対して政府側が申し立てた裁判は、勝者も敗者もなく打ち切られた。勝った者もいなければ負けた者もいないので、裁判記録も提出された証拠も公表されなかった。書類がなければ歴史には残らない。埃にのみ込まれる。そしてその埃の下にメウッチは一世紀間埋もれていた。新しい分岐点が歴史を変える日まで。

このことを思うたびにわたしは悲しみを覚える。そしてわたしたちのことを思うと、可笑しみと慈しみが混じり合ったように感じる。わたしたちは、マルガリータの家族が大切に保管していた文書が歴史を変えるのだ、あの一九九三年をメウッチの伝記とわたしたちの人生にとっての分岐点にするのだ、という愚かな考えにとりつかれていた。まったくの妄想だ。

その晩、レオナルドはマルティの記事と博物館の青年と交わした会話に夢中になっていたので、わたしに小説の一部を読んで聞かせたくなった。音楽をかけて床に座り、わたしはベッドに腰掛けてレモングラスティーを飲んでいた。人が儀式のようなものを作り上げていくのって面白いわ、彼の家でレモングラスティーを飲んだり、フランク・デルガード、サンティアゴ・フェリウ、ヘラルド・アロンソ、カルロス・バレラといった歌手の歌を聴いたりするのに慣れていった。わたしは泊まるつもりはなかった、本当よ、けれど、レオナルドが小説を読み、会話をはじめると遅くなった。セックスの夜をもう一度繰り返すとも思っていなかったけれど、レオナルドの言葉に包まれているうちに、いつのまにかもう一度体をからませていた。きみは奇妙だと思うはず、結婚を控えて恋するわたしが他人に抱かれるなんて。きみは正しい、確かに奇妙。そのうえ翌日にはエンジェルと会うことになっていて、わたしにはルールとして同じ日に二人の男とベッドに入らないというのがあった。二人の男と一緒にベッドに入るというのは別の話だからそれは除くけれどもね。いずれにしても、わたしはその晩そんな風になるとは計画していなかった。なんてことなの！

翌日起きたとき、少し気まずい雰囲気で、レオナルドに何かを話したのを覚えているけれど、彼の方は両手を顔の前で合わせ神妙な顔をして、二度とわたしの体には手を触れないと約束した。だが、と彼は付け足して言った。もしきみがそうしたくなったら止めるべきではないがね。わたしは思わず笑い出し、おそらくその言葉のおかげで仕事のあいだレオナルドのことを考えなくて済んだ。

夕方、エンジェルの家に行くと、彼は疲れ切っていたが、ダヤニと一緒に過ごすと決まってそうなるように、とても優しかった。その週末、ダヤニはエンジェルの家に泣き崩れてやって来た。原因はほとんど話さなくなっていた父親ではなくダヤニの新しい恋人で、幸い日曜日にダヤニと仲直りしようとエンジェルのアパートに姿を見せた。エンジェルは二人きりにしてやり、恋人が帰ると、ダヤニは嬉しそうに、外交官の息子であるその恋人が約束した内容を伝えた。それは、恋人の両親の休暇が終わって勤務先の国に戻ったらすぐにダヤニは彼の家で一緒に暮らせるという話だった。エンジェルにとってそれは素晴らしい知らせだった。考えてもみて、恋愛が上手く続いていれば妹は父親と一緒に住まなくていいし、エンジェルは時間に余裕が生まれて部屋を貸す相手を探せる、それにダヤニが国を出るという考えもさしあたって先延ばしになったのよ。わたしは、ダヤニの問題が解決間近で、その恋人のおかげでエンジェルがダヤニという重荷を一旦背中からおろすことができるのを知って嬉しかった。一つ問題があって、とエンジェルは付け加えた。きみがここに引っ越せるのはダヤニが恋人の家に落ち着いてからになる、というのはダヤニは父親のところには戻りたくないから、そのあいだここに居座るんだ。つまりわたしがエンジェルと一緒に暮らすには、ダヤニの恋人の両親が勤務地に戻るのを待ち、またダヤニが恋人と喧嘩をしないように祈るしかないというわけだった。そのときわたしはダヤニが面倒な存在になった、それはそう、でも何も言わなかった。エンジェルがわたしを抱きしめて、きみと一緒に毎日目を覚ましたくて仕方がないと言ったからだ。さらに付け足して、もうダヤニにはきみと結婚すると言ってあるんだ、と言った。わたしは、何て言ってた？　と聞いた。おめでとうって笑いながら言ったよ、ダヤニはただおめでとう、って言った。

「可愛い妹」の話題が尽きると、わたしが週末のことを話す番になり、不思議に思えるかもしれないけれど、土曜日にバルバラと食事をしたと言った。実際エンジェルは不思議そうな顔をした。バルバラが若い作家志望者と知り合いたいというので、ユークリッドの息子を紹介しようと家まで言ったと説明した。エンジェルは、じゃあバルバラはユークリッドと知り合ったんだね、と聞くので、わたしは頷いた。隠しても意味がないし、そうしないとバルバラの方から話してしまうかもしれないと思ったからだ。エンジェルは戸惑ったような表情でわたしを見つめ、きみはバルバラがメウッチの文書を追いかけているのを知っているにもかかわらず、文書を所有する当人の家に彼女を連れて行ったわけだ、と言った。どうかしてるんじゃないの？　とエンジェルは聞いて続けた。その文書はぼくたちの人生を変えられるのに、もしバルバラがユークリッドが所有しているのを知って、バルバラが欲しがっているのをユークリッドが知ったとしたら、二人で大取引が成立、ぼくたちは出し抜かれるんだよ、バルバラは手ごわい女なんだから。わたしは不快になった。エンジェルの口調が気に入らなかったので、わたしは、バルバラが手ごわい女だからあなたは彼女と寝ることになったというわけね、と言った。エンジェルはわたしをなだめようとして、それがどういうことかは説明したとおりだと言い、わたしも彼女の目的はわかっていたけれど、機嫌は直らず、結婚後はバルバラに会わないで、不愉快だから、と言った。わたしたちは居間のソファーに座り、エンジェルはわたしに何かを言い聞かせようとするときいつもするように、わたしの髪を撫ではじめた。エンジェルは言った、きみは大切な人だ、きみの不機嫌もよくわかる、でもバルバラはぼくたちの人生を左右しかねない、だからぼくたちの味方にしておきたいんだ。バルバラの出発前に文書が売れなければ、以降もバルバラとは連絡を保っておく必要が出てくる。そうしないとぼくたちで文書を入手しても買い手がいなくなってしまうからね。そのお金を手放すわけにはいかない、ぼくたちにはお金がないんだから。つまりエンジェルは、バルバラがキューバにいなくなっても連絡を取り続けると言っているのだった。わたしは怒りのあまり心の底から、もういい加減にして、と叫ぶ声が飛び出した。本当のことを言って、あなたの望みはバルバラを利用してキューバを出て行こうっていうんでしょ、この際本当のこと言ってよ。エンジェルはもちろんそうではないと、どうしてわたしがそんなことを思いつくのだと言い、文書のこと、売ること、わたしたちの未来のことをもう一度言った。わたしは圧力鍋のように爆発し、もう一度大声を出したが、今度は、嘘はうんざり、文書を持っているのはあなたでしょと言った。

エンジェルは急に言葉を失い、どういうことかわからない、という目つきでわたしを見つめた。彼は、わたしが何を言ったのかわからない、彼にはわからない別の言語で言ったかのようで、何を言っているのだ、どこからそんなことを引っ張り出してきたのだとわたしに聞いた。落ち着きを取り戻したわたしは文書はあなたの妻のもので、あなたのアパートにあると答えた。エンジェルは再びわたしをわからないという表情で見つめながら、きみの言うとおりだ、だがユークリッドに盗まれた、それはマルガリータから聞いたと言った。そして微笑みながら首を振り、もし文書がぼくの手元にあればとっくにバルバラに売りつけ、ぼくたちは喧嘩なんてしないで美味しいロブスターでも食べているさ、いったいきみはそんな話をどこから引っ張り出してきたんだ、と聞いた。レオナルドがわたしに言ったのよ。

わたしの答えがエンジェルに火をつけ、怒りで目から火花でも飛び散ったかのようだった。いったいどんなところからレオナルドはそんな話を持ってきたのかと聞き、わたしは声を和らげて、マルガリータがレオナルドに、エンジェルが形見を独り占めしていると言ったのだと教えた。エンジェルはソファーを一発殴りつけると立ち上がり、レオナルドときみの二人で、ぼくやらマルガリータやら形見やら文書やらの話をしているとは面白いじゃないか、と言った。じゃあぼくの妻であるマルガリータがきみの友人であるレオナルドにそれを言ったのはいつなんだ？　としかめっ面をしてわたしを見つめながら尋ね、どうせベッドで言ったんだ、と言い切った。マルガリータを慰めたあとさ、レオナルドの奴は国を出る前のマルガリータと寝ていたからね、そればかりかいまは嘘を並べ立てている、前はマルガリータとぼくを対立させ、今度はきみと対立させているんだ。で、きみはレオナルドを信じるんだな、ジュリア、きみは彼を信じている……エンジェルは悲しみと途方にくれたような眼差しでわたしを見ながら話を終え、わたしも少し途方にくれてしまった。わたしがレオナルドとマルガリータに関係があったとは知らなかったと言うと、エンジェルは疲れ切ったというようにため息をついた。レオナルドがそのことをきみに言わなかったのは不思議ではない、ぼくだってきみには言わなかった、でもそれは、言えばぼくが辛いからだ。レオナルドには気をつけろと最初からぼくはきみには警告していた、とエンジェルは言った。続けてエンジェルは、レオナルドとエンジェルがいつもライバル関係にあったこと、同じ花を嗅ぎまわり、二人が水をやった花は数知れないこと、それが男同士の品のない競争心であると言い足した。でもマルガリータとは違った、レオナルドは本当にマルガリータに惚れ込んでいた、だからエンジェルとの結婚は受け入れられず、いつもマルガリータに心変わりがしないか言い寄り、ついにあのクソ女は罠にかかってレオナルドと寝たんだ。そしてとうとうレオナルドは復讐の機会とばかり、ぼくが形見を独占していると嘘をでっち上げている。あいつの狙いは、とエンジェルは言った、ぼくときみを仲違いさせてきみを落とすことさ。それは昔やっていたライバル関係のなごりだ、でもマルガリータにはうまくいったが、きみとは違う、きみとはそうはいかなかった。エンジェルは話し終えるとバルコニーに腕をもたせかけ、そこでわたしに背を向けて外を見続けていた。

わたしは自分が最低だと思った、でもきみにはそのときの気分がどれほどなのか想像できない。エンジェルには気づかれないようにしていたが、わたしも罠にかかっていた。わたしは深くため息をついてエンジェルに近づいた。堕天使エンジェルの肩に手を乗せて、ごめんなさいと小声で言った。エンジェルは振り向いた。わたしの謝罪の正確な大きさを彼は知らなかった。だからわたしの顔を持ち上げ、もし自分が文書を持っていればすべてケリがついている、自分の望みはわたしたちと妹の幸せなのだからと言った。そして愛していると言ってわたしを抱きしめた。わたしは大好きよと言ってキスをして、二人でソファーまで急ぎ、セックスをした。

セックスって気持ちいい。とくに状況がごちゃごちゃしていて考える気分になれないときには。わたしはそういう状態だった。混乱していて、考える気がまったくしなかった。あの朝はレオナルドのベッドで朝を迎えていたからなおのこと。考えない方がいい、その方がいい、分別は体に委ねる方がいい。そうじゃない？　体は賢い。エンジェルの体とわたしの体が果てたとき、わたしたちは話はせずにお互いを愛撫しながらソファーで横になって動かなかった。エンジェルの頭に何がよぎっていたのかわたしは知らない、わたしはただ考えたくなかった。少なくともわたしに起きていることだけは。わたしとしてはとにかく、エンジェルが誤った考えに取り憑かれることだけは避けたかった。わたしとレオナルドとのあいだに、エンジェルとの関係を超える共犯関係があると思ったり、わたしに対して心のドアを開いたことを後悔したりとか。だから彼の耳に口を近づけてもう一度ごめんなさい、わたしがレオナルドと二人でマルガリータをネタに話しているなんて思わないで、と言った。エンジェルは耳に吐息を感じてぞくっと体を震わせ、あのクソ女の話はやめようと提案した。でもわたしは、マルガリータの名前はレオナルドの小説の話をしているときに飛び出しただけで、レオナルドは小説と旅行の話しかしていないと言っておいた。旅行ってどの旅行のこと？　とエンジェルは聞いた。そこでわたしは、なぜかわからないけれどわたしに芽生えた皮肉を込めて、世界中を旅行した話よ、と答えた。エンジェルは起き上がって座り、微笑みを浮かべながらわたしを見つめて、レオナルドの旅行じゃないな、だってあいつは一度もこの国の外に出たことはないからな、と言った。その瞬間、レオナルドだったら「一杯食わされた」と言っただろうけれど、わたしは何も言わなかった。わたしはとどめを刺され、しかも同じ一日に二度目だった。そこでわたしは変なところを見せないようにつとめ、とぼけた表情をして起き上がり、そうよ、レオナルドは彼の友人の旅行の話をしたの、もちろんよ、でも誰のことだったか覚えていないわ、彼ったらたくさん話すから、とわたしは言った。エンジェルはそのとおり、あいつはやたらにしゃべる、と言った。話しすぎる奴はどうでもいいことまで話す。彼はわたしの額にキスをして立ち上がり、用を足してくると言った。歩きながら大声で笑い出して、レオナルドが一番遠くまで行ったのはピナール・デル・リオで、それも学生時代の実習のときだと言った。でもぼくは違う、一度キューバの外に行ったことがあるからね。エンジェルの声は廊下を進むにつれて徐々に小さくなっていった。レオナルドはアンゴラ内戦のときは兵役か何かで送られたが、病気で飛行機にも乗れなかったはずだ。エンジェルの大きな笑い声が聞こえ、こう声を張り上げた。あいつはとんでもない食わせ物だ。そのあと、かすかに水がちょろちょろと流れる音が聞こえ、沈黙が訪れた。わたしは世界に飲み込まれてしまいたいと思った。そして沈黙。

その晩、わたしは泊まった。もちろん眠れなかったけれど。食事が終わると、エンジェルはバルバラについての話を終わらせようと言った。もしきみが嫌だというのなら、ぼくは会うのをやめる、どうでもいいことさ、とにかく彼女には文書を売りたいだけだからね、でもそれがぼくたちのトラブルの種になるというのなら、別に金を稼ぐ方法を考えよう、一番重要なのはぼくたち二人なのだから。ねえわかる？　わたしがこれ以上ないほどひどい気分のときに、彼ったら最高だった。信じられない。一晩中わたしは泣きたいのを我慢して、横になって抱き合っていた。彼の寝息が聞こえると静かに起き上がった。エンジェルは穏やかに眠っていた。裸で。顔にぼさぼさの髪がかかって。可愛らしい子どものように。眠っているエンジェルの姿はわたしの知るかぎりもっとも美しい光景の一つだ。わたしはそもそも眠っている男を見つめるのが好きだ、すべてが停止して、何かを訴えていることもなく、無防備で、いびきをかいたり、規則正しく寝息を立てていたり、でも決まって何事もないかのように呑気で無頓着だ。人間はまったくそっくりになる瞬間が二つある。眠っている時と死んでいる時だ。年齢も言葉も性別も宗教も政治信条も経済状況も関係がない、まったく関係がない、眠りと死はわたしたちを平等な存在にする。眠っている男は大統領であれ貧しい男であれ、眠っている男にすぎない。眠っている人。傷つけない存在。

その晩、エンジェルのウォークマンを取ってバルコニーに出た。ロクデナシのレオナルドがくれたカセットを入れてヘッドホンをつけた。わたしは裸でハバナの街には人気（ひとけ）がなかった。

わたしの大好きな街路を眺めた。みんな眠っていた、エンジェル、レオナルド、街。わたしは目を覚まし、耳からはポリート・イバニェスの歌が聞こえていた。「眼差しでは愛を装う、合図や証人もなしに、ぼくたちは体を合わせ、翌朝になって過ちに気がついた」。過ち。どの過ち？　いつ過ちははじまったの？　誰がそれを知ったの？　そういうときに一番いいのは考えずにセックスをすること、とことん体を合わせる、疲れるまで、もうできなくなるまで、次の日にはまた別の人と、考えないこと、考えないこと、考えないこと。雨が降り出した。ついに。それを知っているのはハバナとわたしだけ、そのほかの世界は眠っていた、ただハバナとわたしだけが裸で泣き出した、誰にも見られない夜に。

20

　翌日、エンジェルはわたしに、仕事が終わったら家に来てくれないかと言ったが、書類を取りにアラマールに戻る用事があると答えた。二日前から家に戻っていないとは言えるわけがない、当たり前よ。それに混乱してしまって孤独だけれど、あなたがわたしを助けるのは無理だとも言えなかった。メウッチの文書を持っているのは誰なの？　わたしにはもう何もわからなかったが、最悪なことにユークリッドがかなり前に言ったことが正しいのではないかと思いはじめていた。持っているのはレオナルドだ。

　生徒たちのことを我慢して自動人形のように一日を送った。数学の法則があって、生徒たちの愚かさは先生の精神状態に直接比例する。先生の状態が悪ければ悪いほど、生徒たちも愚かになる。レオナルドに何度か電話をかけたが、どうやら職場の電話は壊れているようだった。もう一つ数学の法則がある。ある行為に対する欲求は、それが実現される可能性と反比例する。電話をかけたければかけたいほど、電話は調子が悪くなる。

　仕事が終わるとユークリッドの家に行った、話したかった。彼が話のできる唯一の相手だった。もちろんわたしの最低の気分について詳細を語るつもりはなかったが、せめてほかのこと、例えば幾何学とかフラクタル、カオスでいい、少しでもわたしの絶望感が弱まるようなことは話せた。でも案の定、素晴らしき数学の法則があった。ユークリッドは留守だった。老母はわたしに、ユークリッドに来客があってねと言った。誰だかわかる？　数日前にわたしが連れて来たバルバラだった。二人して出かけたけれど、すぐに戻ってくるんじゃないかねえ。老母を混乱させないように、わたしは笑わなかった。その代わりコーヒーをご馳走になって、待っているあいだはエトセトラと遊んでいた。

どれくらい待ったかしら？　わからない、その日はなにもかも信じられないほど無茶苦茶だったから。チチーがやってきて祖母に向かって、パパの友人のイタリア人に短篇を持ってきたと言うと、祖母は、パパはそのイタリア人と出かけたと答えた。そのときわたしは本当に笑いそうになったが笑わなかった。こらえた。エトセトラは半分寝ていたので、ユークリッドが話していた将来の編集者に会えると喜んでいる若き作家チチーの長話に耳を傾けていた。自分と友人の短篇が入ったファイルを持ってチチーは言った。これこそみんなが待っていたチャンスなんだ、海外の読者に扉が開かれるかもしれない。純真無垢なチチーを見てほろりときた。チチーはわたしが紹介したのを知っていたので、わたしに心から感謝の意を表し、卵を一箱贈って埋め合わせをするつもりだった。善意は称えられてしかるべきさ、と言った。そのときのわたしはもし選べるのならエトセトラの方がよかった、本当よ。でも誰もわたしの好みを聞いてくれなかった。エトセトラはすやすや眠っていて、わたしは相変わらず最低の気分だった。遅くなった。チチーは誰かの見舞いに病院に行く必要があり、帰っていった。ユークリッドとバルバラは、いないことでかえって存在が目立っていた。電気もなくなった。老母は息子が停電時に外にいるのは好きではないと愚痴を言いはじめた。さらに遅くなった。わたしは帰ることにした。老母に別れのキスをして犬を軽く撫でた。ゼロが何乗にもなった日だわ、アラマールの方に向かう車を待っているとき、わたしは思った。

ものすごく焦っていたのだと思う。なにもかもがあっというまに起きたから。翌日もう一度レオナルドを電話で呼び出したが、だめだった。幸いユークリッドに会えて、彼は謎めいた眼差しでわたしを迎え、わたしが挨拶を終えると部屋に通してラジオをつけた。

ユークリッドはすでに老母を通じてわたしがどれほど待っていたのかを知っていた。わたしも老母を通じて彼がバルバラと出かけていたことを知っていた。だから彼はそれからあったことを語った。バルバラはとても好感がもてる、こうユークリッドは話をはじめた。最初に家に来たあと、何度かユークリッドに電話をかけてきた。ついにビールを飲みに出かけ、一本が二本、二本が三本になった。久しぶりのビールだったよ、と微笑みながら付け加えた。二人がまたとない時を過ごしていると、バルバラはここぞとばかり個人レストラン（パラダール）に誘った。ユークリッドはそういう場所に一度も行ったことがなく、彼によればまたとなく美味で、気が利くバルバラは老母に持っていく料理も注文してくれた。ユークリッドが話しているあいだ、彼の目は輝いていた。わたしは横から見つめ、バルバラが気に入ったのねと聞くと、ユークリッドは笑い出して言った。もうそんな歳じゃないよ、でもまあ気に入らない理由はないが、残念ながらもうくたびれた、それにおれはバルバラのタイプではない。

おれはものすごく心配だ、おれたちに、きみにかかわることだ、と真剣な顔になって言った。バルバラはキューバ文学について文章にまとめる構想をユークリッドに長々と語っていたが、それだけが彼女がハバナに来た理由ではなかった。バルバラはそれ以外に、アントニオ・

メウッチがタコン劇場で書いた文書の現物を探していて、その文書がメウッチについて彼女が行なっている調査に必要だった。それを聞いたときユークリッドは思わずビールが喉につかえるところだったが、なんとかごまかした。ユークリッドがその話をわたしにしたとき、わたしは何も口に入れていなかったのだが、もしそうでなければわたしも喉につまらせただろう。レオナルドの言ったことは間違っていない、バルバラは単刀直入な人間で時間を無駄にしない。ユークリッドは興味深いという顔を見せてバルバラの話を聞き続けようとした。そして同じような態度をわたしは、わたしの知っていることをすべて頭に思い描けないユークリッドの前で見せた。バルバラはするとユークリッドに、文書を買いたいのだが誰が持っているのかがわからないと言った。ユークリッドは絶望だという表情をして目を見開いた。バルバラはレオナルドのことを知っている、とユークリッドはわたしに言った。だからレオナルドが持っていると知ったら、おれたちの計画はおしまいだ、奴は売るに決まっているからな。文書を救い出さないといけない、ジュリア。ユークリッドは窒息しそうな叫び声をあげた。

わたしには突然何もかもが不透明になった。ユークリッドは、マルガリータに言われたのでレオナルドが文書を所有していると思っている。マルガリータはユークリッドにもエンジェルにも冷たく、二人が文書を手に入れたいというのを知っている。マルガリータがこの二人を笑い者にしたければ、文書を友人の作家レオナルドに委ねるというのが一番筋が通っている。一方で、バルバラがエンジェルと寝た話をレオナルドに伝えたのはわたしだ。エンジェルとレオナルドは昔から男同士ライバル関係にあった。レオナルドはエンジェルを笑い者にしたければ、バルバラを遠ざけてわたしと寝ようとするのが一番筋が通っている。レオナルドはわたしの弱さのおかげで二つ手に入れた。バルバラをエンジェルから遠ざけ、わたしと寝た。レオナルドが文書の所有者であるのが真実なら、彼はいつでもバルバラに売ることが可能である。わたしはすでにレオナルドが演劇雑誌の記事をあのアルゼンチン女性に売るのを目にしていた。つまりレオナルドはそういう売買に熱心だ。それにバルバラを使えば彼は国を出るというようなことも可能になる。なんてロクデナシ！　エンジェルについてレオナルドがわたしに言ったことは全部当のレオナルドにも言えることだった。

このような思考があっという間に進んだ。わたしは引き続きユークリッドの前に座っていて、彼はわたしから何か意見を聞こうと待ち構えていた。ようやくわたしは、あなたは正しい、状況は危険ね、と言った。バルバラとレオナルドがどの程度の仲かは知らないけれど、でも、ええ、バルバラがキューバに滞在するのはあとわずかと聞いているわ、だから急いで動かないと。ユークリッドはバルバラの注意を引く役割を引き受けた（それは彼にとって実に楽しいことだった）。わたしはレオナルドの方を徹底的にマークすることになった。ユークリッドはその策に満足し、バルバラに間違った情報を与えてもいいとさえ言った。すべては時間の問題だ、バルバラが飛行機に乗ったら、おれたちは計画を続行すればいい。わたしたちは協定を結ぶ人のように握手して、勝利の微笑みを浮かべた。するとユークリッドはため息をついて、わたしの手を取り、真面目な顔をして、もう一つ重要なことがあると言った。バルバラは、文書がもともと彼女のキューバ人の恋人の元妻が所有していたのを知っていたよ。そこでおれが、何も知らないふりをしてそのキューバ人の恋人とやらは誰かと聞くと、バルバラはどんな人かを説明して、名前はエンジェルだと言ったんだ。

わたしはユークリッドの手を引き離して、立ち上がった。エンジェルが言っていたが、バルバラが手ごわい女というのは本当だと思った。わかる？　バルバラにはどこも謎めいたところがない、彼女のブラジャーのサイズと同じくらいわかりやすかった。バルバラがユークリッドにエンジェルのことを言ったことには驚いたし、もちろん不快だった。けれど何か真っ当な言葉を思いつく前にユークリッドは立ち上がり、きみを傷つけるつもりはなかった、ただ知っておいたほうがいいと思ったから、と言った。エンジェルのことをよく知る機会はなかったが、マルガリータの母からは、エンジェルが娘のマルガリータを何度か欺いて浮気をしたことがあるとか、それが離婚の原因であるとかは伝えられていたからね。きみにこれまで言ってなかった、だってどんな話も話す相手次第で変わるからな。でもユークリッドは、バルバラが恋人はエンジェルだと言ったのを聞いた瞬間、エンジェルのことを二発殴りつけてやりたくなったそうだ。一発は娘のマルガリータのために、もう一発はわたしのために。ユークリッドのその言葉にわたしは感動した。わかる？　愛情と友情の証だと思った。ユークリッドはわたしを守ろうとしていた、素敵じゃない？　できれば何もかもをユークリッドに打ち明けたかったけれど、そうしたら今度は何もかも、本当に何もかもを打ち明けなければならないし、そうしている場合ではなかった。ユークリッドには、バルバラの訪問がレオナルドとわたしの策略によるものだとは知られてはならないので、わたしは説明の仕方を変更する必要があった。わたしはくるりと一回転して、ええ、知ってたわ、バルバラはわたしとエンジェルが付き合う前に彼と関係があったの、でもバルバラの片思いで、エンジェルは相手をしていないのに電話をかけまくって、と言った。もちろんバルバラはエンジェルとわたしが付き合っているのを知らなかった、でもそれは、エンジェルの方ではバルバラにうんざりしていて話したくなかったからというのと、わたしの方では彼女はわたしの友人でもないからよ。あなたの家にわたしがバルバラと一緒に行ったのは、バルバラがキューバ文学に関心があるから。ユークリッドは納得がいったというような仕草をしたが何も言わなかった。そこでわたしは話を続けて言った。エンジェルがマルガリータを欺いて浮気をしていたのは知っているわ、彼はものすごく後悔していた、でもあなたが言うように、どんな話も話す相手次第ね。わたしはユークリッドの頬にキスをして、教えてくれてありがとう、でも心配いらないわ、と言った。すべて想定済みだから。彼はほっとして笑った。ねえ知ってる？　とわたしは言った。エンジェルもあなたが浮気してマルガリータが泣いているとき、一発殴ってやりたかったそうよ、それも離婚の原因じゃなかった？　ユークリッドは笑い出して、本当にすべて想定済みできみが幸せであってくれればいいよ、と答えた。そのときを利用して、まだ打ち明けるタイミングがなかったエンジェルとの結婚話を伝えた。ユークリッドにはそれが信じられなかった。結婚しているわたしがイメージできなかったのだが、素晴らしいニュースだと受け止めてくれた。バルバラには言わないこと、わたしのことだからわたしだけが彼女に伝えるということでユークリッドとは意見が一致した。その午後、ユークリッドはわたしを強く抱きしめて幸運を祈り、わたしの心に沁みる台詞を口にした。こういうような台詞だ——ハバナときみを取り巻く何もかもがひどいことになったら、いちばんいいのは、たとえ小さくても何かを作ること、きみに「未来」という言葉の味を思い出させる何かを作ることだ。素敵。そう思わない？

　未来にはレオナルドとの会話が控えていた。翌日、レオナルドの電話は相変わらず壊れていたが、わたしはもう我慢していられなくなった、忍耐力も限界にきたので、必要なら何時間でも待つつもりで、仕事が終わるとすぐに飛び出して彼の家に向かった。実際、ガレージの前で待っていると、奇跡的にも、右に左に行ったり来たりして地面に溝ができるようになるまで待たずとも、近づきつつある自転車が遠くに目に入った。レオナルドの姿は次第に大きくなり、正面にきた時には素敵な笑顔を浮かべ、顔には汗が流れていた。驚いたな、と言ったが、わたしは話があるの、と言って話を切った。自転車をおり、ドアを開け、自転車を入れると、わたしはその後を我慢できずに急いで追いかけ、彼の仕事机まで行った。そしてどこにあるの？どこに隠してるの？と聞きながら、タイプ打ちされた紙、子どものお絵描き、手書きのメモ、請求書など書類を片っ端から調べはじめた。レオナルドはいったいどうしたのかと聞きながら近づいてくるので、わたしはメウッチの文書を探しているのよ、いったいどこに隠してるの？わたしもうんざり、と言った。彼はわたしの言葉や態度にひどく驚いたようだったが、わたしにしてみればどこかで見た光景だった。誰も彼もがいつも驚いていた、そうじゃない？わたしはうんざりだった。レオナルドはわたしが散らかした書類の整理に取り掛かり、頭でもおかしくなったのか、どうしておれが文書を持っているというんだ、と言ったが、わたしが相変わらず引っ掻き回していたので、ついに怒鳴った。いいかげんにしろ！わたしは動きを止めた。わたしが手に持っていた書類を奪い、息子の絵とおれの書類を一緒にしないでくれと言って分類をはじめた。いったいどうしたというんだ？今度怒鳴ったのはわたしだった。嘘つき、あなたわたしに嘘ついたでしょ。あなたはメウッチの文書を持っていて、わたしを利用している。あなたが本当に欲しいのはバルバラだけれど、エンジェルと寝たことが許せなくて、わたしを使ってバルバラをエンジェルから遠ざけているんでしょ。レオナルドは目を大きく開いてわたしを見ていたが、わたしは、もうあなたの嘘なんて意味ないわ、だってわたし全部知ってるんだから。あなたはエンジェルが文書を持っていると言ったけど、それはわたしの目をくらましてもてあそぶためでしょ。急にレオナルドは言った。きみは頭がおかしいんじゃないか、もしおれが文書を持っているなら、とっくに小説を終わらせるだろうよ、落ち着いてくれないか、いったいなんで次から次へと話を作るんだい。話なんて何も作ってないわ。わたしはこう答えて同じ内容を繰り返し言った。レオナルドはわたしの言葉を否定して防御の姿勢を貫こうとしたが、わたしの言葉にかぶせてきた。というのはもうきみに言ったけれど、わたしは気持ちが急いていてブレーキがかけられず、続けてこう言ったからだ。だってレオナルド、あなたマルガリータと寝たじゃない。

　レオナルドはほんの一瞬沈黙したのちに、どうやらエンジェルによってきみの頭は嘘だらけになってしまったようだが、それは本当だ、マルガリータとは寝たが、それがどうだというんだ？　おれは彼女が好きだった、エンジェルがあの笑顔で現れてマルガリータが彼と付き合う前のことだ、ただそのあと裏切られた、きみが裏切られたようにね、あのエンジェルはどうしようもない奴だ。だったらどうしてあなたはわたしと寝たわけ？　わたしは少しだけ彼の体を押しながら叫んだ。すると彼の答えも怒鳴り声で、きみが好きだったからだ、おれは誰とも結婚するつもりがないから誰と寝たって構わない。ロクデナシのレオナルドは正しかった、わかる？　いけないところに首を突っ込んでいたのはわたしだった、わたしはあまりに腹が立ち、ロクデナシ、嘘つき、とレオナルドに向かって言った、すると目に涙が溢れてきて、そのまま話を続け、あなたは優位に立とうとしてわたしを利用したくせに、外国人だからバルバラが好きなくせに、気落ちしているマルガリータを慰めたあと彼女が渡してくれたからメウッチの文書を持っているくせに、あなたなんていちばんの嘘つきよ、それに嘘をついてわたしと寝たくせに、だって一度もこの国から出たことないじゃない、ただの一度だって旅行なんかしたことないじゃない。そこでレオナルドは怒り出した、本当よ、傷つけられたばかりの野獣のような目でわたしを見て尋ねた。一度も旅行をしたことがないだと？　一度も？　そして棚から本を取り出してわたしに見せながら言った。これは？『レ・ミゼラブル』だった、別の本を取り出してまた聞いた。これは？『石蹴り遊び』だった、ベッドに本を投げつけて言った。パリだ。彼は本棚に向き直り、二冊つかんで投げながら言った。おれが一度もサンクトペテルブルクに行ったことがないと言うのか？　わたしは作者の名前だけがどうにか見えた。ドストエフスキーだった。レオナルドは本を投げながらうわ言のように言っていた。エドゥアルド・メンドサのおかげでバルセロナに行った、ジョン・ドス・パソスとポール・オースターのおかげでニューヨークへ、ボルヘスと一緒にブエノスアイレスへ、カルペンティエルとアントニオ・ベニーテス・ロホを通じてカリブなら全部知っているんだ。どれくらいの数の本をベッドに投げつけたかわからないけれど、彼は疲れると、もう一度わたしを恐ろしい目つきで見て、旅行するのに体を移動させる必要はない、頭の中に世界が入っていて、言葉で世界を説明できるんだ。嘘をついているのは連中なんだ、嘘をついているのは本だ、おれは違う。こう言ってわたしに背中を向けてガレージを出て行き、わたしはどうしていいかわからない間抜け者のまま立ち尽くしていた。そのときレオナルドには移民局の仕事がぴったりだと思った。国外に出る許可を欲しい人には本をプレゼントして、そんなに一生懸命本当に移動しようと思うもんじゃないと言うわけ。わたしは可笑しくなって笑い、おかげで口論のあいだに高まった緊張をほぐすことができた。

　少しして外に出た。レオナルドはタバコを吸いながらガレージの入り口の壁に腰掛けていた。彼の隣に座ったがわたしの方を見ようとしなかった。わたしも彼を見なかった。タバコを吸い終わると、吸い殻を通りに投げ、話しはじめたが、相変わらず目線は外していた。マルガリータのことは本当に好きだったが、彼女はエンジェルが好きで、だから友人でいることになったのだと言った。バルバラは最初気に入ったが、といってそれほどでもない、一度も寝たことはない、あの女は出版だとか国外への旅行だとかを約束してくれる。正直言って、彼にとって書物を通じて以上にイタリアを知れるというのは嫌ではなかっただろう。きみのことは好きだ、だから寝た、きみがエンジェルを好きなのが気に障って、だからきみと寝たんだ。小さい頃は地中の中心にいてネモ船長とノーチラス号で旅をした、だから作家になろうと思った。だがおれのところにメウッチの文書はない、マルガリータがエンジェルのことを話してくれただけだ。そして彼はわたしを見た。息子にかけて誓うよ。わたしも彼を見た、深くため息をついて立ち上がった。もうこれでおれたちの取り決めはおしまいだな、と言っている彼の声が下から届いた。バタフライ効果を知ってる？　わたしが聞くと、彼は首を横に振った。エンジェルは文書を持っていないわ、なんだかマルガリータは楽しみたいみたいね、エンジェルに対しても別の人に渡したと言っているのよ。マルガリータはバタフライよ。わたしは切り上げて、じゃあねと言って歩きはじめた。レオナルドは車を捕まえやすい近くの信号まで自転車に乗せて行こうかと聞いてきたが、わたしは止まらず、振り返りもせず、指で否定した。すると明日電話かけていいか、と怒鳴り声が聞こえた。そこでわたしは立ち止まり、笑って彼を見て、したいときにいつでもどうぞ、と言った。でもハバナの電話は必要なときには壊れているものよ。わたしは歩き続けた。

ポアンカレは、問いには人が提起するものと、ひとりでに提起されるものがあると言っていた。この段階に至っての問いは、いったい誰が文書を持っているか？　だった。その晩、家に着いたとき、なかは薄暗かった。一方からは継父のいびきが、もう一方からは兄と兄嫁が眠るベッドのスプリングのきしむ音が聞こえた。わたしのシーツはソファーの上にあった。キッチンには母のメモ書きがあって、食事は冷蔵庫に入っていると書かれていた。食べようとしたけれど、中庭から上がってくる鶏の臭いとわたしも気分が悪かったせいで食べられなかった。そこでコップに水を注いでバルコニーへ行って飲みながら、いつものように正面の建物にぶらさがる洗濯紐を眺めていた。

もう何もわからなかった。もしレオナルドが文書を持っていて、まだバルバラに売っていないとするなら、それはきっとイタリア旅行や海外での出版を期待してのことに違いない、いずれにしても文書は保証、取引の道具である。ロクデナシめ。もしユークリッドが持っているなら、わたしが理想の買い手であるバルバラを紹介したばかりなのだから、ユークリッドは一人で取引を進められる、過去にはわたしの論文を出版して裏切ったことがあるし。ロクデナシめ。もしエンジェルが持っているなら、バルバラから金を引き出すために連絡を取り続けていたわけだ、エンジェルにとってはわたしの方が大切で、バルバラはただの金づるだ。ロクデナシめ。わたしにはもう何もわからなかった。こんな中ではっきりしていたのは、バルバラもわたしも利用されているということだ。気づいてた？　突然わたしに不思議な女同士の連帯感というか、奇妙な何かが湧き上がってきた。バルバラは持ち前の笑顔や胸、食事の招待やらで、黄金の卵を産む鶏のような存在だった。確かに彼女は文書を追いかけていたが、エンジェルに恋心を抱きかけていて、エンジェルがそれを利用しているのも確かだった。それはよくない。わたしはよくないと思った。

そのときわたしは状況を変えなければならないと決断した。バルバラはわたしとエンジェルの関係は知らないし、エンジェルは絶対にわざわざ伝えたりしなかったし、わたしもそうだ。エンジェルはわたしにバルバラと会うのをやめると約束していたけれど、それでは十分ではない、わたしにとっては十分ではない、バルバラがエンジェルを恋人と言い続けている以上は。一番自然なのは、要するにわたしから彼女に、あの男は忘れた方がいいと言うこと、結婚する予定であること、わたしとエンジェルとの関係にバルバラがなんの影響力を持っていないこと、まったくないことを説明することだった。エンジェルが言えるにせよそうでないにせよ、女同士、わたしのものから手を引きなさいよ、と言えば効果はてきめんだ。でも少し恥ずかしさも感じた、というのもバルバラはエンジェルとの関係をわたしに語ってくれたけれど、わたしの方は電話を掛けたり言葉をかわしたり、ユークリッドの家に連れて行ったり、夕食やタクシーでお世話になっているのに、本当のことを言えていないのだ。まるでわたしの方もバルバラを利用しているみたい。なんてことかしら。わたしも黄金の卵を産む鶏につけいっているのと同じじゃない。

きみに言ったとおり、わたしは感受性が強いのと同じくらい公正さに敏感だ。それゆえにその夜、女同士の連帯感に襲われたことで、バルバラとの友情という褒美をもらった気分になった。とても不思議だけれど、その友情は、同じ男が気に入るという趣味の一致から発生して、のちに形を変えながら成長した。それはわたしには不思議なことだった。わかる？　わたしは女友達を持つタイプではない、実際、男と話している方が好きだし、それは男が好きというだけではなくて、女はいつもわたしには競争相手に見えたからだ。それにはうんざりだった。目に入るもの何もかも、自分と比較して価値が決まるというタイプの女がいる。着ている服、体重、通りで男から投げかけられる声、何もかもよ。ひとり女友達がきみにいるとして、その人はきみに起きることを見ている、でも実際には自分に起きていないことを見ているわけ。うんざりよ。それからいつも不幸な女というのがいる。体全体に苦労だとか弱さというのが漂っている。このたぐいはきみを同じ存在、同類だと思ってしがみついてくる。でも問題は、相手が自分よりも強いことがわかるとおしまいということ、たとえばわたしが元気だったりするとおしまいよ、そうしたら参考にする相手、同類ではなくなって、四六時中責め立てる敵になるわ。溺れかかっている人が、助けの手を伸ばす人の頭をつかんで力一杯沈めるようなもの、もしわたしがだめなら、きみもだめでなくてはいけないってわけ。うんざりの極致。でもバルバラとの関係は、同じ果実を求めた恐るべき愚かな闘いのような何かが、別の何かを産むことになった。ついにバルバラは、わたしの想像よりもずっと最高（バルバラ）になったのだ。

その夜、バルコニーに寄りかかりながら、わたしはバルバラにはエンジェルとの関係を話し、その蜂の巣の女王蜂が誰なのかをはっきりさせようと決めた。それに、これ以上黄金の卵を産む鶏でいて欲しくなかった。水を飲み干すとき、最後の一口は口に含み、五階から下に向かって吐き出した。どうせその時間は静まりかえっていたのだから。

21

バルバラはとても陽気な声で電話に出た。一日中働いていたので、映画にでも行こうと思ったが、誰とも連絡が取れなかったのでわたしからの電話が嬉しいと言った。その日は金曜日で、わたしはもともとエンジェルの家に泊りに行くはずだったけれど、その日の午後エンジェルが職場に来て、ダヤニが家にいるので別の日に会おうとなったのを覚えている。わたしはすぐさまバルバラに電話した、万一嘘じゃないかと思ったわけだけれど、エンジェルの話がバルバラと会うための方便ではないと確かめられてほっとした。

バルバラとコッペリアの角で待ち合わせ、映画館に入る前に手早くアイスクリームを食べた。その年、コッペリアでは、映画『苺とチョコレート』の中で食べていたあのとびきりのアイスクリームの代わりにトロピカルアイスというのを売っていた。トロピカルがどういうものかと言うと、水をたくさん使って味はほとんどなく、それこそわたしたちの背中を伝う汗のように薄味、という代物（しろもの）だった。映画館を出ると、バルバラはピザとビールを買い、二人でマレン通りに腰掛けた。すぐ近くでギター片手に歌っている男の子たちがいて、バルバラは目を輝かせた。帰国の日が近づくにつれて寂しさとハバナへの恋心が増していた。こんな光景ひさしぶり、きっとハバナが恋しくなるわ、イタリアも美しい国だけどどんどん悪くなっているし、と言った。お金って何もかも駄目にする、と付け足した。わたしは何も言わないようにした。お金がないのだから海を眺め、話を聞いている方が気分がいい。実際わたしからすればイタリアは素晴らしい国で、芸術家の国として知られているだけでなく、偉大な科学者の国でもあって、ガリレオ、ボルタ、ガルヴァーニ、マルコーニ、そして当のメウッチがイタリア出身だった。なんていう国なのかしら。なのにバルバラはこのキューバ島にすでに郷愁を感じ、カリブの不思議な光、街路の騒音、人々、知らない人に近づいて話しかけられる気安さについて話し続けていた。何もかも、誰も彼もが恋しくなるでしょうね、と言った。エンジェルも、エンジェルのことも。そのときわたしは海を眺めて想いに浸るのから覚め、バルバラが黙ったすきに、話さないといけないことがあるのだと告げた。興味津々といった目でわたしを見つめるので、前にあなたがエンジェルの話をしたときにわたしは彼が別の人に恋をしていると答えたわよね、で、彼は相変わらずその人のことが好きよ、と言った。きみはわかっているとおり、バルバラは単刀直入な人だから、顔色一つ変えずにわたしに言った。それって、あなたのことでしょ?

残念ながらそう言われるとは予想していなかった、でもわたしが答える前にバルバラは笑いながら、前に話をしたとき、別の人があなたのことだと思ったと言った。鋭い人だこと。わたしは居心地が悪くなり、あなたを傷つけるつもりはないと言った。わたしたちがうまくいっていないときにエンジェルはあなたに近づいたけれど、もう元どおりになって、それにわたしたち結婚するの、エンジェルはわたしを愛しているし、エンジェルがあなたに近づいたのはレオナルドに復讐するためだったの、ややこしい話だけれど、レオナルドはあなたに関心があって、レオとエンジェルはなんと言うか男同士ライバル関係にあったから、エンジェルはあなたを口説き落としてレオナルドを笑い者にしようとしたわけ。バルバラは口を挟まずにわたしに話を続けさせ、終わると尋ねた。で、どうしてわたしにそれを話すの？　たぶんわたしは間抜けな顔をして微笑みながら、きっと女同士で連帯できると思って、と答えた。バルバラは逆に意地悪そうな微笑みを浮かべて、連帯もあるでしょうけど、女同士の争いからわたしを蹴落とすためでもあるわ、と言った。わたしはそのとおり、それもある、と言うしかなかった。バルバラはわたしの連帯の気持ちや競争心はとにかくありがたいわ、と言い、ゆっくり缶ビールを開け、心配しないで、すぐに出発するし、エンジェルがあなたを愛しているのは間違いないし、最近エンジェルが少しつれなくなっている理由もわかった、でも連帯する女として言っておくけれど、もっと自分のことをちゃんとしたほうがいいわ、エンジェルとはまた会ったのよ、と言った。

ぴしゃりと頬を叩かれたように感じた。わたしの言っていることがわかる？　競争は競争ということよ。バルバラにぴしゃりとやられてわたしは不快になり、缶ビールを開けたあとで、あなたはそもそもエンジェルに関心があるわけではないでしょ、あなたがメウッチの文書を追いかけているのを知っているのよ、と言った。不意打ちだった。そう、バルバラは予期していなかったので、目を見開いてわたしを見た。でも彼女には何も言わせず、話すと決めた以上は全部言うわ、とわたしは付け足した。ユークリッドは文書を持ってない、レオナルドがあなたにユークリッドが持ってると言ったのはエンジェルからあなたを遠ざけるためよ、レオナルドはあなたがエンジェルと寝たのを知ってるから。バルバラは驚いた表情――なんて言ったらいいか、言葉では説明できないわ――でわたしを見つめ、こう尋ねるのがやっとだった。では誰が文書を持っているの？　わたしが知ってるわけないじゃない、唯一確かなのはね、みんなあなたを利用しているということよ、あなたは外国人だから黄金の卵を産む鶏なの、ひょっとしてわかってない？　わたしたちはどうしようもない状況にいるから、外国人というのは、お金やその他いろいろな可能性を意味するの、絶対とは言い切れないけれど、エンジェルもレオナルドもあなたからは何かを手に入れようとしているわ、旅とか結婚とか、ヨーロッパの国籍とか、どんなものでも。あなたは考えたいように考えればいいけれど、わたしがこうして話しているのは純然たる女同士の連帯からよ。バルバラの表情はゆっくりと変わっていった。緊張が緩み、笑顔になり、唇を噛み、首を横に振って違うわ、と伝え、最後に口を開いてこう言った。祖母の言ったとおり、腹痛も腹を下してしまうと、熟していないグアバを食べても治らないのね〔事態が深刻になると対処法はないの意〕。

数秒が過ぎたのを覚えている。一瞬ではあるけれど、わたしの脳がその謎めいた言い回しを理解するのに時間を要したのだ。もちろんわたしはその諺の意味は完璧にわかっていた、わたしの脳にできなかったのは、イタリア人の祖母がその言い回しを使っている光景を浮かべることだ。イタリアにグアバってあるの？　とわたしの脳は聞いていた、するとバルバラがその疑問を解いてくれた。わたし、イタリア人ではないの、ジュリア。疑問は解決した。

何が起きたのかわからなかったけれど、緊張していたわたしの表情も緩みはじめ、バルバラがわたしを見ている顔を見て笑ってしまい、バルバラもわたしの顔を見て笑った。ビールが不思議な効果を発揮したのか、海がくすぐっているのか、二人して馬鹿みたいに笑いはじめていた。なんだかわからないけれど、大いに笑い、笑い終わるとバルバラは話をはじめた。

バルバラ・ガットルノ・マルティネスはサンタ・クラーラの近く、キューバ島の真ん中あたりの村の出身で、確かにイタリア系の血を引いていた。彼女の曽祖父は「キューバの自由のためのイタリア委員会」の後押しで一八九五年の独立戦争を戦いにやってきた青年団の一人で、十九世紀の末にキューバ島に着いた。わかる？　戦争が終わると曽祖父は島に残ることに決め、結婚し、何年もたって曽孫のバルバラが生まれた。八〇年代初頭、バルバラはイタリア人と恋に落ち、結婚し、逆方向の旅を企てた。バルバラはミラノに居を定め、結婚のおかげでイタリア国籍を得て、それによってマルティネスという姓を失った。離婚した後は、イタリアのいくつかの都市を渡り歩きながら、どうということのない雑誌に記事を書き、ジャーナリズムに居場所を求めた。わたしが知り合った九三年、バルバラはレオナルドの友人のイタリア人記者と付き合っていたが、わたしに語ったところによれば、もうその恋人にはうんざりで、失敗つづきの恋愛や仕事にも挫折感を味わっていた。いまだに尊敬されるような仕事を成し遂げていないからだった。それが理由でメウッチの文書の話を知ったとき、自分が関われると思った。すべてがおあつらえ向きだった。イタリア人の恋人はビザがおりず、バルバラはキューバ人で十年は国に戻っていなかった。イタリア人の恋人は邪心のない協力だと信じ、レオナルドのための記事と旅行資金を渡した。しかしバルバラの計画は違っていた。自分が文書を手に入れて、レオナルドには本を完成させるというものだった。そう。ただし、文書を発見したと報じる権利は彼女だけが独占する。キューバでは外国人であればどんなことも容易になると考え、「イタリア人」を演ずることにした。あまりにその設定を内面化したために、メーデーの行進に観光客として足を運ぶほどだった。さもこの国のデモ行進を知らないかのように。

バルバラの話を聞いて可笑しくなってしまった。以前はスペイン語を上手に話すイタリア人に見えていたのに、そのときは単語や言い回しを取り違えたりして、一風変わったイントネーションで下手なスペイン語を話すキューバ人に見えてきたからだ。実際にはバルバラはイタリア人風に話さなくてよかった。長い間イタリアに住んでいたのでキューバのアクセントはかなり消えていた。十年というのはかなりの歳月だ。と、わたしは思う。

もちろんバルバラは、メウッチ文書が原因で情緒面に起きることまで予測していなかった。キューバがかくも散々な状況にあることも、エンジェルと知り合うことも。またマルティネスという姓と一緒に隠しておいたこと、多くの思い出や匂いといったものすべてが自分の内側でかき混ぜられるとは思ってもいなかった。ベダードに住む叔母の家に居候していたが、その年に手に入れるのが難しかった石鹸や歯磨き粉、脱臭剤、食事などを買うのにかなりの出費をしていた。もうお金がないのよ、ジュリア、とバルバラは言った。つまり黄金を産む鶏には黄金も卵もなかったし、気をつけないとわたしの家の鶏よりも痩せてしまいかねなかった。ひどいものよ。じゃない？　その夜、わたしは誰にも何も言わないと約束した。それぞれが自分のゲームを続ければいい。バルバラはエンジェルと距離をおくことを約束し、わたしに謝ろうとした、でも一体何のことで？　バルバラもみんなに嘘をついていたけれど、幸運にもわたしにはついていなかった。

どう思う？　きみは遠慮せずに笑っていいのよ、だってわたしはそうしたかった、自分たちのことを大声出して笑いたかった。すべてが可笑しく、混沌は無限に累乗され、ついにわたしの分岐点に至るのだ。

土曜日、科学グループの研究会に出かけ、みんなでやって来ないユークリッドをしばらく待っていた。結局電話をかけることにした。ユークリッドは電話で、行けないけれどもあとで家に寄ってほしい、事情を説明すると言った。もちろんわたしはいても立ってもいられなかったので研究会が終わると飛び出した。ユークリッドは悲壮な顔でわたしを迎えた。老母は部屋で休んでいたので、わたしたちは居間の椅子に座り、ユークリッドは息子の友人、二十歳の若者が亡くなったと言った。よく知っている子だったと言うと、ユークリッドの目に涙が溢れた。チチーとは長い付き合いだった、とてもいい子で、とてもいい子だったんだよ、と繰り返した。チチーが大学をやめたとき叱ってくれたり、いつもつるんでいた連中の一人なんだ、まだ一緒に住んでいる頃はときどき泊まっていって、おれが朝飯を用意して怒鳴り声で起こしたんだ。寝ていると人生終わってしまうぞ！　ってね。そしたらあの子は人生が終わってしまった、でもそれは忌々しい病気のせいだ。ユークリッドは少し黙ったあと、チチーがすっかり打ちひしがれているので午前中は息子の家に顔を出したこと、これから午後は葬式に出て息子に付き添うつもりだと言った。老母も訃報には大いに悲しみ、その子のことをさほど知らなかったとはいえ、やはり恐ろしい知らせと受け止めた。だからユークリッドは老母に少し休んで楽になってもらおうと薬を渡した。母さんが起きたら、とユークリッドは言った。葬式に行くよ、だがきみには言っておきたい、とそこで声がかすれ、おれも打ちひしがれている。二十歳の子だよ、ジュリア、信じられるか？

　わたしは慰めようとユークリッドの手をとり、一緒に行くと言った。ユークリッドは息子を支えないといけないが、わたしは彼を支えないといけない。友人というのはそういうときのためにある。違う？　いつでも、どんなときでも、常に近くにいるために。ユークリッドはお礼を言ってわたしを抱きしめた。老母が起きてから軽く食事をし、シナノキ茶を用意してくれたので葬儀に持って行くために魔法瓶に入れた。

　きみが葬式に行ったことがあるかどうかを知らないけれど、葬式はとても不思議だ。一方に悲しみに暮れる人たちがいて、もう一方に義務で来ている人たちがいる。わたしは義務でその場にいたので、きっとそれゆえに余裕をもって状況を観察することができた。着くと、わたしは慎重に距離をとり、ユークリッドは息子や友人たち、家族や知り合いと抱擁しに行った。わたしは離れてただ立っているだけで、ロッキングチェアが前後に揺れたり、友人に別れを告げるあの二十歳の男の子たちの体と呼応して踊ったりするのを見ていた。葬儀が悲しいものであることは疑いを入れない。でも若者の葬儀であればなおのこと悲しい。誰もその歳で死ぬべきではない。彼のためであれ、他の者のためであれ、誰も死ぬべきではない。わたしは言葉にならないような悲しみを覚え、胸が締め付けられるようで、考えに心を奪われていた。その瞬間、「先生」とわたしを呼ぶ声が聞こえた。振り返ると、すぐそこにハバナ工科大学の元教え子がいた、巻き毛の、一度ユークリッドの家で会ったことのあるあの子だった。きみは覚えてる？その子のこと話したことがあるわ。チチーの友達、作家志望の一人よ。その子は顔を歪めて消え入りそうな小さな声で、亡くなった子を知っているのかと尋ねた。わたしが首を振って否定すると、その子は前方を見て、わたしのそばにいたまま、来てくれて本当にありがとう、と言った。彼はパーティが好きだった、人が好きで、いつも面白い話があって、会話をするのが大好きだった、いい奴だった。すると女の子はもう一度わたしを見た、不思議な目だった、瞳は大きくて、やや黄色味がかって、視線が定まっていなくて、憎しみかあるいは無力感を漂わせていて、まるで大きな滑り台を滑りながら、下で何が待ち受けているのか、水か、砂か、それとも穴なのかを知らないでいる人のようだった。そう、わたしを空虚と恐怖の眼差しで見つめ、口元でささやいた。死んだって言っているけど、連中は嘘をついている。そして遠ざかった。ロッキングチェアまで行ってチチーや友人たちと一緒に座り、前後に何度も何度も揺らしていた。わたしはそこにいられなかった。空気が欲しかった。

出口から出ると、太陽が熱い平手打ちのように顔を叩いたので、わたしは視線をそらして立ち止まるしかなかった。通りとわたしの間に階段があった。ゆっくり降りはじめたが、太陽に目が眩んだ。その日はめったにない焦がすような暑さだった。何か不思議な力がわたしの動きを止めた。だからわたしは止まった。階段に腰掛けて、その瞬間、わたしは何もかもどうでもいいと思った。何もかもが、どうでもいい。

連中は嘘をついている。そうあの子は言ったが、その言葉の意味がはじめて意味を持った。二十歳の友人の死に立ち会ったあと、どのように生きるというのだ？　人生はロッキングチェアのように前進するけれど、後退するときにはどうなるのだろう？　わからない。きみはいつの日か泣くのをやめる？　わたしはわからない。唯一言えるのは、あの午後、カルサーダ通りとK通りの角の葬儀場の階段に座っていたわたしには、何もかもが馬鹿馬鹿しく思えたことだ。葬儀場のなかには悲しみに暮れる人たち。そして一九九三年のハバナはどこへ行っても、ゼロの年だ。夜はて、ビザを待つ長い長い列。外にはすぐそこにアメリカ合衆国利益代表部があって、大騒ぎになるけれど、わたしは参加しないだろう。わたしはただ太陽に目が眩む状態にあって、身を守るサングラスなんてもちろん持っていなかった。太陽光線や教え子の怯えた目つき、ビザ待ちの列の希望に満ちた表情から身を守るためのサングラスも、そして、メウッチ文書の馬鹿馬鹿しさから身を守るためのサングラスさえ持っていなかった。

わたしたちは誰かが目にした紙を探していた。ほとんど価値のないような紙片、そこにみんなが期待を寄せていた。わかる？　わたしたちは、ゆっくりと、ときには白黒のカメラで動く国にいて、疲れないことといえば、笑うこととセックスすることと夢を見ることしかなかった。だからこの国では笑い、セックスをし、夢を見る。ずっと。どんなことも夢にみる。もはや誰が電話を発明したのかを知ることも、それを証明することもどうでもいいのはわかってる。でも危機的な状況をわたしに与えてくれたら、きみがどんな夢にしがみつくかを教えてあげられる。それがメウッチ文書だった。ただの夢。わたしたちの生活は文書のまわりを回っていた。ほかに何もなかったからだ。ゼロ年だったから。なし。笑うこと、セックスをすること、夢を見ること。そしてフラクタルのように、わたしたち自身の最悪の部分を再生産すること。

あの日の午前中、わたしたちは研究会で、社会とフラクタルについての興味深い論文を検討した。まだきみにフラクタルについて話してなかったわね。でしょう？　きみに簡単に大まかに説明するわ。フラクタルというのは幾何学的な物体で、その次元は古典的な概念に合わないの、一次元でも二次元でも三次元でもない、別のもの。たとえば雲とか海岸線とか樹木の形を考えてみて。それらは、この理論を使って説明ができる自然界のものよ。でもフラクタルに共通する特徴の一つは、異なる水準で自身とまったく同じか相似する構造を再生産すること。シダの葉を想像して。茎から生える一番小さなシダの葉はシダ全体と同じ形をしている。最も小さいシダの葉は、次に小さいシダの葉とまったく同じ形で、今度はそれは、大きいシダの葉とまったく同じ形をしている。

わかった？　この特徴ゆえに、フラクタルは音楽や造形芸術、金融、社会科学にまで応用されたの。

あの日、わたしたちは社会における否定的な感情はフラクタル成長で広まっていくという考えに至った。そういう感情は枝分かれして、自身を再生産し、成長を続けるのだ。朝、目が覚める、電気がない、朝食は砂糖入りの水、不快な気分で通りに出る、バスに乗るときに押される、やり返すと怒鳴られる。わたしは隣にいる女を押す、バス停でなんとか降りて学校に着く、生徒が憎たらしい、つっけんどんに授業をやる、生徒は愚かに見える、仕事が終わり、生徒は帰る。生徒は家で母親と喧嘩する、怒鳴りつける、言うことを聞かない、母親は泣き、なぜこうなるのか理解できない。きみが不機嫌な理由がわからないし、わたしにもわからない、別の人にも、また別の人にもわからない。わたしたちがフラクタルのように自分たち自身の最悪の部分を再生産していることを、そしてそれに気づかずにわたしたちがただ流されていることをわからない。わたしたちはそういう状態になってしまった。わかる？　わたしたちの一人ひとりに社会の不機嫌があって、一人ひとりがそれを再生産していた。わたしは立ち上がって、「やってられるか！」って叫びたかったわ、本当。世界中に聞こえるように大きな声で。でもわたしは葬儀場の階段にいて、中には悲しみが居座っていた。中には圧倒的な本当の生活というものがあった。

　そこでわたしはこの物語から飛び出ることにした。わたしはメウッチ文書も見たことがないし、誰が持っているのかも知らないし、どうでもいい。真の望みはエンジェルと暮らすことだった。それが当初からのわたしの目的で、あと少しで手に入れられそうだった。だからもういざこざや嘘はうんざりだった。わたしにとって事件は片付いていた。

　唯一の問題は、わたしが何かをやらなければと感じていることだった。何かはわからないけれど、何らかの方法であの否定的な感情の拡散に抵抗する小さな運動のような何かを。一瞬、マルガリータの精神を真似て、蝶に変身して変数を動かしてもいいと思った。レオナルドには文書の持ち主はユークリッドだと言い、ユークリッドにはエンジェルが持ち主だと、エンジェルにはレオナルドだと言う。人形使いとしては悪くないゲームだった。ただわたしはもう人形使いにはなりたくなかった。変数を動かせば、ゲームは永遠に続き、大砲は向きを変えて攻撃を続け、否定的な感情は拡散し続けるだけだ。それは嫌だ。それは意味がない。それにレオナルドにとってもエンジェルにとってもバルバラは失いたくない購入候補者だった。一方、ユークリッドにとっては遠ざけたい購入候補者だった。何もかも馬鹿ばかしい。

わかる？　お金もなければ、誰かをイタリアに連れて行くつもりもない、ただのはったり女のバルバラが希望であるなんて。馬鹿ばかしい。

わたしは何かをしなければならなかった。レオナルドにはこの前、エンジェルは文書を持っていないと伝えてある。バルバラには、ユークリッドは持っていないと伝えてある。正しい。変数を動かすのではなく、変数を取り除くほうがよほどいい。そこで、ユークリッドには文書を持っているのはレオナルドではないことを、エンジェルには文書の所有者はユークリッドではないことを伝えることにした。その方法をとれば、否定的な感情は消えていき、わたしはまともな行動をとったことで満足する。メウッチの利益にはならないけれども少なくともわたしたちのためにはなる。そう決心したことを、後悔していない。わたしたちの方程式は解かれなければならなかった。メウッチは、変数が違ったとはいえ、彼の方程式を解き終わるのに、ほんのわずか及ばなかった。

22

　これがわたしたちの物語だった。わたしは全員に説明して、マルガリータがそれぞれに偽りの情報を与えて楽しんだのだということをわからせた。もし文書の捜索を続けたいのなら、最初からはじめるしかないわ、でもわたしは抜きにして、もう関わらないと決めたから。

　バルバラは数日後、イタリアに戻った。お別れを言いにバルバラの叔母の家に行くと、この叔母は姪の友人がはじめて訪ねてくれたことをとても喜んでくれた。ビジャクラーラ出身の叔母は姪がイタリア人の振りをしていることを容認しないだろうと予見して、バルバラは家には誰も招かないようにしていたのだった。その日の午後、バルバラはクリームや洋服をほとんど全部くれた。たぶん持ち帰ったのはサイズの小さいブラジャーだけだと思う。わたしがバルバラの服を着ているのを見てエンジェルはかなり不思議に思ったが、わたしが適当に話を作ると最後は信じた。そのうえ彼もマルガリータの洋服を何着かくれて、おかげであの頃の洋服不足からは救われた。わたしは知っているけれども、エンジェルが本当に不思議に思っていたのは、バルバラが最後はお別れを電話ですませて突然いなくなったことだった。でもそのことについてわたしたちは何も言わなかった。

奇妙なことに、バルバラが出発すると程なくしてエンジェルは、妹のダヤニが外交官の息子の家に引っ越したと言い、その結果わたしはアラマールのソファーにさよならをしてベダードの真の住人になったのだった。家族に紹介しようとエンジェルを連れて行った日、継父は鶏を二羽つぶし、夕食には全員が揃った。その年のうちにわたしたちは結婚した。ユークリッドがわたしの代父をつとめた。いろいろあったけれど、結局ユークリッドには、あなたがやったことは知っているんだからね、とは言わないことにした。どうせわたしの論文もそれで稼いだ金のことも覚えていないだろう。どうして二人してこれ以上暗い気持ちになる必要があるの？わたしたちの結婚でユークリッドはエンジェルと仲良くなれたし、二人とも暗黙の了解で、少なくともわたしのいる前でマルガリータの話題は出さないと決めていた。レオナルドとの関係はその逆にますます込み入ってきたので、わたしは家を訪ねるのはやめた。一度信号で偶然再会した。わたしはヒッチハイクの車を、彼は信号が変わるのを待っていた。自転車の後ろの荷台に女の子を、前の小さな席には、いつもわたしに不安を呼び起こしたあの眼差しで見つめる息子を乗せていた。結婚したと知らせるだけの時間しかなかったが、レオナルドは走り出す前に、幸せになと言った。二度と会わないと思っていたが、もう一回残っていた。

わたしは何度かダヤニの無茶を我慢する羽目になった。外交官の息子と喧嘩をして一週間家に来て閉じこもったとき。父親と和解したとき。新しい恋に落ちたとき。父親と再び喧嘩したとき。結局ダヤニと新しい恋人は、九四年にキューバ政府が国を出たい人のために海に門戸を開き、数多くの亡命者を出した危機の際、いかだに乗って国を出る決心を固めた。唯一の問題は、二人の出発が遅すぎたことだった。すでにそのとき、アメリカ合衆国政府は大量亡命を阻止すべく、亡命者はグアンタナモの海軍基地に送られていた。ダヤニの行き先はそこで、家族にとって、とくにエンジェルにとっては辛いことで、彼は打ちのめされた。幸運にも恋人の方の叔父が手を差し伸べ、ダヤニと恋人はマイアミに落ち着いた。エンジェルは引き続き落ち込んでいたが、少なくとも妹がどこかに落ち着いたことは知っていた。

メウッチのことで言えば、彼の物語はまだ終わっていなかった。バルバラはハバナでの滞在後、もはやどうしようもないことを知りながらも、引き続きその件には関心を持ち、どんな些細なことでも新しいニュースを見つけるたびに切り取ってわたしに手紙で送ってくれた。こうして一九九五年、わたしのもとに、有名なバシリオ・カターニアの論文が届いた。そこでは、それより一年前にワシントンの公文書館で、電話の発明においてアントニオ・メウッチの優先権を証明する内容の、これまでは未知の文書をついに彼が発見したことを明らかにしていた。バルバラはわざわざ論文をすべて翻訳してくれた。

わかる？　メウッチの未知の文書が発見されたの。わたしたちはみんな目が覚めるような思いをした。

こういうことだった。二つ裁判があったのを覚えている？　そのうちの一つではベルの会社がメウッチとグローブ社に対して勝訴した。判決文は公表され、したがってメウッチの敗訴が歴史に記録された。もう一つは合衆国政府がベル社に対して起こした裁判で、勝ち負けがつかず審理が打ち切られ、よって議事録や供述書は公表されず、細部は知れ渡らなかった。しかしそれらの文書の中に、調査者バシリオ・カターニアは一九九四年、未知の文書を発見した。

二つの裁判で提示された証拠はほとんど同じものだったが、細部に違いがあった。その細部とはメウッチのメモが書かれたノートだった。ノートの原本には、メウッチ直筆の殴り書きやスケッチが載っていたが、イタリア語で書かれていたために提示されなかった。二つの裁判で提示されたのは英語に翻訳された写しだった。しかし、ベル社がメウッチ相手に起こした裁判で提出されたノートの英語版には、実験の説明文だけが翻訳され、スケッチの部分にはただ「スケッチ」と書かれていた。このノートは裁判書類として公表されたので、誰でも見ることが可能だった。一方、政府がベル社を相手に起こした裁判で提出されたのは、弁護士のミシェル・レミの宣誓供述書だった。レミ・アンド・ベルトリーノの名前を覚えている？　レミはメウッチが署名した宣誓供述書を提出し、そこには実験説明文が書かれたノートの英語翻訳のみならず、ベルが発明を夢みるよりはるか前にメウッチが素描した実験の見取り図も引用されていた。その供述書は公表されたことがなく、公文書館を日々埋めていく書類の山のどこかに紛れてしまった。しかし歴史を変えたのは、まさしくその文書だった。

前にきみに言ったけれど、科学というのは言葉で説明するものではない。言葉は芸術や哲学のためにあるもので、科学で重要なのは数字や式、見取り図やスケッチなの。科学者というのは話しはじめるよりも前にボールペンを掴んで何かを描く。重要な細部がある場所はそこ。メウッチのスケッチがなかったら、説明文はさまざまに解釈が可能な言葉、泡、煙、無よ。すでにアリストレスが言っているわ。説教師は、演説の内容に数学的な証明を与えなければ信用されないだろうってね。そしてメウッチの言葉は風とともに吹き飛ばされて、彼の殴り書きのスケッチが、死後一世紀が経過してからメウッチに正義をなしたというわけ。わかる？

バルバラが翻訳して送ってくれたおかげでわたしは読むことができたのだけれど、カターニアが論文で説明しているところによると、この文書はメウッチが先端技術によって時代に先んじていたことを証明する驚きの内容だった。しかしカターニアがぐいっと紐をさらに引っ張って、政府が起こしたベル社に対する忘れられた裁判の細部が明るみになると、彼はますます驚いた。バシリオ・カターニアはメウッチ没後一〇〇年をきっかけに一九八九年に調査を開始して、フィレンツェ、ハバナ、アメリカ合衆国の公文書館を訪ね歩いていた。これまで世に出ていない文書を発見し、その後、同じくらい重要なそれ以外の証拠も発見したので、カターニアはその件をまずニューヨークの最高裁判所まで、その後はアメリカ合衆国議会まで持って行った。事態がここに至ると、イタリア系アメリカ人の多くの団体も味方になり、とくにスタテン島のガリバルディ＝メウッチ博物館を運営するＯＳＩＡ〔アメリカにおけるイタリア人の息子協会〕は、この調査でバシリオ・カターニアが成し遂げた功績を公式に評価する声明文を発表した。

二〇〇二年六月十一日、彼らは勝利を勝ち取った。アメリカ合衆国議会は二六九号決議において、アントニオ・メウッチを電話の発明者とすることを公式に認めたのである。

拍手喝采よ。

このことを思うたびにわたしは拍手を送りたくなる。アントニオが微笑み、グラハム・ベルからビールを奢られる場面を想像する。二人とも偉大な科学者。そう。しかしアントニオが先だった。ことは単純。彼が電話に最初に辿り着いたけれど、認められるのは遅かった。正義はときに自転車に乗ってやってくる。でも遅くても来ないよりはいい。じゃない？

もちろんわたしは、未知の文書発見というニュースで味わった目が覚めるような思いを誰かと分かち合いたかった。レオナルドは職場を訪れたわたしに驚いたが、とても喜んでコーヒーをご馳走してくれて、その後、アルマス広場のベンチに腰掛けた。カターニアの論文を見せると、バルバラがキューバ人だと知っていたかと聞かれた。わたしは頷き、彼はわたしの手から論文を奪った。読み終わると深くため息をついてタバコに火をつけた。いずれにしてもおれは小説をていて、みんなあの女に騙されたんだ、と言った。彼は友人の記者を通じてすでに知っ書くつもりだ、と言った。マルガリータの文書があろうがなかろうがね。当然だと思った。書くことが重要なのよ、それに、とわたしは言った。論文はコピーしていいし、今後わたしに届く情報は全部あげるから。レオナルドはレンズの上からおどけた表情でわたしを見た。

エンジェル君はどうしたかな？　と笑いながら聞いた。元気よ、と答えると、もう話すことはほとんどないことがわかった。それがわたしたちが会話を交わした最後だ。もう一度遠くから見たのは一九九九年、最初の実験から一五〇年を記念してハバナ・グラン劇場にメウッチを称える記念碑が据えられたときだ。そのときユークリッドの夢を叶えた男、バシリオ・カターニアも見たが、見たのはそれが最初にして最後だ。レオナルドがいくつかの作品を出版していることは知っているが、メウッチの小説についてはまだ聞いたことがない。

ユークリッドは、ニューヨークでこれまで知られていなかった文書について発見があったのを知ると怒り出した。最悪だ、と言った。先を越されたが、まだできることはある、マルガリータには真面目な手紙を書いてある、あの石のように冷たい心の持ち主が態度を和らげてくれるのを期待してのことだ、娘はおれにひどいことはできない、おれがあの文書を追いかけてどれくらいになると思っているんだ。わたしはユークリッドが教室にいるみたいに行ったり来たりしながら話すのを聞いていて可笑しくなったが、わたしも辛かった。だってわたしたちに何ができるというの？　何もない。物語は終わったのに、わたしの恩師はそれを受け入れられず、才能ある科学者らしく頑固だった。彼は相変わらず頑固にして、そして科学者で、かなり年老いた母の世話をしたり、老犬エトセトラの居場所を埋め合わせる犬の散歩をしたりしながら、これまでにないほど科学書にしがみついている。息子のチチーはすでに作家になって、外国で本を出し、引き続き経済的に父を助けている。そのうえバルバラはときどき物を送ってくれたり送金してくれたりする。ユークリッドは相変わらずバルバラがイタリア人だと思っているが、わたしは真実を伝えようとは露ほどにも思わない。なんのために？

一方、エンジェルはと言えば、わたしが論文を見せると、最初わたしがバルバラと文通していることをからかうような感想を漏らしたが、タイトルを見るとすぐにソファーに身を投げ出して読み始めた。わたしは横目で彼の動きを追っていた。読み終わったエンジェルは、しばらくこのことは忘れていたなと言って書類を置き、ビール飲む？　と聞きながら立ち上がった。そのころダヤニはアメリカ合衆国で母親とコンタクトを取り、送金してくれるようになっていた。その金で買ったビールのおかげで、エンジェルの腹は大きくなりはじめた。

レオナルドは、わたしが知的だからエンジェルの方で何か頑張らないと、いずれわたしはエンジェルに退屈してしまうと言ったが、結局それは間違っていなかったわけだ。エンジェルは何もしなかった。ただひたすら腹が成長するのを放置し、ＤＶＤで映画を見るのに夢中になった。ビデオデッキは壊れ、未知の女性のテープは箱に入ったままだった。わたしたちの夢の結婚生活は徐々に腐っていき、わたしの天使はわたしを退屈させた。ええ、そうよ。わたしたちにとって幸運なことに、二年前、エンジェルはボンボが当たった。知っていると思うけれど、アメリカ合衆国の入国ビザのクジに当たったの。いま、エンジェルはマイアミにいるわ。ときどき酔うと懐かしくなって電話をかけてきて、そろそろ帰ると言うけれど、率直に言って戻ってきて欲しくない。わたしはエンジェルの父親とはアパートの件で大喧嘩をする羽目になった。それはそうよ、だって父親はベダードの家が自分のものでないことを受け入れられないわけだから。でもそれは間違ってる、わたしはエンジェルの援助を得ていて、このアパートは彼の母方から受け継いでいるのだから、エンジェルがいないとすればわたしのものよ。

というわけでここに住んでいる。何年か前に高専はやめた。いまは数学の家庭教師をやって、部屋を一つ貸している。でもちゃんと税金は払ってるわ。オーケー？　バルバラがイタリア人の観光客を紹介してくれるから、それでなんとか切り抜けているというわけ。それとは別に、恋人が一人いて、何日かは一緒に過ごすけれど、そこまで。だいたいいずれ歯ブラシを置くようになって、気づかないうちに同棲がはじまるのがわかっているから。そういうのはなし。このアパートはわたしのもの。

もうバルコニーに出た？　わたしはほかのところに行ったことがないけれど、街路樹があって街灯があって、影ができるその通りが世界で一番好きよ。暗くなっても美しい。いつも美しい。この街のいわば大動脈。夜はバルコニーに出て涼んだり夢を見たりするのが好きよ。もうきみには言ったけれど、ここではみんな夢を見ることに中毒なの。あの一九九三年以降、多くは変わった。依然として終わらない中途半端な状態で漂流しているけれど、バルコニーに出たら、二三番通りには現在と過去が行き来しているのがわかる、いまは自転車は少なくなったけれど、古い車も新しい車もあって、停電はそんなにないし、携帯電話だって持てる。ええ。確かにわたしたちの生活は良くなって、微笑み続け、セックスを続け、夢の多くは変わったけれども夢を見続けている。九〇年代の危機は、わたしたちが平等ではないこと、世界は持てる者と持たざる者に分かれているということを最終的に教えてくれた。いつもそうなのだ。どんな場所でもそうなのだ。そうじゃない？　少しずつわたしたちは普通の国に似ていくわ、金持ちは快適に暮らし、持っていない者の暮らしはひどい有様。それは誰も驚かないどうしようもない普通のこと。驚くのは変化よ、分岐点がどこにあるのかの不確かさ。そう思わない？

何度もなんどもわたしは自問した。もしアントニオ・メウッチに事前特許の更新にかかる一〇ドルがあったら一八七四年には何があっただろう？　歴史は違ったものになっただろう。では、もしわたしたちの誰かが、マルガリータのものである文書を見つけていたら、一九九三年には何があっただろう？　何もない。きっと絶対に何もなかっただろう。わたしたちは妄想を、もう一つの夢を、カオス状態を生きていて、カオスはわたしたち全員を引っかき回す大渦なのだ。

でも、遅くても来ないよりはいい。でしょう？　こうしてわたしは、エンジェルが国を出ると、ベダードの家を好きなように整理しはじめた。仕事に使った古い書類が入った箱が山ほどあったので、分類をしていらないものは捨てた。新しい家、新しい生活。箱の一つは高専で働いていたときのもので、バルバラに渡すようにとチチーから受け取った短篇が見つかった。覚えてる？　ユークリッドがバルバラと出かけて、わたしが待っているとチチーが短篇入りのファイルを持って来た日があったじゃない。チチーは一足先に帰り、ユークリッドとバルバラは戻って来ず、わたしも帰った。短篇入りのファイルはアラマールではわたしの書類に紛れ、ベダードでは箱の中にしまわれていた。実を言うと、チチーの短篇を気に入ったことはないのだけれど、掃除をしていたその晩、なんだか興味が湧いて、何か素晴らしいものがあるんじゃないかと期待してファイルを開いて読みはじめた。そのときよ、素晴らしいものに出会ったのは。どの短篇も、電話の請求書とか学校の答案とか免状とか、何かの紙の裏を利用して書かれていた。紙がなかったのよ。九三年はゼロ年だったの。覚えてるでしょう？　短篇の最後の用紙は分厚くて、裏に糊で別の黄ばんだ紙が貼り付けられていた。応急処置のようだった。わたしは読み終われなかった。紙の裏側に殴り書きがいくつか見えた。記号。見取り図。わたしは大笑いが我慢できなくなって、泣くしかなかった。本当よ。一晩中泣き通した。それからの数カ月も泣き通しだった。きみに出会うまでずっと泣いていたの。ユークリッドとバルバラがあの日早く戻って来たら何が起きていたのかしら？　想像したくもない。メウッチの文書はどうやってチチーの手に渡ったのかしら？　知らないし、興味もないわ、でももしかすると、その文書はマルガリータの家から一歩も出たことがないのかもしれない。ユークリッドはもちろんそれを知らなかったし、息子もあの殴り書きの意味がわからなかった。チチーにとって大切だったのは短篇を書くことで、そうするためには紙が一枚必要だったのだ。物を創り出すことのできる人に幸あれ、よ。

さあいよいよ本当に、きみには何もかもを話したわ。テーブルの上でわたしたちの会話を最初から最後まで聞いてきたこのファイルの中に、メウッチが一八四九年にハバナで書いたスケッチ入りの文書が入っているというわけ。わたしたちが笑い続け、セックスを続け、夢を見続けているこの素晴らしい国ハバナでね。でもわたしたちも生きていかなくちゃいけない、だから録音機のスイッチを切ってちょうだい、そして本題に入りましょうよ。いまではこの文書も九三年の頃ほどの価値がないのはわかっているけれど、でもお金の話をするのはどうかしら？

謝辞

バシリオ・カターニア博士には、誰よりもまず特別に感謝を捧げたい。彼が粘り強く綿密に調査することで、アントニオ・メウッチは、二〇〇二年、存命中には拒まれた栄誉を手にすることができたのである。わたしがこの小説を書くためにメウッチに関する網羅的な文献を手にすることができたのは、カターニア氏の好意のおかげである。わたしに授けてくださった知識、愛情あふれるメールの数々、そして著書『アントニオ・メウッチ——発明家とその時代』に感謝する。本当にありがとう、カターニア。

あれやこれやと助けてくれたみなさんにも感謝する。両親、姉、叔母のホセフィーナ・スアレス。アルマンド・レオン・ビエラ。パトリシア・ペレス（ありがとう、先生）。レオナルド・パドゥーラ。パリの国立図書センターの支援と信頼。アンヌ・マリー・メテリエ。ニコール・ウィットとレイ・ギューデ・メルティン代理店チーム。ギジェルモ・シャベルソン。ローレン・メンディヌエタ、アミール・バジェ、ホセ・オベヘロ、アントニオ・サラビア、アルフレード・レイ、ラファエル・ケベード、ピエルパオロ・マルチェッティ、バルバラ・ベルトニ、ファン・ペドロ・エルゲラ。ホセ・マヌエル・ファハルド。そして、あらゆる友に。どこにいようとも、いつもいてくれるから。

訳者あとがき

この本が目にとまったのは、二〇一六年の二月、ハバナでのことだ。ハバナではブックフェアが二月に催され、その後、書店にはフェアの名残で普段とは見違えるようにたくさんの本が並ぶ。そんななかに、この一冊があった。作家の名前、カルラ・スアレスは知っていた。だから手にとった。

十年ほど前、新世代のラテンアメリカ作家三十九名が「ボゴタ39」と名付けられ、同名の短篇集が出版された。そのなかには近年邦訳が進んでいるファン・ガブリエル・バスケス（コロンビア）、アレハンドロ・サンブラ（チリ）、エドゥアルド・ハルフォン（グアテマラ）、ホルヘ・ボルピ（メキシコ）などの名前がある。キューバ出身のカルラ・スアレスもその中の一人として名を連ねていた。おそらくそのときにはじめて名前を見たと記憶する。

なによりもタイトルが気に入った。読み始めてみて止まらなくなった。電話がハバナで発明されたなんて想像したことがなかった。はたしてこの本を読んだ方のうちどれくらいが、アントニオ・メウッチというイタリア人発明家をご存知だろうか？

これから読む人のためにあらかじめ言っておくと、この小説はそのメウッチによる電話の発明を証明しようとするキューバ人たちの冒険が主たるストーリーをなしている。冒険には恋愛や友情、騙し合いがつきもので、この小説の面白さは、その輻輳した人間模様と、いったいどれが真実で、どれが嘘かがわからない、一種の推理小説のようになっているところにある。

それ以上の情報を知りたくなければ、ここらあたりで小説本体に入っていただいてもいいのだが、さらに時代背景について補足しておけば、物語が展開するのは冷戦終結後のキューバ、一九八九年以降におちいった空前の経済危機下にあるキューバである。作中に「特別期間」という表現が出てくるが、これはフィデル・カストロが一九九〇年十月に宣言した「平和時の特別期間」のことをさしている。つまり戦争というような非常時ではないけれども、ほぼそれと同様の時代にいることを国家元首が認めたときの公式の用語である。これを受けて九三年には外貨が自由化され、その後も徐々に市場経済の制度が導入されていく。その象徴が、同じく作中に出てくる「パラダール」と呼ばれる個人経営のレストランである。このころ、一般のキューバ人には水道、電気、公共交通機関などがほとんど機能しない一方で、外貨を持ってくる外国人観光客には、高級ホテルやタクシー、レストランが提供されていた。

本書では住居をめぐる苦労が随所に描かれているが、キューバの住居問題は、住みたいところに住むことができない共産主義圏特有の事情があって深刻である。ジュリアが住んでいるのはアラマール地区で、ソ連の援助で建てられた団地群があるが、ここからハバナの中心地区は遠い。レオナルドはそれよりは便利で庶民的なセーロ地区に住んでいるが、実際に住んでいるのは母屋ではなく、改造したガレージである。離婚したユークリッドは実家に戻って老母と同居している。したがって、住居問題一つとっても、ジュリアが選びたくなるのは、ベダードという中心街のアパートに一人暮らしをしているエンジェルということになる。この物語は、現代キューバにとって忘れがたい、あの特別な時代に普通のキューバ人が経験した出来事を過不足なく、またわかりやすく描いている。

こうした時代状況を踏まえれば、ジュリアやユークリッド、レオナルドがメウッチ文書をめぐる冒険に夢中になるのも理解できるだろう。彼らはそれぞれの理由でメウッチを電話の発明者だと証明することで自分の存在を証明し、また、それぞれが抱える苦境を乗り越えたいのである。当時の苦境ということなら、作者カルラ・スアレスも同じような経験をした一人だったに違いない。ここで作者について紹介しておこう。

カルラ・スアレスは一九六九年、ハバナに生まれた。作中にも出てくるハバナ工科大学で電子工学を専攻しつつ、文芸ワークショップにも顔を出し、創作活動をはじめた。最初の作品がキューバの文芸誌に掲載されたのは一九九四年のことだ。本書で語られる内容とほぼ同時代、いわゆる「ゼロ年」に彼女は作家の第一歩を記したわけである。

革命後に生まれ、青春時代にソ連の崩壊に立ち会った彼女の世代は、それ以前の世代に比べて国を出ることもたやすくなり、またそれゆえに、その気持ちも強くなる。こうして一九九八年、カルラも出る方を選ぶ。国を出た理由を彼女はこう語っている。「わたしは別のことを体験したかった、もっといい出口を見つけたかったのです。電子工学を学んでいたころにわたしが抱いていた多くの夢はもう実現不可能になってしまいました。わたしたちの未来がより良くなる可能性はなさそうで、多くの友人が国を去りました。だからわたしもそうしました」(二〇一八年のインタビューより)。

渡った先は、本書とも関係の深いイタリアのローマで、その直後の一九九九年、最初の長篇『沈黙(*Silencios*)』を上梓する。この作品はスペインの文学賞(Premio Lengua de Trapo)を受賞し、現在までにフランス語のほかヨーロッパの主だった言語に翻訳されている。その後、パリに居を移し、ここで国立図書センターの奨学金を受けているが、本書の謝辞にあるとおり、おそらくこの本の執筆に関する援助を受けたのだろう。長篇二作目は『旅する女（*La viajera*）』（二〇〇五）で、これもフランス語とポルトガル語、イタリア語に翻訳されている。母国キューバを出た二人の女性の物語で、どことなくカルラの経験に基づいているようにも思える。そして長篇三作目となる本作を完成させたのは、パリから移り住んだポルトガルのリスボン、時期は二〇一〇年、あるいはその翌年ごろと思われる。

「思われる」などと推測で書いたのはわけがある。この小説は奇妙な遍歴をたどっているからだ。実はこの本のオリジナル、つまりカルラ・スアレスが書いたスペイン語版オリジナルは、いったん書き上げられたものの、どこにも出版の引き受け手が見つからないまま、二〇一一年、まずポルトガル語の翻訳版がリスボンで出版され、そして翌二〇一二年、フランス語版がパリで出版されているのである。このフランス語版によって、本作は二〇一二年のカルベ・ド・ラ・カリブ文学賞（カリブ海カルベ賞）と、さらにもう一つフランス語圏の文学賞（Grand Prix du Livre Insulaire）を受賞するという栄誉に輝く。

カルベ・ド・ラ・カリブ文学賞の方の歴代受賞者ならば、そうそうたる顔ぶれで、日本でもよく知られている作家が多い。主な受賞者を挙げておけば、パトリック・シャモワゾー（受賞作は『幼い頃のむかし』）、マリーズ・コンデ、ラファエル・コンフィアン、ジャメイカ・キンケイド、エドウィージ・ダンティカ（『骨狩りのとき』）、ルネ・ドゥペストル、ダニー・ラフェリエールとなる。フランス語圏のカリブ作家を中心に、「クレオール文学」として翻訳紹介されており、こういう名前なら聞いたことのある読者もいるだろう。

カルラはキューバ人として二人目のこの文学賞受賞者に仲間入りし（もう一人のキューバ人受賞者は推理作家のレオナルド・パドゥーラ）、カリブ圏作家として一躍知名度を上げたわけだが、いぜんとしてオリジナルは陽の目を見ない状態が続き、なんと受賞から四年も過ぎた二〇一六年、ようやく母国キューバで出版されたのである。その年のブックフェアでは彼女も出席した出版記念イベントが催され、こうして街の書店に本書は並んだ。したがって訳者の目に入ったとき、スペイン語版はまだ出版まもないが、すでに四年も前にフランス語圏で大きな文学賞を受賞していた「幻の傑作」だったのである。

翻訳のことでやり取りをしたとき、カルラは、キューバ版では島の外に出てスペイン語圏で広く読まれる可能性が低いことを懸念していたので、キューバ人ではない人間がこの本を発見したことに驚いていた。そろそろスペインの出版社から刊行する話が浮上しているらしいのだが、まず本書が翻訳を通じて世界のあちこちで読まれているとすれば、メウッチ文書ほどではないにせよ、数奇な運命を辿っているのではないだろうか。

さて、先に述べたとおり、本書は推理小説めいたところもあるので、あまり内容を明かさないほうがいいはずだが、魅力の一つはやはり、ハバナで電話が発明されたという、にわかには信じがたいけれども、それゆえに探求するにふさわしい歴史にある。ではその歴史をどのように著者は描こうとしたのだろうか。おそらく、以下に挙げる三つの眼を用いることで、物語を多角的に展開させることに成功している。

一つ目の眼は数学者だ。主人公の女性数学者ジュリアの科学者としての考え方、理数系を専攻し、論文を書いたり研究会を立ち上げたりといったくだりは、同じような経歴をもつ著者にとって比較的描きやすかっただろう。食事に事欠くにもかかわらず、いや、そういう状況にあるからこそ、自分の存在を証明したい、しかもそれを科学者として行ないたい、と彼女は切実に願う。こうした学者としての知的な真理探究という角度から物語は始動する。

次いで文学者が登場する。もちろんレオナルドのことだ。この混血作家は3章で執筆中の作品についての構想を交えつつ文学論をぶつが、ここはまさしくカルラの本書執筆における考えを反映したものとしても読めるだろう。数学者ジュリアが見る世界と文学者レオナルドから見る世界の対比や、数学者でもあり文学者でもあった世界史上の偉人たちのエピソード、キューバ史がカオス理論やフラクタル理論を使って説明されるところなどは、本書のなかでも特に興味をそそる箇所である。電子工学者にして文学者でもあるカルラ・スアレスの真骨頂が発揮されたものだろう。

レオナルドをめぐるきわめつけのエピソードは、レオナルドが国を出たことがないのに、世界中に行ったことがあるように語るところだ。九〇年代のキューバ人が海外へ行くことがどれほど困難であったのか、そしてその願いが叶わない彼らはいったいどのようにして世界旅行をしたのか？文学の力によって自分たちの存在を証明しようという彼らの想いは、文学好きの読者にとってとても愉快で、そして感動的ですらある。

さらに三つ目の眼が加わる。それが外からキューバを眺めるバルバラだ。九〇年代以降、観光業によって経済危機を乗り越えようとしたキューバを題材にとるならば、やはり抜きにできないのが外からの眼差しだ。ジャーナリストとしてキューバ文学に関心を寄せる外国人というのは、この物語をキューバ島内部に閉じさせない役割を持つひときわ重要な存在だ。

先進国では資本主義が人間をだめにしてしまったが、キューバはそんな現代にあって純粋な心を持った人ばかり。困っているなら助けてあげたい……バルバラのこんなキューバ観は、ガイドブックにでも載っていそうなくらいに素朴にして陳腐だが、訳者を含め、実際にキューバに行っている人は、きっとどこかでこんな思いを抱いたことがあるに違いない。こういう外からの眼をおくことで、九〇年代のキューバの二重性（外国人とキューバ人、ドルとペソ）を描き出せている。外国人から見るハバナとキューバ人から見るハバナは同じではないと思っているジュリア、キューバ文学を漁るバルバラになんとも複雑な感情を抱いているユークリッド。彼らのこういう内面は、キューバ人にとってはないがしろにされたくないセンシティブな部分だろう。もちろんバルバラをめぐってはどんでん返しが加わるのだが、この人物の造形には、キューバの外に出た著者自らの経験が大きく力を及ぼしているはずだ。

この三つの眼に着目すると、「三」というのがこの小説を読む鍵であるように思えてくる。先に言ったように、本書でジュリアはアラマール、セーロ、ベダードという三つの地区を移動する。ユークリッド、レオナルド、エンジェルという三人の男。ジュリア、バルバラ、マルガリータという三人の女。そのほかにも複数の三角関係が見つかる。もしかしたら、訳者も気づけていない数学的な仕掛けがこの小説には潜んでいるかもしれない。

現代キューバを舞台にした歴史と物語の融合、そして数学と文学の融合。ここになによりも本書の到達点があるのではないだろうか。こんなキューバ文学が登場するとは想像したことがなかった。

キューバ文学の日本への紹介は、旧世代をのぞけばレイナルド・アレナス（一九四三年生まれ）だけが突出して翻訳される時代が続いている。彼以外のキューバ文学で、本作と多少なりとも世代が近い邦訳作品となると、五〇年代生まれの作家としてダイナ・チャヴィアノ（『ハバナ奇譚』）、レオナルド・パドゥーラ（『アディオス、ヘミングウェイ』）、セネル・パス（『苺とチョコレート』)が挙げられる。できればここに、同じ五〇年代作家として、エリセオ・アルベルト、ペドロ・ファン・グティエレスなどが加わって欲しいところだ。そして六〇年代以降の作家であれば、カルラ・スアレスのほかに、アントニオ・ホセ・ポンテ、アルベルト・ゲーラ・ナランホ、エドゥアルド・デル・ジャーノもぜひ翻訳されてしかるべきだろう。

じつは訳者はこれまでキューバの女性作家を翻訳紹介したことがある。アナ・リディア・ベガ・セローバ(六八年生まれ)とエナ・ルシーア・ポルテラ(七二年生まれ)の二人で、それぞれ九〇年代にデビューしている。興味のある方は合わせて読んでいただければありがたい(アナ・リディア・ベガ・セローバ「蝕」『すばる』二〇一六年十一月号、エナ・ルシーア・ポルテラ「ハリケーン」『群像』二〇一一年十二月号)。彼女たちの長篇小説もぜひ紹介される機会があることを希望する。

僭越ながら、これから先、新しいキューバ文学の扉が日本に開かれるとしたら、『ハバナ零年』こそかっこうの入り口となる作品だと思って翻訳した。一九八九年にベルリンの壁が崩壊してからいよいよ三十年が経とうとしているが、このあいだにキューバが経験した価値観の劇的な変化は、日本にとってもまったく無縁というわけではない。この国もこの三十年であまりにも多くのことが変わっているが、はたしてその分岐点はどこにあったのだろう? この本が、そんなことを考えるきっかけとなってくれればなおありがたい。

本書は、Karla Suárez, *Habana año cero*, Ediciones Unión, 2016 の全訳である。なお、フランス語版、*La Havane année zéro*, traduit par François Gaudry, Éditions Métailié, 2012 を適宜参照した。

本書の翻訳をはじめてから、案外時間がかかってしまった。それでもこうして陽の目を見ることができたのは、最初にハバナで読みはじめて、ずうずうしくも読み終わってもいないのに連絡を取ったら、すぐに返事をくれた共和国の下平尾直さんのおかげである。「多くの海外文学ファンにアピールできそう」だとのコメントに大いに勇気付けられた。本当にありがとうございます。

二〇一八年十二月

久野量一

著者

カルラ・スアレス Karla SUÁREZ

一九六九年、ハバナに生まれる。
ハバナ工科大学卒業。小説家、電子工学者。
一九九八年以降、ローマ、パリと移り住み、現在リスボン在住。
短篇集に、『泡』(一九九九)、『演者のための馬車』(二〇一一)。
長篇小説に、『沈黙』(一九九五、レングア・デ・トラポ賞受賞)、
『旅する女』(二〇〇五)、
『英雄の息子』(二〇一六)がある(以上、未邦訳)。
本邦初訳となる本書『ハバナ零年』(二〇一二/二〇一六)で、
二〇一二年にカルベ・ド・ラ・カリブ文学賞およびフランス語圏島嶼文学賞を受賞。

訳者

久野量一 Ryoichi KUNO

1967年、東京に生まれる。
東京外国語大学地域文化研究科博士後期課程単位取得満期退学。
現在は、東京外国語大学准教授。
専攻は、ラテンアメリカ文学。
著書に、『島の「重さ」をめぐって——キューバの文学を読む』(松籟社、2018)、
訳書に、フアン・ガブリエル・バスケス『コスタグアナ秘史』(水声社、2016)、
ロベルト・ボラーニョ『鼻持ちならないガウチョ』(白水社、2014)、
同『2666』(共訳、白水社、2012)などがある。

ハバナ零年

二〇一九年二月一〇日初版第一刷印刷
二〇一九年二月二〇日初版第一刷発行

著者 カルラ・スアレス
訳者 久野量一
発行者 下平尾直
発行所 株式会社 共和国 editorial republica co., ltd.
東京都東久留米市本町三-九-一-五〇三 郵便番号二〇三-〇〇五三
電話・ファクシミリ 〇四二-四二〇-九九九七 郵便振替 〇〇一二〇-八-三六〇一九六
http://www.ed-republica.com

印刷 精興社
ブックデザイン 宗利淳一
DTP 岡本十三

本書の内容およびデザイン等へのご意見やご感想は、以下のメールアドレスまでお願いいたします。naovalis@gmail.com

本書の一部または全部を無断でコピー、スキャン、デジタル化等によって複写複製することは、著作権法上の例外を除いて禁じられています。落丁・乱丁はお取り替えいたします。

ISBN978-4-907986-53-7 C0097
©Habana año cero by Karla Suárez
Japanese translation rights arranged with SILVA BASTOS Agencia Literaria through Japan UNI Agency, Inc.
©KUNO Ryoichi 2019 ©editorial republica 2019

世界浪曼派

【叢書】 菊変判 並製

夜明けの約束――ロマン・ガリ／岩津航訳 二六〇〇円 978-4-907986-40-7

ソヴィエト・ファンタスチカの歴史――ルスタム・カーツ／梅村博昭訳 二六〇〇円 978-4-907986-41-4

境界の文學

【叢書】 四六判 上製

鏡のなかのボードレール――くぼたのぞみ 二〇〇〇円 978-4-907986-20-9

ラングザマー 世界文学をめぐる旅――イルマ・ラクーザ／山口裕之訳 二四〇〇円 978-4-907986-21-6

タブッキをめぐる九つの断章――和田忠彦 二四〇〇円 978-4-907986-22-3

ダダイストの睡眠――高橋新吉／松田正貴編 二六〇〇円 978-4-907986-23-0

収容所のプルースト――ヨゼフ・チャプスキ／岩津航編 二五〇〇円 978-4-907986-42-1

渚に立つ 沖縄・私領域からの衝迫――清田政信 二六〇〇円 978-4-907986-47-6

（価格は税別）